岩 波 文 庫

31-090-11

十二月八日・苦悩の年鑑

他 十 二 篇

太 宰　治 作
安 藤　宏 編

岩 波 書 店

(上)『佳日』初版(肇書房，昭和19年刊)．本書に収録した「帰去来」「故郷」「散華」「水仙」「作家の手帖」ほか，全10篇を収める．

(右下)『黄村先生言行録』初版(日本出版株式会社，昭和22年刊)．『佳日』の紙型を用いているが，一部戦時表現を改め，「散華」「花吹雪」は削除．

(左下)「婦人公論」昭和17年2月号．「十二月八日」の初出誌．

(上)作者肖像(昭和 21 年初夏，金木町にて)
(右下)「文藝」昭和 17 年 10 月号.「花火」の初出誌だが，内務省の検閲により，発売後，「花火」は「全文削除」の処分を受けた.
(左下)『薄明』初版(新紀元社，昭和 21 年刊).「花火」を「日の出前」と改題して収録.

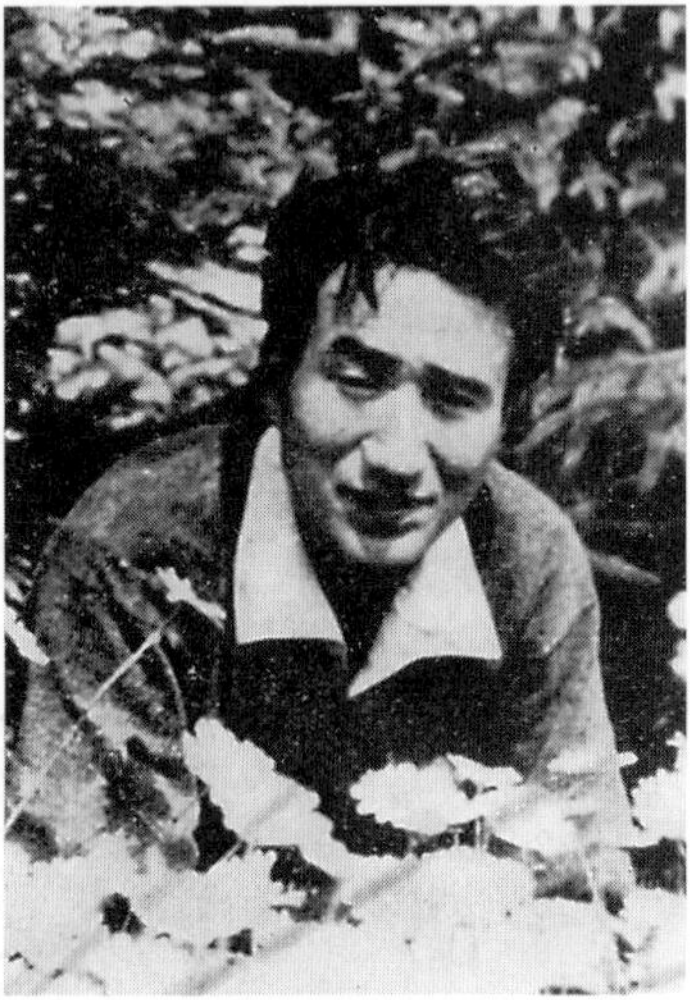

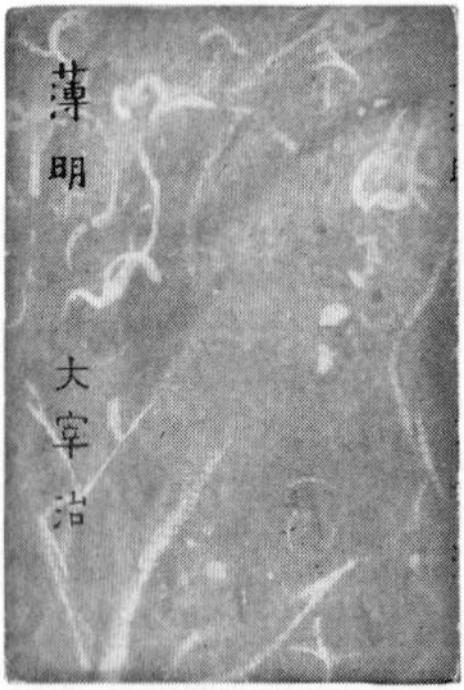

目　次

十二月八日・苦悩の年鑑　他十二篇

十二月八日

きょうの日記は特別に、ていねいに書いて置きましょう。昭和十六年の十二月八日には日本のまずしい家庭の主婦は、どんな一日を送ったか、ちょっと書いて置きましょう。もう百年ほど経《た》って日本が紀元二千七百年の美しいお祝いをしている頃に、私の此《こ》の日記帳が、どこかの土蔵の隅から発見せられて、百年前の大事な日に、わが日本の主婦が、こんな生活をしていたという事がわかったら、すこしは歴史の参考になるかも知れない。だから文章はたいへん下手でも、嘘《うそ》だけは書かないように気を附ける事だ。なにせ紀元二千七百年を考慮にいれて書かなければならぬのだから、たいへんんだ。でも、あんまり固くならない事にしよう。主人の批評に依《よ》れば、私の手紙やら日記やらの文章は、ただ真面目なばかりで、そうして感覚はひどく鈍いそうだ。センチメントというものが、まるで無いので、文章がちっとも美しくないそうだ。本当に私は、幼少の頃から礼儀にばかりこだわって、心はそんなに真面目でもないのだけれど、なんだかぎくしゃくして、無邪気にはしゃいで甘える事も出来ず、損ばかりしている。慾《よく》が深すぎるせいかも知れない。なおよく、反省をして見ましょう。

　紀元二千七百年といえば、すぐに思い出す事がある。なんだか馬鹿《ばか》らしくて、おかしい事だけれど、先日、主人のお友だちの*伊馬《いま》さんが久し振りで遊びにいらっしゃって、その時、主人と客間で話合っているのを隣部屋で聞いて噴《ふ》き出した。

「どうも、この、紀元二千七百年《しちひゃくねん》のお祭りの時には、二千七百年《ななひゃくねん》と言うか、あるいは二千七百年《しちひゃくねん》と言うか、心配なんだね、非常に気になるんだね。僕は煩悶《はんもん》しているのだ。君は、気にならんかね。」

　と伊馬さん。

「ううむ。」と主人は真面目に考えて、「そう言われると、非常に気になる。」

「そうだろう、」と伊馬さんも、ひどく真面目だ。「どうもね、ななひゃくねん、というらしいんだ。なんだか、そんな気がするんだ。だけど僕の希望をいうなら、しちひゃくねん、と言ってもらいたいんだね。どうも、ななひゃく、では困る。いやらしいじゃないか。電話の番号じゃあるまいし、ちゃんと正しい読みかたをしてもらいたいものだ。何とかして、その時は、しちひゃく、と言ってもらいたいのだがねえ。」

　と伊馬さんは本当に、心配そうな口調である。

「しかしまた、」主人は、ひどくもったい振《ぶ》って意見を述べる。「もう百年あとには、しちひゃくでもないし、ななひゃくでもないし、全く別な読みかたも出来ているかも知れない。たとえば、ぬぬひゃく、とでもいう——。」

私は噴き出した。本当に馬鹿らしい。主人は、いつでも、こんな、どうだっていいような事を、まじめにお客さまと話合っているのです。センチメントのあるおかたは、ちがったものだ。私の主人は、小説を書いて生活しているのです。なまけてばかりいるので収入も心細く、その日暮しの有様です。どんなものを書いているのか、私は、主人の書いた小説は読まない事にしているので、想像もつきません。あまり上手でないようです。

おや、脱線している。こんな出鱈目《でたらめ》な調子では、とても紀元二千七百年まで残るような佳《よ》い記録を書き綴《か》《つづ》る事は出来ぬ。出直そう。

十二月八日。早朝、蒲団《ふとん》の中で、朝の仕度《したく》に気がせきながら、*園子《そのこ》(今年六月生れの女児)に乳をやっていると、どこかのラジオが、はっきり聞えて来た。

「*大本営陸海軍部発表。帝国陸海軍は今八日未明西太平洋において米英軍と戦闘状態に入れり。」

しめ切った雨戸のすきまから、まっくらな私の部屋に、光のさし込むように強くあざやかに聞えた。二度、朗々と繰り返した。それを、じっと聞いているうちに、私の人間は変ってしまった。強い光線を受けて、からだが透明になるような感じ。あるいは、聖霊の息吹《いぶ》きを受けて、つめたい花びらをいちまい胸の中に宿したような気持ち。日本も、けさから、ちがう日本になったのだ。

隣室の主人にお知らせしようと思い、あなた、と言いかけると直《す》ぐに、

「知ってるよ。知ってるよ。」

と答えた。語気がけわしく、さすがに緊張の御様子である。いつもの朝寝坊が、けさに限って、こんなに早くからお目覚めになっているとは、不思議である。芸術家というものは、勘《かん》の強いものだそうだから、何か虫の知らせとでもいうものがあったのかも知れない。すこし感心する。けれども、それからたいへんまずい事をおっしゃったので、マイナスになった。

「西太平洋って、どの辺だね？　サンフランシスコかね？」

私はがっかりした。主人は、どういうものだか地理の知識は皆無なのである。西も東も、わからないのではないか、とさえ思われる時がある。つい先日まで、南極が一ばん暑くて、北極が一ばん寒いと覚えていたのだそうで、その告白を聞いた時には、私は主人の人格を疑いさえしたのである。去年、*佐渡《さど》へ御旅行なされて、その土産話《みやげばなし》に、佐渡

の島影を汽船から望見して、満洲だと思ったそうで、実に滅茶苦茶《めちゃくちゃ》だ。これでよく、大学なんかへ入学できたものだ。ただ、呆《あき》れるばかりである。

「西太平洋といえば、日本のほうの側の太平洋でしょう。」

と私が言うと、

「そうか。」と不機嫌そうに言い、しばらく考えて居られる御様子で、「しかし、それは初耳だった。アメリカが東で、日本が西というのは気持の悪い事じゃないか。日本は日出ずる国と言われ、また東亜《とうあ》とも言われているのだ。太陽は日本からだけ昇るものだとばかり僕は思っていたのだが、それじゃ駄目《だめ》だ。日本が東亜でなかったというのは、不愉快な話だ。なんとかして、日本が東で、アメリカが西と言う方法は無いものか。」

おっしゃる事みな変である。主人の愛国心は、どうも極端すぎる。先日も、毛唐《けとう》がどんなに威張っても、この鰹《かつお》の塩辛《しおから》ばかりは嘗《な》める事が出来まい、けれども僕なら、どんな洋食だって食べてみせる、と妙な自慢をして居られた。

主人の変な呟《つぶや》きの相手にはならず、さっさと起きて雨戸をあける。いいお天気。けれども寒さは、とてもきびしく感ぜられる。昨夜、軒端《のきば》に干して置いたおむつも凍り、庭には霜《しも》が降りている。山茶花《さざんか》が凛《りん》と咲いている。静かだ。太平洋でいま戦争がはじまっているのに、と不思議な気がした。日本の国の有難《ありがた》さが身にしみた。

井戸端へ出て顔を洗い、それから園子のおむつの洗濯にとりかかっていたら、お隣りの奥さんも出て来られた。朝の御挨拶をして、それから私が、

「これからは大変ですわねえ。」

と戦争の事を言いかけたら、お隣りの奥さんは、つい先日から*隣組長《となりぐみちょう》になられたので、その事かとお思いになったらしく、

「いいえ、何も出来ませんのでねえ。」

と恥ずかしそうにおっしゃったから、私はちょっと具合がわるかった。

お隣りの奥さんだって、戦争の事を思わぬわけではなかったろうけれど、それよりも隣組長の重い責任に緊張して居られるのにちがいない。なんだかお隣りの奥さんにすまないような気がして来た。本当に、之《これ》からは、隣組長もたいへんでしょう。演習の時と違うのだから、いざ空襲という時などには、その指揮の責任は重大だ。私は園子を背負って田舎《いなか》に避難するような事になるかも知れない。すると主人は、あとひとり居残って、家を守るという事になるのだろうが、何も出来ない人なのだから心細い。ちっとも役に立たないかも知れない。本当に、前から私があんなに言っているのに、主人は*国民服も何も、こしらえていないのだ。まさかの時には困るのじゃないかしら。不精《ぶしょう》なお方だから、私が黙って揃えて置けば、なんだこんなもの、とおっしゃりながらも、心の中では

ほっとして着て下さるのだろうが、どうも寸法が特大だから、出来合いのものを買って来ても駄目でしょう。むずかしい。

主人も今朝は、七時ごろに起きて、朝ごはんも早くすませて、それから直ぐにお仕事。今月は、こまかいお仕事が、たくさんあるらしい。朝ごはんの時、

「日本は、本当に大丈夫でしょうか。」

と私が思わず言ったら、

「大丈夫だから、やったんじゃないか。かならず勝ちます。」

と、よそゆきの言葉でお答えになった。主人の言う事は、いつも嘘ばかりで、ちっともあてにならないけれど、でも此《こ》のあらたまった言葉一つは、固く信じようと思った。

台所で後かたづけをしながら、いろいろ考えた。目色、毛色が違うという事が、之程《これほど》までに敵愾心《てきがいしん》を起させるものか。滅茶苦茶に、ぶん殴りたい。*支那《しな》を相手の時とは、まるで気持がちがうのだ。本当に、此の親しい美しい日本の土を、けだものみたいに無神経なアメリカの兵隊どもが、のそのそ歩き廻るなど、考えただけでも、たまらない。此の神聖な土を、一歩でも踏んだら、お前たちの足が腐るでしょう。お前たちには、その資格が無いのです。日本の綺麗《きれい》な兵隊さん、どうか、彼等《かれら》を滅《め》っちゃくちゃに、やっつけて下さい。これからは私たちの家庭も、いろいろ物が足りなくて、ひどく困る事もあ

るでしょうが、御心配は要《い》りません。私たちは平気です。いやだなあ、という気持は、少しも起らない。こんな辛《つら》い時勢に生れて、などと悔やむ気がない。かえって、こういう世に生れて生甲斐《いきがい》をさえ感ぜられる。こういう世に生れて、よかった、と思う。ああ、誰かと、うんと戦争の話をしたい。やりましたわね、いよいよはじまったのねえ、なんて。

ラジオは、けさから軍歌の連続だ。一生懸命だ。つぎからつぎと、いろんな軍歌を放送して、とうとう種切れになったか、敵*は幾万ありとても、などという古い古い軍歌まで飛び出して来る仕末《しまつ》なので、ひとりで噴き出した。放送局の無邪気さに好感を持った。私の家では、主人がひどくラジオをきらいなので、いちども設備した事はない。また私も、いままでは、そんなにラジオを欲しいと思った事は無かったのだが、でも、こんな時には、ラジオがあったらいいなあと思う。ニュウスをたくさん、たくさん聞きたい。主人に相談してみましょう。買ってもらえそうな気がする。

おひる近くなって、重大なニュウスが次々と聞えて来るので、たまらなくなって、園子を抱いて外に出て、お隣りの紅葉の木の下に立って、お隣りのラジオに耳をすました。マレー半島に奇襲上陸、香港攻撃、宣戦の大詔、園子を抱きながら、涙が出て困った。家へ入って、お仕事最中の主人に、いま聞いて来たニュウスをみんなお伝えする。主人

は全部、聞きとってから、

「そうか。」

と言って笑った。それから、立ち上って、また坐《すわ》った。落ちつかない御様子である。お昼少しすぎた頃、主人は、どうやら一つお仕事をまとめたようで、その原稿をお持ちになって、そそくさと外出してしまった。雑誌社に原稿を届けに行ったのだが、あの御様子では、またお帰りがおそくなるかも知れない。どうも、あんなに、そそくさと逃げるように外出した時には、たいてい御帰宅がおそいようだ。どんなにおそくても、外泊さえなさらなかったら、私は平気なんだけど。

　主人をお見送りしてから、目刺《めざし》を焼いて簡単な昼食をすませて、それから園子をおんぶして駅へ買い物に出かけた。途中、*亀井さんのお宅に立ち寄る。主人の田舎から林檎《りんご》をたくさん送っていただいたので、亀井さんの*悠乃《ゆの》ちゃん(五歳の可愛いお嬢さん)に差し上げようと思って、少し包んで持って行ったのだ。門のところに悠乃ちゃんが立っていた。私を見つけると、すぐにばたばたと玄関に駈け込んで、園子ちゃんが来たわよう、お母ちゃま、と呼んで下さった。園子は私の背中で、奥様や御主人に向って大いに愛想笑いをしたらしい。奥様に、可愛い可愛いと、ひどくほめられた。御主人は、ジャンパーなど召して、何やらいさましい恰好《かっこう》で玄関に出て来られたが、いままで縁の下に蓆《むしろ》を

敷いて居られたのだそうで、

「どうも、縁の下を這《は》いまわるのは敵前上陸に劣らぬ苦しみです。こんな汚い恰好で、失礼。」

とおっしゃる。縁の下に蓆などを敷いて一体、どうなさるのだろう。いざ空襲という時、這い込もうというのかしら。不思議だ。

でも亀井さんの御主人は、うちの主人と違って、本当に御家庭を愛していらっしゃるから、うらやましい。以前は、もっと愛していらっしゃったのだそうだけれど、うちの主人が近所に引越して来てからお酒を呑む事を教えたりして、少しいけなくしたらしい。奥様も、きっと、うちの主人を恨《うら》んでいらっしゃる事だろう。すまないと思う。

亀井さんの門の前には、火叩きやら、なんだか奇怪な熊手《くまで》のようなものやら、すっかりととのえて用意されてある。私の家には何も無い。主人が不精だから仕様が無いのだ。

「まあ、よく御用意が出来て。」

と私が言うと、御主人は、

「ええ、なにせ隣組長ですから。」

と元気よくおっしゃる。

本当は副組長なのだけれど、組長のお方がお年寄りなので、組長の仕事を代りにやってあげているのです、と奥様が小声で訂正して下さった。亀井さんの御主人は、本当にまめで、うちの主人とは雲泥《うんでい》の差だ。

お菓子をいただいて玄関先で失礼した。

それから郵便局に行き、「新潮」の原稿料六十五円を受け取って、市場に行ってみた。相変らず、品が乏《とぼ》しい。やっぱり、また、烏賊《いか》と目刺を買うより他は無い。烏賊二はい、四十銭。目刺、二十銭。市場で、またラジオ。

重大なニュウスが続々と発表せられている。比島、グワム空襲。ハワイ大爆撃。米国艦隊全滅す。帝国政府声明。全身が震《ふる》えて恥ずかしい程《ほど》だった。みんなに感謝したかった。私が市場のラジオの前に、じっと立ちつくしていたら、二、三人の女のひとが、聞いて行きましょうと言いながら私のまわりに集って来た。二、三人が、四、五人になり、十人ちかくなった。

市場を出て主人の煙草《たばこ》を買いに駅の売店に行く。町の様子は、少しも変っていない。ただ、八百屋《やおや》さんの前に、ラジオニュウスを書き上げた紙が貼《は》られているだけ。店先の様子も、人の会話も、平生とあまり変っていない。この静粛《せいしゅく》が、たのもしいのだ。きょうは、お金も、すこしあるから、思い切って私の履物を買う。こんなものにも、*今月からは三円以上二割の税が附くという事、ちっとも知らなかった。先月末、買えばよかった。でも買い溜めは、あさましくて、いやだ。履物、六円六十銭。ほかにクリイム、三十五銭。封筒、三十一銭などの買い物をして帰った。

帰って暫《しばら》くすると、*早大の佐藤さんが、こんど卒業と同時に入営と決定したそうで、その挨拶においでになったが、生憎《あいにく》、主人がいないのでお気の毒だった。お大事に、と私は心の底からのお辞儀《じぎ》をした。佐藤さんが帰られてから、すぐ、*帝大の堤さんも見えられた。堤さんも、めでたく卒業なさって、徴兵検査を受けられたのだそうだが、*第三乙とやらで、残念でしたと言って居られた。佐藤さんも、堤さんも、いままで髪を長く伸ばして居られたのに、綺麗さっぱりと坊主頭《ぼうずあたま》になって、まあほんとに学生のお方も大変なのだ、と感慨が深かった。

夕方、久し振りで*今《こん》さんも、ステッキを振りながらおいで下さったが、主人が不在なので、じつにお気の毒に思った。本当に、三《み》鷹《たか》のこんな奥まで、わざわざおいで下さるのに、主人が不在なので、またそのままお帰りにならなければならないのだ。お帰りの途々、どんなに、いやなお気持だろう。それを思えば、私まで暗い気持になるのだ。

夕飯の仕度にとりかかっていたら、お隣りの奥さんがおいでになって、十二月の清酒の配給券が来ましたけど、隣組九軒で一升券六枚しか無い、どうしましょうという御相談であった。順番ではどうかしらとも思ったが、九軒みんな欲しいという事で、とうとう六升を九分する事にきめて、早速、瓶《びん》を集めて伊勢元に買いに行く。私はご飯を仕掛けていたので、ゆるしてもらった。でも、ひと片附きしたので、園子をおんぶして行ってみると、向うから、隣組のお方たちが、てんでに一本二本と瓶をかかえてお帰りのところであった。私も、さっそく一本、かかえさせてもらって一緒に帰った。それからお隣りの組長さんの玄関で、酒の九等分がはじまった。九本の一升瓶をずらりと一列に並べて、よくよく分量を見較《みくら》べ、同じ高さずつ分け合うのである。六升を九等分するのは、なかなか、むずかしい。

夕刊が来る。*珍しく四ペエジだった。「帝国・米英に宣戦を布告す」という活字の大きいこと。だいたい、きょう聞いたラジオニュウスのとおりの事が書かれていた。でも、また、隅々まで読んで、感激をあらたにした。

ひとりで夕飯をたべて、それから園子をおんぶして銭湯に行った。ああ、園子をお湯にいれるのが、私の生活で一ばん一ばん楽しい時だ。園子は、お湯が好きで、お湯にいれると、とてもおとなしい。お湯の中では、手足をちぢこめ、抱いている私の顔を、じっと見上げている。ちょっと、不安なような気もするのだろう。よその人も、ご自分の赤ちゃんが可愛くて可愛くて、たまらない様子で、お湯にいれる時は、みんなめいめいの赤ちゃんに頬ずりしている。園子のおなかは、*ぶんまわしで画いたようにまんまるで、ゴム鞠《まり》のように白く柔く、この中に小さい胃だの腸だのが、本当にちゃんとそなわっているのかしらと不思議な気さえする。そしてそのおなかの真ん中より少し下に梅の花の様なおへそが附いている。足といい、手といい、その美しいこと、可愛いこと、どうしても夢中になってしまう。どんな着物を着せようが、裸身の可愛さには及ばない。お湯からあげて着物を着せる時には、とても惜しい気がする。もっと裸身を抱いていたい。

銭湯へ行く時には、道も明るかったのに、帰る時には、もう真っ暗だった。燈火管制*なのだ。もうこれは、演習でないのだ。心の異様に引きしまるのを覚える。でも、これは少し暗すぎるのではあるまいか。こんな暗い道、今まで歩いた事がない。一歩一歩、さぐるようにして進んだけれど、道は遠いのだし、途方《とほう》に暮れた。あの独活《うど》の畑から杉林にさしかかるところ、それこそ真の闇で物凄かった。女学校四年生の時、野沢温泉から木島まで吹雪の中をスキイで突破した時のおそろしさを、ふいと思い出した。あの時のリュックサックの代りに、いまは背中に園子が眠っている。園子は何も知らずに眠っている。

背後から、我が大君に召されえたあるう*、と実に調子のはずれた歌をうたいながら、乱暴な足どりで歩いて来る男がある。ゴホンゴホンと二つ、特徴のある咳《せき》をしたので、私には、はっきりわかった。

「園子が難儀《なんぎ》していますよ。」

と私が言ったら、

「なあんだ。」と大きな声で言って、「お前たちには、信仰が無いから、こんな夜道にも難儀するのだ。僕には、信仰があるから、夜道もなお白昼の如《ごと》しだね。ついて来い。」

と、どんどん先に立って歩きました。

どこまで正気なのか、本当に、呆れた主人であります。

水仙

*「忠直卿《ただなおきょう》 行状記《ぎょうじょうき》」という小説を読んだのは、僕が十三か、四のときの事で、それっきり再読の機会を得なかったが、あの一篇の筋書だけは、二十年後のいまもなお、忘れずに記憶している。奇妙にかなしい物語であった。

剣術の上手な若い殿様が、家来たちと試合をして片っ端から打ち破って、大いに得意で庭園を散歩していたら、いやな囁《ささや》きが庭の暗闇の奥から聞えた。

「殿様もこのごろは、なかなかの御上達だ。負けてあげるほうも楽になった。」

「あははは。」

家来たちの不用心な私語である。

それを聞いてから、殿様の行状は一変した。真実を見たくて、狂った。家来たちに真剣勝負を挑んだ。けれども家来たちは、真剣勝負に於《お》いてさえも、本気に戦ってくれなかった。あっけなく殿様が勝って、家来たちは死んでゆく。殿様は、狂いまわった。すでに、おそるべき暴君である。ついには家も断絶せられ、その身も監禁せられる。たしか、そのような筋書であったと覚えているが、その殿様を僕は忘れる事が出来なかった。ときどき思い出しては、溜息《ためいき》をついたものだ。

けれども、このごろ、気味の悪い疑念が、ふいと起って、誇張ではなく、夜も眠られぬくらいに不安になった。その殿様は、本当に剣術の素晴らしい名人だったのではあるまいか。家来たちも、わざと負けていたのではなくて、本当に殿様の腕前には、かなわなかったのではあるまいか。庭園の私語も、家来たちの卑劣な負け惜しみに過ぎなかったのではあるまいか。あり得る事だ。僕たちだって、佳《よ》い先輩にさんざん自分たちの仕事を罵倒《ばとう》せられ、その先輩の高い情熱と正しい感覚に、ほとほと参ってしまっても、その先輩とわかれた後で、

「あの先輩もこのごろは、なかなかの元気じゃないか。もういたわってあげる必要もないようだ。」

「あははは。」

などという実に、賤《いや》しい私語を交した夜も、ないわけではあるまい。それは、あり得る事なのである。家来というものは、その人柄に於《お》いて、かならず、殿様よりも劣っているものである。あの庭園の私語も、家来たちのひねこびた自尊心を満足させるための、

きたない負け惜しみに過ぎなかったのではあるまいか。とすると、慄然《りつぜん》とするのだ。殿様は、真実を摑《つか》みながら、真実を追い求めて狂ったのだ。殿様は、事実、剣術の名人だったのだ。家来たちは、決してわざと負けていたのではなかった。事実、かなわなかったのだ。それならば、殿様が勝ち、家来が負けるというのは当然の事で、後でごたごたの起るべき筈《はず》は無いのであるが、やっぱり、大きい惨事が起ってしまった。殿様が、御自分の腕前に確乎不動《かっこふどう》の自信を持っていたならば、なんの異変も起らず、すべてが平和であったのかも知れぬが、古来、天才は自分の真価を知ること甚《はなは》だうといものだそうである。自分の力が信じられぬ。そこに天才の煩悶《はんもん》と、深い祈りがあるのであろうが、僕は俗人の凡才だから、その辺のことは正確に説明できない。とにかく、殿様は、自分の腕前に絶対の信頼を置く事は出来なかった。事実、名人の卓抜《たくばつ》の腕前を持っていたのだが、信じる事が出来ずに狂った。そこには、殿様という隔絶された御身分に依《よ》る不幸もあったに違いない。僕たち長屋住居の者であったら、

「お前は、おれを偉いと思うか。」

「思いません。」

「そうか。」

というだけですむ事も、殿様ともなればそうも行くまい。天才の不幸、殿様の不幸、

という具合いに考えて来ると、いよいよ僕の不安が増大して来るばかりである。似たような惨事が、僕の身辺に於《お》いて起ったのだ。その事件の為《ため》に、僕は、あの「忠直卿行状記」を自《おのずか》ら思い出し、そうして一夜、ふいと恐ろしい疑念にとりつかれたり等《など》して、あれこれ思い合せ、誇張ではなく、夜も眠られぬほど不安になった。あの殿様は、本当に剣術が素晴らしく強かったのではあるまいか。けれども問題は、もはやその殿様の身の上ではない。

僕の忠直卿は、三十三歳の女性である。そうして僕の役割は、あの、庭園であさましい負け惜しみを言っていた家来であったかも知れないのだから、いよいよ、やり切れない話である。

草田惣兵衛の夫人、草田静子。このひとが突然、あたしは天才だ、と言って家出したというのだから、驚いた。草田氏の家と僕の生家とは、別に血のつながりは無いのだが、それでも先々代あたりからお互いに親しく交際している。交際している、などと言うと聞えもいいけれど、実情は、僕の生家の者たちは草田氏の家に出入りを許されている、とでも言ったほうが当っている。俗にいう御身分も、財産も、僕の生家などとは、まるで段違いなのである。謂《い》わば、僕の生家のほうで、交際をお願いしているというような具合いなのである。まさしく、殿様と家来である。当主の惣兵衛氏は、まだ若い。若いと言っても、もう四十は越している。＊東京帝国大学の経済科を卒業してから、フランスへ行き、五、六年あそんで、日本へ帰るとすぐに遠い親戚筋の家（この家は、のち間もなく没落した）その家のひとり娘、静子さんと結婚した。夫婦の仲も、まず円満、と言ってよい状態であった。一女をもうけ、玻璃《はり》子と名づけた。パリイを、もじったものらしい。惣兵衛氏は、ハイカラな人である。脊の高い、堂々たる美男である。いつも、にこにこ笑っている。いい洋画を、たくさん持っている。＊ドガの競馬の画が、その中でも一ばん自慢のものらしい。けれども、自分の趣味の高さを誇るような素振りは、ちっとも見せない。美術に関する話も、あまりしない。毎日、自分の銀行に通勤している。要するに、一流の紳士である。六年前に先代がなくなって、すぐに惣兵衛氏が、草田の家を嗣《つ》いだのである。

夫人は、――ああ、こんな身の上の説明をするよりも、僕は数年前の、或《あ》る日のささやかな事件を描写しよう。そのほうが早道である。三年前のお正月、僕は草田の家に年始に行った。僕は、友人にも時たまそれを指摘されるのだが、よっぽど、ひがみ根性の強い男らしい。ことに、八年前ある事情で生家から離れ、自分ひとりで、極貧に近いその日暮しをはじめるようになってからは、いっそう、ひがみも強くなった様子である。ひとに侮辱《ぶじょく》をされはせぬかと、散りかけている枯葉のように絶えずぷるぷる命を賭けて緊張している。やり切れない悪徳である。僕は、草田の家には、めったに行かない。生家の母や兄は、今でもちょいちょい草田の家に、お伺《うかが》いしているようであるが、僕だけは行かない。*高等学校の頃までは、僕も無邪気に遊びに行っていたのであるが、大学へはいってからは、もういやになった。草田の家の人たちは、みんないい人ばかりなのであるが、どうも行きたくなくなった。金持はいやだ、という単純な思想を持ちはじめていたのである。それが、どうして、三年前のお正月に限って、お年始などに行く気になったかというと、それは、そもそも僕自身が、だらしなかったからである。その前年の師走《しわす》、草田夫人から僕に、突然、招待の手紙が来たのである。

――しばらくお逢《あ》い致しません。来年のお正月には、ぜひとも遊びにおいで下さい。主人も、たのしみにして待っております。主人も私も、あなたの小説の読者です。

最後の一句に、僕は浮かれてしまったのだ。恥ずかしい事である。その頃、僕の小説も、少し売れはじめていたのである。白状するが、僕はその頃、いい気になっていた。危険な時期であったのである。ふやけた気持でいた時、草田夫人からの招待状が来て、あなたの小説の読者ですなどと言われたのだから、たまらない。ほくそ笑んで、御招待まことにありがたく云々と色気たっぷりの返事を書いて、そうして翌《あく》る年の正月一日に、のこのこ出かけて行って、見事、眉間《みけん》をざくりと割られる程《ほど》の大恥辱を受けて帰宅した。

その日、草田の家では、ずいぶん僕を歓待してくれた。他の年始のお客にも、いちいち僕を「流行作家」として紹介するのだ。僕は、それを揶揄《やゆ》、侮辱の言葉と思わなかったばかりか、ひょっとしたら僕はもう、流行作家なのかも知れないと考え直してみたりなどしたのだから、話にならない。みじめなものである。僕は酔った。惣兵衛氏を相手に大いに酔った。もっとも、酔っぱらったのは僕ひとりで、惣兵衛氏は、いくら飲んでも顔色も変らず、そうして気弱そうに、無理に微笑して、僕の文学談を聞いている。

「ひとつ、奥さん、」と僕は図に乗って、夫人へ盃をさした。「いかがです。」

「いただきません。」夫人は冷く答えた。それが、なんとも言えず、骨のずいに徹するくらいの冷厳な語調であった。底知れぬ軽蔑感《けいべつかん》が、そのたった一語に、こめられて在った。僕は、まいった。酔いもさめた。けれども苦笑して、

「あ、失礼。つい酔いすぎて。」と軽く言ってその場をごまかしたが、腸《はらわた》が煮えくりかえった。さらに一つ。僕は、もうそれ以上お酒を飲む気もせず、ごはんを食べる事にした。蜆汁《しじみじる》がおいしかった。せっせと貝の肉を箸《はし》でほじくり出して食べていたら、

「あら、」夫人は小さい驚きの声を挙げた。「そんなもの食べて、なんともありません?」無心な質問である。

思わず箸とおわんを取り落しそうだった。この貝は、食べるものではなかったのだ。

蜆汁は、ただその汁だけを飲むものらしい。貝は、ダシだ。貧しい者にとっては、この貝の肉だってなかなかおいしいものだが、上流の人たちは、この肉を、たいへん汚いものとして捨てるのだ。なるほど、蜆の肉は、お臍《へそ》みたいで醜悪だ。僕は、何も返事が出来なかった。無心な驚きの声であっただけに、手痛かった。ことさらに上品ぶって、そんな質問をするのなら、僕にも応答の仕様がある。けれども、その声は、全く本心からの純粋な驚きの声なのだから、僕は、まいった。なりあがり者の「流行作家」は、箸とおわんを持ったまま、うなだれて、何も言えない。涙が沸《わ》いて出た。あんな手ひどい恥辱を受けた事がなかった。それっきり僕は、草田の家へは行かない。草田の家だけでなく、その後は、他のお金持の家にも、なるべく行かない事にした。そうして僕は、意地になって、貧乏の薄汚い生活を続けた。

昨年の九月、僕の陋屋《ろうおく》の玄関に意外の客人が立っていた。草田惣兵衛氏である。

「静子が来ていませんか。」

「いいえ。」

「本当ですか。」

「どうしたのです。」僕のほうで反問した。

何かわけがあるらしかった。

「家は、ちらかっていますから、外へ出ましょう。」きたない家の中を見せたくなかった。

「そうですね。」と草田氏はおとなしく首肯《うなず》いて、僕のあとについて来た。

少し歩くと、*井《い》の頭《かしら》公園である。公園の林の中を歩きながら、草田氏は語った。

「どうもいけません。こんどは、しくじりました。薬が、ききすぎました。」夫人が、家出をしたというのである。その原因が、実に馬鹿《ばか》げている。数年前に、夫人の実家が破産した。それから夫人は、妙に冷く取りすました女になった。実家の破産を、非常な恥辱と考えてしまったらしい。なんでもないじゃないか、といくら慰《なぐさ》めてやっても、いよいよ、ひがむばかりだという。それを聞いて僕も、お正月の、あの「いただきません」の異様な冷厳が理解できた。静子さんが草田の家にお嫁に来たのは、僕の高等学校時代の事で、その頃は僕も、平気で草田の家にちょいちょい遊びに行っていたし、新夫人の静子さんとも話を交して、一緒に映画を見に行った事さえあったのだが、その頃の新夫人は、決してあんな、骨を刺すような口調でものを言う人ではなかった。無智なくらいに明るく笑うひとだった。あの元旦に、久し振りで顔を合せて、すぐに僕は、何も言葉を交さぬ先から、「変ったなあ」と思っていたのだが、それでは矢張《やは》り、実家の破産という憂愁《ゆうしゅう》が、あのひとをあんなにひどく変化させてしまっていたのに違いない。

「ヒステリイですね。」僕は、ふんと笑って言った。

「さあ、それが。」草田氏は、僕の軽蔑に気がつかなかったらしく、まじめに考え込んで、「とにかく、僕がわるいんです。おだて過ぎたのです。薬がききすぎました。」草田氏は夫人を慰める一手段として、夫人に洋画を習わせた。一週間にいちどずつ、近所の中泉花仙とかいう、もう六十歳近い下手くそな老画伯のアトリエに通わせた。さあ、それから褒《ほ》めた。草田氏をはじめ、その中泉という老耄《ろうもう》の画伯と、それから中泉のアトリエに通っている若い研究生たち、また草田の家に出入りしている有象無象《うぞうむぞう》、寄ってたかって夫人の画を褒めちぎって、あげくの果《はて》は夫人の逆上という事になり、「あたしは天才だ」と口走って家出したというのであるが、僕は話を聞きながら何度も噴き出しそうになって困った。なるほど薬がききすぎた。お金持の家庭にありがちな、ばかばかしい喜劇だ。

「いつ、飛び出したんです。」僕は、もう草田夫妻を、ばかにし切っていた。

「きのうです。」

「なあんだ。それじゃ何も騒ぐ事はないじゃないですか。僕の女房だって、僕があんまりお酒を飲みすぎると、里へ行って一晩泊って来る事がありますよ。」

「それとこれとは違います。静子は芸術家として自由な生活をしたいんだそうです。

お金をたくさん持って出ました。」

「たくさん？」

「ちょっと多いんです。」

草田氏くらいのお金持が、ちょっと多い、というくらいだから、*五千円、あるいは一万円くらいかも知れないと僕は思った。

「それは、いけませんね。」はじめて少し興味を覚えた。貧乏人は、お金の話には無関心でおれない。

「静子はあなたの小説を、いつも読んでいましたから、きっとあなたのお家へお邪魔にあがっているんじゃないかと、――」

「冗談じゃない。僕は、――」敵です、と言おうと思ったのだが、いつもにこにこ笑っている草田氏が、きょうばかりは蒼《あお》くなってしょげ返っているその様子を目前に見て、ちょっと言い出しかねた。

吉祥寺《きちじょうじ》の駅の前でわかれたが、わかれる時に僕は苦笑しながら尋《たず》ねた。

「いったい、どんな画をかくんです？」

「変っています。本当に天才みたいなところもあるんです。」意外の答であった。

「へえ。」僕は二の句が継げなかった。つくづく、馬鹿な夫婦だと思って、呆《あき》れた。

それから三日目だったか、わが天才女史は絵具箱をひっさげて、僕の陋屋に出現した。*菜葉服《なっぱふく》のような粗末な洋服を着ている。気味わるいほど頬がこけて、眼が異様に大きくなっていた。けれども、謂《い》わば、一流の貴婦人の品位は、犯しがたかった。

「おあがりなさい。」僕はことさらに乱暴な口をきいた。「どこへ行っていたのですか。草田さんがとても心配していましたよ。」

「あなたは、芸術家ですか。」玄関のたたきにつっ立ったまま、そっぽを向いてそう呟《つぶや》いた。れいの冷い、高慢《こうまん》な口調である。

「何を言っているのです。きざな事を言ってはいけません。草田さんも閉口していましたよ。玻璃子ちゃんのいるのをお忘れですか?」

「アパートを捜しているのですけど、」夫人は、僕の言葉を全然黙殺している。「このへんにありませんか。」

「奥さん、どうかしていますね。もの笑いの種ですよ。およしになって下さい。」

「ひとりで仕事をしたいのです。」夫人は、ちっとも悪びれない。「家を一軒借りても、いいんですけど。」

「薬がききすぎたと、草田さんも後悔していましたよ。二十世紀には、芸術家も天才もないんです。」

るな。

「あなたは俗物ね。」平気な顔をして言った。「草田のほうが、まだ理解があります。」僕に対して、こんな失敬なことを言うお客には帰ってもらうことにしている。僕には、信じている一事があるのだ。誰かれに、わかってもらわなくともいいのだ。いやなら来るな。

「あなたは、何しに来たのですか。お帰りになったらどうですか。」

「帰ります。」少し笑って、「画を、お見せしましょうか。」

「たくさんです。たいていわかっています。」

「そう。」僕の顔を、それこそ穴のあくほど見つめた。「さようなら。」

帰ってしまった。

なんという事だ。あのひとは、たしか僕と同じとしの筈《はず》だ。十二、三歳の子供さえあるのだ。人におだてられて発狂した。おだてる人も、おだてる人だ。不愉快な事件である。僕は、この事件に対して、恐怖をさえ感じた。

それから約二箇月間、静子夫人の来訪はなかったが、草田惣兵衛氏からは、その間に五、六回、手紙をもらった。困り切っているらしい。静子夫人は、その後、赤坂のアパートに起居して、はじめは神妙に、中泉画伯のアトリエに通っていたが、やがてその老画伯をも軽蔑して、絵の勉強は、ほとんどせず、画伯のアトリエの若い研究生たちを自分のアパートに呼び集めて、その研究生たちのお世辞《せじ》に酔って、毎晩、有頂天《うちょうてん》の馬鹿騒ぎをしていた。草田氏は恥をしのんで、単身赤坂のアパートを訪れ、家へ帰るように懇《こん》願《がん》したが、だめであった。静子夫人には、鼻であしらわれ、取巻きの研究生たちにさえ、天才の敵として攻撃せられ、その上、持っていたお金をみんな巻き上げられた。三度おとずれたが、三度とも同じ憂目《うきめ》に逢った。もういまでは、草田氏も覚悟をきめている。それにしても、玻璃子が不憫《ふびん》である。どうしたらよいのか、男子としてこんな苦しい立場はない、と四十歳を越えた一流紳士の草田氏が、僕に手紙で言って寄こすのである。けれども僕も、いつか草田の家で受けたあの大恥辱を忘れてはいない。僕には、時々自分でもぞっとするほど執念深いところがある。いちど受けた侮辱を、どうしても忘れる事が出来ない。草田の家の、此《こ》の度《たび》の不幸に同情する気持など少しも起らぬのである。草田氏は僕に、再三、「どうか、よろしく静子に説いてやって下さい」と手紙でたのんで来ているのだが、僕は、動きたくなかった。お金持の使い走りは、いやだった。「僕は奥さんに、たいへん軽蔑されている人間ですから、とてもお役には立ちません。」などと言って、いつも断っていたのである。

十一月のはじめ、庭の山茶花《さざんか》が咲きはじめた頃であった。その朝、僕は、静子夫人から手紙をもらった。

――耳が聞えなくなりました。悪いお酒をたくさん飲んで、中耳炎を起したのです。お医者に見せましたけれども、もう手遅れだそうです。薬缶《やかん》のお湯が、シュンシュン沸《わ》いている、あの音も聞えません。窓の外で、樹の枝が枯葉を散らしてゆれ動いておりますが、なんにも音が聞えません。もう、死ぬまで聞く事が出来ません。人の声も、地の底から言っているようにしか聞えません。これも、やがて、全く聞えなくなるのでしょう。耳がよく聞えないという事が、どんなに淋しい、もどかしいものか、今度という今度は思い知りました。買物などに行って、私の耳の悪い事を知らない人達が、ふつうの人に話すようにものを言うので、私には、何を言っているのか、さっぱりわからなくて、悲しくなってしまいます。自分をなぐさめるために、耳の悪いあの人やこの人の事など思い出してみて、ようやくの事で一日を過します。このごろ、しょっちゅう、死にたい死にたいと思います。そうしては、玻璃子の事が思い浮んで来て、なんとかしてねばって、生きていなければならぬと思いかえします。こないだうち、泣くと耳にわるいと思って、がまんにがまんしていた涙を、つい二、三日前、こらえ切れなくなって、いちどに、滝のように流しましたら、気分がいくらか楽になりました。もういままでは、耳の聞えない事に、ほんの少し、あきらめも出て来ましたが、悪くなりはじめの頃は、半狂乱でしたの。一日のうちに、何回も何回も、火箸でもって火鉢《ひばち》のふちをたたいてみます。

音がよく聞えるかどうか、ためしてみるのです。夜中でも、目が覚めさえすれば、すぐに寝床《ねどこ》に腹這《はらば》いになって、ぽんぽん火鉢をたたいてみます。あさましい姿です。畳《たたみ》を爪《つめ》でひっかいてみます。なるべく聞きとりにくいような音をえらんでやってみるのです。人がたずねて来ると、その人に大きな声を出させたり、ちいさい声を出させたり、一時間も二時間も、しつこく続けて注文して、いろいろさまざま聴力をためしてみるので、お客様たちは閉口して、このごろは、あんまりたずねて来なくなりました。夜おそく、電車通りにひとりで立っていて、すぐ目の前を走って行く電車の音に耳をすましていることもありました。

もう今では、電車の音も、紙を引き裂くくらいの小さい音になりました。間《ま》も無《な》く、なんにも聞えなくなるのでしょう。からだ全体が、わるいようです。毎夜、お寝巻を三度も取りかえます。寝汗でぐしょぐしょになるのです。私の絵は、とても下手だったのです。あなたって棄《す》てました。一つ残さず棄てました。いままでかいた絵は、みんな破だけが、本当の事をおっしゃいました。他の人は、みんな私を、おだてました。私は、出来る事なら、あなたのように、まずしくとも気楽な、芸術家の生活をしたかった。お笑い下さい。私の家は破産して、母も間もなく死んで、父は北海道へ逃げて行きました。私は、草田の家にいるのが、つらくなりました。その頃から、あなたの小説を読みはじめて、こんな生きかたもあるか、と生きる目標が一つ見つかったような気がしていました。私も、あなたと同じ、まずしい子です。あなたにお逢いしたくなりました。三年前のお正月に、本当に久し振りにお目にかかる事が出来て、うれしゅうございました。私は、あなたの気ままな酔いかたを見て、ねたましいくらい、うらやましく思いました。これが本当の生きかただ。虚飾《きょしょく》も世辞もなく、そうしてひとり誇りを高くして生きている。こんな生きかたが、いいなあと思いました。けれども私には、どうする事も出来ません。そのうちに主人が私に絵をかく事をすすめて、私は主人を信じていますので、(いまでも私は主人を愛しております)中泉さんのアトリエに通う事になりましたが、たちまち皆さんの熱狂的な賞讃の的になり、はじめは私もただ当惑いたしましたが、主人まで真顔になって、お前は天才かも知れぬなどと申します。私は主人の美術鑑賞眼をとても尊敬していましたので、とうとう私も逆上し、かねてあこがれの芸術家の生活をはじめるつもりで家を出ました。ばかな女ですね。中泉さんのアトリエにかよっている研究生たちと一緒に、二、三日箱根で遊んで、その間に、ちょっと気にいった絵が出来ましたので、まず、あなたに見ていただきたくて、いさんであなたのお家へまいりましたのに、思いがけず、さんざんな目に逢いました。私は恥ずかしゅうございました。あなたに絵を見てもらって、ほめられて、そうして、あなたのお家の近くに間借りでもして、お互いまずしい芸術家としてお友だちになりたいと思っていました。私は狂っていたのです。あなたに面罵《めんば》せられて、はじめて私は、正気になりました。自分の馬鹿を知りました。わかい研究生たちが、どんなに私の絵を褒めても、それは皆あさはかなお世辞で、かげでは舌を出しているのだという事に気がつきました。けれどもその時には、もう、私の生活が取りかえしのつかぬところまで落ちていました。引き返すことが出来なくなっていました。落ちるところまで落ちて見ましょう。私は毎晩お酒を飲みました。わかい研究生たちと徹夜で騒ぎました。焼酎も、ジンも飲みました。きざな、ばかな女ですね。

愚痴《ぐち》は、もう申しますまい。私は、いさぎよく罰を受けます。窓のそとの樹の枝のゆれぐあいで、風がひどいなと思っているうちに、雨が横なぐりに降って来ました。雨の音も、風の音も、私にはなんにも聞えませせぬ。サイレントの映画のようで、おそろしいくらい、淋しい夕暮です。この手紙に御返事は要《い》りませんのですよ。私のことは、どうか気になさらないで下さい。淋しさのあまり、ちょっと書いてみたのです。あなたは平気でいらして下さい。――

手紙には、アパートのところ番地も認《したた》められていた。僕は出掛けた。六畳間で、そうして小綺麗《こぎれい》なアパートであったが、静子さんの部屋は、ひどかった。六畳間で、そうして部屋には何もなかった。火鉢と机、それだけだった。畳は赤ちゃけて、しめっぽく、部屋は日当りも悪くて薄暗く、果物の腐ったようないやな匂いがしていた。静子さんは、窓縁に腰かけて笑っている。さすがに身なりは、きちんとしている。顔にも美しさが残っている。二箇月前に見た時よりも、ふとったような感じもするが、けれども、なんだか気味がわるい。眼に、ちからが無い。生きている人の眼ではなかった。瞳が灰色に濁っている。

「無茶ですね！」と僕は叫ぶようにして言ったのであるが、静子さんは、首を振って、笑うばかりだ。もう全く聞えないらしい。僕は机の上の用箋《ようせん》に、「草田ノ家へ、カエリナサイ」と書いて静子さんに読ませた。それから二人の間に、筆談がはじまった。静子さんも机の傍に坐《すわ》って熱心に書いた。

草田ノ家へ、カエリナサイ。

スミマセン。

トニカク、カエリナサイ。

カエレナイ。

ナゼ？

カエルシカク、ナイ。

草田サンガ、マッテル。

　ウソ。

ホント。

カエレナイノデス。ワタシ、アヤマチシタ。

バカダ。コレカラドウスル。

スミマセン。ハタラクツモリ。

オ金、イルカ。

　ゴザイマス。

絵ヲ、ミセテクダサイ。

　ナイ。

イチマイモ？

　アリマセン。

僕は急に、静子さんの絵を見たくなったのである。妙な予感がして来た。いい絵だ、すばらしくいい絵だ。きっと、そうだ。

絵ヲ、カイテユク気ナイカ。

　ハズカシイ。

アナタハ、キットウマイ。
ナグサメナイデホシイ。
ホントニ、天才カモ知レナイ。
ヨシテ下サイ。モウオカエリ下サイ。

僕は苦笑して立ちあがった。帰るより他はない。静子夫人は僕を見送りもせず、坐ったままで、ぼんやり窓の外を眺めていた。

その夜、僕は、中泉画伯のアトリエをおとずれた。

「静子さんの絵を見たいのですが、あなたのところにありませんか。」

「ない。」老画伯は、ひとの好《よ》さそうな笑顔で、「御自分で、全部破ってしまったそうじゃないですか。天才的だったのですがね。あんなに、わがままじゃいけません。」

「書き損じのデッサンでもなんでも、とにかく見たいのです。ありませんか。」

「待てよ。」老画伯は首をかたむけて、「デッサンが三枚ばかり、私のところに残っていたのですが、それを、あのひとが此《こ》の間やって来て、私の目の前で破ってしまいました。誰か、あの人の絵をこっぴどくやっつけたらしく、それからはもう、あ、そうだ、ありました、ありました、まだ一枚のこっています。うちの娘が、たしか水彩を一枚持っていた筈《はず》です。」

「見せて下さい。」

「ちょっとお待ち下さい。」

老画伯は、奥へ行って、やがてにこにこ笑いながら一枚の水彩を持って出て来て、

「よかった、よかった。娘が秘蔵していたので助かりました。いま残っているのは、おそらく此の水彩いちまいだけでしょう。私は、もう、一万円でも手放しませんよ。」

「見せて下さい。」

水仙の絵である。バケツに投げ入れられた二十本程《ほど》の水仙の絵である。手にとってちらと見てビリビリと引き裂いた。

「なにをなさる！」老画伯は驚愕《きょうがく》した。

「つまらない絵じゃありませんか。あなた達は、お金持の奥さんに、おべっかを言っていただけなんだ。そうして奥さんの一生を台無しにしたのです。あの人をこっぴどくやっつけた男というのは僕です。」

「そんなに、つまらない絵でもないでしょう。」老画伯は、急に自信を失った様子で、「私には、いまの新しい人たちの画は、よくわかりませんけど。」

僕はその絵を、さらにこまかに引き裂いて、ストーヴにくべた。僕には、絵がわかるつもりだ。草田氏にさえ、教える事が出来るくらいに、わかるつもりだ。水仙の絵は、

断じて、つまらない絵ではなかった。美事《みごと》だった。なぜそれを僕が引き裂いたのか。それは読者の推量にまかせる。静子夫人は、草田氏の手許《てもと》に引きとられ、そのとしの暮に自殺した。僕の不安は増大する一方である。なんだか天才の絵のようだ。おのずから忠直卿の物語など思い出され、或る夜ふと、忠直卿も事実素晴らしい剣術の達人だったのではあるまいかと、奇妙な疑念にさえとらわれて、このごろは夜も眠られぬくらいに不安である。二十世紀にも、芸術の天才が生きているのかも知れぬ。

待つ

＊省線《しょうせん》のその小さい駅に、私は毎日、人をお迎えにまいります。誰とも、わからぬ人を迎えに。

市場で買い物をして、その帰りには、かならず駅に立ち寄って駅の冷たいベンチに腰をおろし、買《か》い物籠《ものかご》を膝《ひざ》に乗せ、ぼんやり改札口を見ているのです。上り下りの電車がホームに到着する毎《ごと》に、たくさんの人が電車の戸口から吐き出され、どやどや改札口にやって来て、一様に怒っているような顔をして、パスを出したり、切符を手渡したり、それから、そそくさと脇目も振らず歩いて、私の坐《すわ》っているベンチの前を通り駅前の広場に出て、そうして思い思いの方向に散って行く。私は、ぼんやり坐っています。誰か、ひとり、笑って私に声を掛ける。おお、こわい。ああ、困る。胸が、どきどきする。考えただけでも、背中に冷水をかけられたように、ぞっとして、息《いき》がつまる。けれども私は、やっぱり誰かを待っているのです。いったい私は、毎日ここに坐って、誰を待っているのでしょう。どんな人を？　いいえ、私の待っているものは、人間でないかも知れない。私は、人間をきらいです。いいえ、こわいのです。人と顔を合せて、お変りありませんか、寒くなりました、などと言いたくもない挨拶を、いい加減に言っていると、なんだか、自分ほどの嘘《うそ》つきが世界中にいないような苦しい気持になって、死にたくなります。そうしてまた、相手の人も、むやみに私を警戒して、当らずさわらずのお世辞《せじ》やら、もったいぶった嘘の感想などを述べて、私はそれを聞いて、相手の人のけちな用心深さが悲しく、いよいよ世の中がいやでいやでたまらなくなります。世の中の人というものは、お互い、こわばった挨拶をして、用心して、そうしてお互いに疲れて、一生を送るものなのでしょうか。私は、人に逢《あ》うのが、いやなのです。だから私は、よほどの事でもない限り、私のほうからお友達の所へ遊びに行く事などは致しませんでした。家にいて、母と二人きりで黙って縫物《ぬいもの》をしていると、一ばん楽《らく》な気持でした。けれども、いよいよ大戦争がはじまって、周囲がひどく緊張してまいりましてからは、私だけが家で毎日ぼんやりしているのが大変わるい事のような気がして来て、何だか不安で、ちっとも落ちつかなくなりました。身を粉《こ》にして働いて、直接に、お役に立ちたい気持なのです。私は、私の今までの生活に、自信を失ってしまったのです。

家に黙って坐って居られない思いで、けれども、外に出てみたところで、私には行くところが、どこにもありません。買い物をして、その帰りには、駅に立ち寄って、ぼんやり駅の冷たいベンチに腰かけているのです。どなたか、ひょいと現れたら！という期待と、ああ、現われたら困る、どうしようという恐怖と、でも現われた時には仕方が無い、その人に私のいのちを差し上げよう、私の運がその時きまってしまうのだというような、あきらめに似た覚悟と、その他さまざまのけしからぬ空想などが、異様にからみ合って、胸が一ぱいになり窒息《ちっそく》する程《ほど》くるしくなります。生きているのか、死んでいるのか、わからぬような、白昼の夢を見ているような、なんだか頼りない気持になって、眼前の、人の往来の有様も、望遠鏡を逆に覗《のぞ》いたみたいに、小さく遠く思われて、世界がシンとなってしまうのです。ああ、私は一体、何を待っているのでしょう。ひょっとしたら、私は大変みだらな女なのかも知れない。大戦争がはじまって、何だか不安で、身を粉《こ》にして働いて、お役に立ちたいというのは嘘で、本当は、そんな立派そうな口実を設けて、自身の軽はずみな空想を実現しようと、何かしら、よい機会をねらっているのかも知れない。ここに、こうして坐って、ぼんやりした顔をしているけれども、胸の中では、不埒《ふらち》な計画がちろちろ燃えているような気もする。

一体、私は、誰を待っているのだろう。はっきりした形のものは何も無い。ただ、もやもやしている。けれども、私は待っている。大戦争がはじまってからは、毎日、毎日、お買い物の帰りには駅に立ち寄り、この冷たいベンチに腰をかけて、待っている。誰か、ひとり、笑って私に声を掛ける。おお、こわい。ああ、困る。私の待っているのは、あなたではない。それでは一体、私は誰を待っているのだろう。旦那さま。ちがう。恋人。ちがいます。お友達。いやだ。お金。まさか。亡霊。おお、いやだ。

もっとなごやかな、ぱっと明るい、素晴らしいもの。なんだか、わからない。たとえば、春のようなもの。いや、ちがう。青葉。五月。麦畑を流れる清水。やっぱり、ちがう。ああ、けれども私は待っているのです。胸を躍らせて待っているのだ。眼の前を、ぞろぞろ人が通って行く。あれでもない、これでもない。私は買い物籠をかかえて、こまかく震《ふる》えながら一心に一心に待っているのだ。私を忘れないで下さいませ。毎日、毎日、駅へお迎えに行っては、むなしく家へ帰って来る二十《はたち》の娘を笑わずに、どうか覚えて置いて下さいませ。その小さい駅の名は、わざとお教え申しません。お教えせずとも、あなたは、いつか私を見掛ける。

花*　火

昭*和のはじめ、東京の一家庭に起った異常な事件である。四谷区某町某番地に、鶴見仙之助というやや高名の洋画家がいた。その頃すでに五十歳を越えていた。東京の医者の子であったが、若い頃フランスに渡り、ル*ノアルという巨匠に師事して洋画を学び、帰朝して日本の画壇に於《お》いて、かなりの地位を得る事が出来た。夫人は陸奥《みちのく》の産である。教育者の家に生れて、父が転任を命じられる度毎《たびごと》に、一家も共に移転して諸方を歩いた。その父が東京のドイツ語学校の主事として栄転して来たのは、夫人の十七歳の春であった。間もなく、世話する人があって、新帰朝の仙之助氏と結婚した。一男一女をもうけた。勝治と、節子である。その事件のおこった時は、勝治二十三歳、節子十九歳の盛夏である。

　事件は既に、その三年前から萌芽していた。仙之助氏と勝治の衝突である。仙之助氏は、小柄で、上品な紳士である。若い頃には、かなりの毒舌家だったらしいが、いまは、まるで無口である。家族の者とも、日常ほとんど話をしない。用事のある時だけ、低い声で、静かに言う。むだ口は、言うのも聞くのも、きらいなようである。煙草《たばこ》は吸うが、酒は飲まない。アトリエと旅行。仙之助氏の生活の場所は、その二つだけのように見えた。けれども画壇の一部に於《お》いては、鶴見はいつも金庫の傍で暮している、という奇妙な囁《ささや》きも交わされているらしく、とすると仙之助氏の生活の場所も合計三つになるわけであるが、そのような囁きは、貧困で自堕落《じだらく》な画家の間にだけもっぱら流行している様子で、れいのヒステリイの復讐的な嘲笑《ちょうしょう》に過ぎないらしいところもあるので、そのまま信用する事も出来ない。とにかく世間一般は、仙之助氏を相当に尊敬していた。

勝治は父に似ず、からだも大きく、容貌も鈍重な感じで、そうしてやたらに怒りっぽく、芸術家の天分とでもいうようなものは、それこそ爪《つめ》の垢《あか》ほども無く、幼い頃から、ひどく犬が好きで、中学校の頃には、闘犬を二匹も養っていた事があった。弱い犬が好きだった。犬に飽きて来たら、こんどは自分で拳闘に凝《こ》り出《だ》した。中学で二度も落第して、やっと卒業した春に、父と乱暴な衝突をした。父はそれまで、勝治の事に就《つ》いては、ほとんど放任しているように見えた。母だけが、勝治の将来に就いて気をもんでいるように見えた。けれども、こんど、勝治の卒業を機として、父が勝治にどんな生活方針を望んでいたのか、その全部が露呈せられた。まあ、普通の暮しである。けれども、少し頑固すぎたようでもある。医者になれ、というのである。そうして、その他のものは絶対にいけない。医者に限る。最も容易に入学できる医者の学校を選んで、その学校へ、二度でも三度でも、入学できるまで受験を続けよ、それが勝治の最善の路だ、理由は言わぬが、あとになって必ず思い当る事がある、と母を通じて勝治に宣告した。これに対して勝治の希望は、あまりにも、かけ離れていた。

勝治は、＊チベットへ行きたかったのだ。なぜ、そのような冒険を思いついたか、或《あるい》いは少年航空雑誌で何か読んで強烈な感激を味《あじわ》ったのか、はっきりしないが、とにかく、チベットへ行くのだという希望だけは＊牢固《ろうこ》として抜くべからざるものがあった。両者の意嚮《いこう》の間には、あまりにもひどい懸隔《けんかく》があるので、母は狼狽《ろうばい》した。チベットは、いかになんでも唐突すぎる。母はまず勝治に、その無思慮な希望を放棄してくれるように歎願した。頑《がん》として聞かない。チベットへ行くのは僕の年来の理想であって、中学時代に学業よりも主として身体の鍛錬に努めて来たのも実はこのチベット行《ゆき》のためにそなえていたのだ、人間は自分の最高と信じた路に雄飛しなければ、生きていても屍《しかばね》同然である、お母さん、人間はいつか必ず死ぬものです、自分の好きな路に進んで、努力してそうして中途でたおれたとて、僕は本望です、と大きい男がからだを震《ふる》わせ、熱い涙を流して言い張る有様には、さすがに少年の純粋な一すじの情熱も感じられて、可憐《かれん》でさえあった。母は当惑するばかりである。いまはもう、いっそ、母のほうで、そのチベットとやらの*十万億土《じゅうまんおくど》へ行ってしまいたい気持である。どのように言ってみても、勝治は初志をひるがえさず、ひるがえすどころか、いよいよ自己の悲壮の決意を固めるばかりである。母は窮《きゅう》した。まっくらな気持で、父に報告した。けれども流石《さすが》に、チベットとは言い出し兼ねた。満洲へ行きたいそうでございますが、と父に告げた。父は表情を変えずに、少し考えた。答は、実に案外であった。

「行ったらいいだろう。」

そう言ってパレットを持ち直し、

「満洲にも医学校はある。」

これでは問題が、更《さら》にややこしくなったばかりで、なんにもならない。母は今更、チベットとは言い直しかねた。そのまま引きさがって、勝治に向い、チベットは諦めて、せめて満洲の医学校、くらいのところで堪忍《かんにん》してくれぬか、といまは必死の説服に努めてみたが、勝治は*風馬牛《ふうばぎゅう》である。ふんと笑って、満洲なら、クラスの相馬君も、それから辰ちゃんだって行くと言ってた、満洲なんて、あんなへナチョコどもが行くのにちょうどよい所だ、神秘性が無いじゃないか、僕はなんでもチベットへ行くのだ、日本で最初の開拓者になるのだ、羊を一万頭も飼って、それから、などと幼い空想をとりとめもなく言い続ける。母は泣いた。

とうとう、父の耳にはいった。父は薄笑いして、勝治の目前で静かに言い渡した。

「低能だ。」

「なんだっていい。僕は行くんだ。」

「行ったほうがよい。歩いて行くのか。」

「ばかにするな！」勝治は父に飛びかかって行った。これが親不孝のはじめ。

チベット行《ゆき》は、うやむやになったが、勝治は以来、恐るべき家庭破壊者として、そろそろ、その兇悪《きょうあく》な風格を表しはじめた。医者の学校へ受験したのか、しないのか、（勝治は受験したと言っている）また、次の受験にそなえて勉強しているのか、どうか、（勝治は、勉強しているさ、と言っている）まるで当てにならない。勝治の言葉を信じかねて、食事の時、母がうっかり、「本当？」と口を滑らせたばかりに、ざぶりと味噌汁を頭から浴びせられた。

「ひどいわ。」朗《ほが》らかに笑って言って素早く母の髪をエプロンで拭いてやり、なんでもないようにその場を取りつくろってくれたのは、妹の節子である。未だ女学生である。この頃から、節子の稀有《けう》の性格が登場する。

勝治の小使銭は一月三十円、節子は十五円、それは毎月きまって母から支給せられる額である。勝治には、足りるわけがない。一日で無くなる事もある。何に使うのか、それは後でだんだんわかって来るのであるが、勝治は、はじめは、「わかってるじゃねえか、必要な本《ほん》があるんだよ」と言っていた。小使銭を支給されたその日に、勝治はぬっと節子に右手を差し出す。節子は、うなずいて、兄の大きい掌に自分の十円紙幣を載せてやる。それだけで手を引込める事もあるが、なおも黙って手を差し出したままでいる事もある。節子は一瞬泣きべそに似た表情をするが、無理に笑って、残りの五円紙幣をも勝治の掌に載せてやる。

「サアンキュ！」勝治はそう言う。節子のお小使は一銭も残らぬ。節子は、その日から、やりくりをしなければならぬ。どうしても、やりくりのつかなくなった時には、仕方が無い、顔を真赤にして母にたのむ。母は言う。

「勝治ばかりか、お前まで、そんなに金使いが荒くては。」

節子は弁解をしない。

「大丈夫。来月は、だいじょうぶ。」と無邪気な口調で言う。

その頃は、まだよかったのだ。節子の着物が無くなりはじめた。いつのまにやら箪笥《たんす》から、すっと姿を消している。はじめ、まだ一度も袖《そで》をとおさぬ訪問着が、すっと無くなっているのに気附いた時には、さすがに節子も顔色を変えた。母に尋《たず》ねた。母は落ちついて、着物がひとりで出歩くものか、捜してごらん、と言った。節子は、でも、と言いかけて口を噤《つぐ》んだ。廊下に立っている勝治を見たのだ。兄は、ちらと節子に目くばせをした。いやな感じだった。節子は再び箪笥を捜して、

「あら、あったわ。」と言った。

二人きりになった時、節子は兄に小声で尋ねた。

「売っちゃったの？」

「わしゃ知らん。」タララ、タ、タタタ、廊下で*タップ・ダンスの稽古をして、「返さない男じゃねえよ。我慢しろよ。ちょっとの間じゃねえか。」

「きっとね？」

「あさましい顔をするなよ。告げ口したら、ぶん殴る。」

悪びれた様子もなかった。節子は、兄を信じた。その訪問着は、とうとうかえって来なかった。その訪問着だけでなく、その後も着物が二枚三枚、箪笥から消えて行くのだ。節子は、女の子である。着物を、皮膚《ひふ》と同様に愛惜している。その着物が、すっと姿を消しているのを発見する度毎《たびごと》に、肋骨《ろっこつ》を一本失ったみたいな堪えがたい心細さを覚える。生きて甲斐《かい》ない気持がする。けれどもいまは、兄を信じて待っているより他は無い。あくまでも兄を信じようと思った。

「売っちゃ、いやよ。」それでも時々、心細さのあまり、そっと勝治に囁くことがある。

「馬鹿野郎《ばかやろう》。おれを信用しねえのか。」

「信用するわ。」

信用するより他はない。節子には、着物を失った淋しさの他に、もし此《こ》の事が母に勘附かれたらどうしようという恐ろしい不安もあった。二、三度、母に対して苦しい言いのがれをした事もあった。

「*矢絣《やがすり》の銘仙《めいせん》があったじゃないか。あれを着たら、どうだい？」

「いいわよ、いいわよ。これでいいの。」心の内は生死の境だ。危機一髪である。

姿を消した自分の着物が、どんなところへ持ち込まれているのか、少しずつ節子にもわかって来た。質屋というものの存在、機構を知ったのだ。どうしてもその着物を母のお目に掛けなければならぬ窮地におちいった時には、苦心してお金を都合して兄に手渡す。勝治は、オーライなどと言って、のっそり家を出る。着物を抱えてすぐに帰って来る事もあれば、深夜、酔って帰って来て、「すまねえ」なんて言って、けろりとしていることもある。後になって、節子は、兄に教わって、ひとりで質屋へ着物を受け出しに行くようにさえなった。お金がどうしても都合できず、他の着物を風呂敷《ふろしき》に包んで持って行って、質屋の倉庫にある必要な着物と交換してもらう術《すべ》なども覚えた。

勝治は父の画を盗んだ。それは、あきらかに勝治の所業であった。その画は小さいスケッチ版ではあったが、父の最近の佳作の一つであった。父の北海道旅行の収穫である。およそ二十枚くらい画いて来たのだが、仙之助氏には、その中でもこの小さい雪景色の画だけが、ちょっと気にいっていたので、他の二十枚程《ほど》の画は、すぐに画商に手渡しても、その一枚だけは手許《てもと》に残して、アトリエの壁に掛けて置いた。勝治は平気でそれを持ち出した。捨て値でも、百円以上には、売れた筈《はず》である。

「勝治、画はどうした。」二、三日経って、夕食の時、父がポツンと言った。わかっていたらしい。

「なんですか。」平然と反問する。みじんも狼狽の影が無い。

「どこへ売った。こんどだけは許す。」

「ごちそうさん。」勝治は箸《はし》をぱちっと置いてお辞儀《じぎ》をした。立ち上って隣室へ行き、うたはトチチリチン、と歌った。父は顔色を変えて立ち上りかけた。

＊

「お父さん！」節子はおさえた。「誤解だわ、誤解だわ。」

「誤解？」父は節子の顔を見た。「お前、知ってるのか。」

「え、いいえ。」節子には、具体的な事は、わからなかった。けれども、およその見当はついた。「私が、お友達にあげちゃったの。そのお友達は、永《なが》いこと病気なの。だから、ね、――」やっぱり、しどろもどろになってしまった。

「そうか。」父には勿論《もちろん》、その嘘《うそ》はわかっていた。けれども節子の懸命な声に負けた。

「わるい奴だ。」と誰にともなく言って、また食事をつづけた。節子は泣いた。母も、うなだれていた。

節子には、兄の生活内容が、ほぼ、わかって来た。兄には、わるい仲間がいた。たくさんの仲間のうち、特に親しくしているのが三人あった。

風間七郎。この人は、大物であった。勝治は、その受験勉強の期間中、仮にT大学の*予科に籍を置いていたが、風間七郎は、そのT大学の予科の謂《い》わば主《ぬし》であった。年齢もかれこれ三十歳に近い。背広を着ていることの方が多かった。額の狭い、眼のくぼんだ、口の大きい、いかにも精力的な顔をしていた。風間という*勅選議員《ちょくせんぎいん》の甥《おい》だそうだが、あてにならない。ほとんど職業的な悪漢である。言う事が、うまい。

「*チルチル（鶴見勝治の愛称である）もうそろそろ足を洗ったらどうだ。鶴見画伯のお坊ちゃんが、こんな工合《ぐあ》いじゃ、いたましくて仕様が無い。おれたちに遠慮は要《い》らないぜ。」思案深げに、しんみり言う。

チルチルなるもの、感奮一番せざるを得ない。水臭いな、親爺《おやじ》は親爺、おれはおれさ、ザマちゃん（風間七郎の愛称である）お前ひとりを死なせないぜ、なぞという馬鹿な事を言って、更に更に風間とその一党に対して忠誠を誓うのである。

風間は真面目な顔をして勝治の家庭にまで乗り込んで来る。頗《すこぶ》る礼儀正しい。目当《めあて》は節子だ。節子は未だ女学生であったが、なりも大きく、顔は兄に似ず端麗《たんれい》であった。節子は兄の部屋へ紅茶を持って行く。風間は真白い歯を出して笑って、コンチワ、と言う。すがすがしい感じだった。

「こんないい家庭にいて、君、」と隣室へさがって行く節子に聞える程度の高い声で、「勉強しないって法は無いね。こんど僕は、ノオトを都合してやるから勉強し給《たま》え。」と言う。

勝治は、にやにや笑っている。

「本当だぜ！」風間は、ぴしりと言う。

勝治は、あわてふためき、

「うん、まあ、うん、やるよ。」と言う。

鈍感な勝治にも、少しは察しがついて来た。節子を風間に取りもってやるような危険な態度を表しはじめた。みつぎものとして、差し上げようという考えらしい。風間がやって来ると用事も無いのに節子を部屋に呼んで、自分はそっと座をはずす。馬鹿げた事だ。夜おそく、風間を停留場まで送らせたり、新宿の風間のアパートへ、用も無い教科書などをとどけさせたりする。節子は、いつも兄の命令に従った。兄の言に依《よ》れば、風間は、お金持のお坊ちゃんで秀才で、人格の高潔な人だという。兄の言葉を信じるより他はない。事実、節子は、風間をたよりにしていたのである。

アパートへ教科書をとどけに行った時、

「や、ありがとう。休んでいらっしゃい。コーヒーをいれましょう。」気軽な応対だった。

節子は、ドアの外に立ったまま、

「風間さん、私たちをお助け下さい。」あさましいまでに、祈りの表情になっていた。

風間は興覚めた。よそうと思った。

さらに一人。杉浦透馬。これは勝治にとって、最も苦手《にがて》の友人だった。けれども、どうしても離れる事が出来なかった。そのような交友関係は人生にままある。けれども杉浦と勝治の交友ほど滑稽《こっけい》で、無意味なものも珍しいのである。杉浦透馬は、苦学生である。*T大学の夜間部にかよっていた。*マルキシストである。実際かどうか、それは、わからぬが、とにかく、当人は、だいぶ凄い事を言っていた。その杉浦透馬に、勝治は見込まれてしまったというわけである。

生来、理論の不得意な勝治は、ただ、閉口するばかりである。けれども勝治は、杉浦透馬を拒否する事は、どうしても出来なかった。謂《い》わば蛇《へび》に見込まれた蛙《かえる》の形で、這《は》いつくばったきりで身動きも何も出来ないのである。あまりいい図ではなかった。この事に就《つ》いては、三つの原因が考えられる。生活に於《お》いて何不足なく、ゆたかに育った青年は、極貧の家に生れて何もかも自力で処理して立っている青年を、ほとんど本能的に畏《い》怖《ふ》しているものである。次に考えられるのは、杉浦透馬が酒も煙草もいっさい口にしないという点である。勝治は、酒、煙草は勿論《もちろん》の事、すでに童貞をさえ失っていた。放縦な生活をしている者は、かならずストイックな生活にあこがれている。そうして、ストイックな生活をしている人を、けむったく思いながらも、拒否できず、おっかなびっくり、やたらに自分を卑下《ひげ》してだらだら交際を続けているものである。三つには、杉浦透馬に見込まれたという自負である。見込まれて狼狽閉口していながらも、杉浦君のような高潔な闘士に、「鶴見君は有望だ」と言われると、内心まんざらでないところもあったのである。何がどう有望なのか、勝治には、わけがわからなかったのであるが、とにかく、今の勝治を、まじめにほめてくれる友人は、この杉浦透馬ひとりしか無いのである。この杉浦にさえ見はなされたら、ずいぶん淋しい事になるだろうと思えば、いよいよ杉浦から離れられなくなるのである。杉浦は実に能弁の人であった。トランクなどをさげて、夜おそく勝治の家の玄関に現れ、「どうも、また、僕の身辺が危険になって来たようだ。誰かに尾行されているような気もするから、君、ちょっと、家のまわりを探ってみて来てくれないか。」と声をひそめて言う。勝治は緊張して、そっと庭のほうから外へ出て家のぐるりを見廻り、「異状ないようです。」と小声で報告する。「そうか、ありがとう。もう僕も、今夜かぎりで君と逢《あ》えないかも知れませんが、けれども一身の危険よりも僕にはプロパガンダのほうが重大事です。逮捕される一瞬前まで、僕はプロパガンダを怠る事が出来ない。」やはり低い声で、けれども一語の遅滞もなく、滔滔《とうとう》と述べはじめる。勝治は、酒を飲みたくてたまらない。けれども、杉浦の真剣な態度が、なんだかこわい。あくびを嚙《か》み殺《ころ》して、「然《しか》り、然り」などと言っている。杉浦は泊って行く事もある。外へ出ると危険だというのだから、仕様が無い。帰る時には、党の費用だといって、十円、二十円を請求する。泣きの涙で手渡してやると、「ダンケ*」と言って帰って行く。

さらに一人、実に奇妙な友人がいた。有原修作。三十歳を少し越えていた。新進作家だという事である。あまり聞かない名前であるが、とにかく、新進作家だそうである。勝治は、この有原を「先生」と呼んでいた。風間七郎から紹介されて相知ったのである。風間たちが有原を「先生」と呼んでいたので、勝治も真似《まね》をして「先生」と呼んでいただけの話である。勝治には、小説界の事は、何もわからぬ。風間たちが、有原を天才だと言って、一目置いている様子であったから、勝治もまた有原を人種のちがった特別の人として大事に取扱っていたのである。有原は不思議なくらい美しい顔をしていた。からだつきも、すらりとして気品があった。薄化粧している事もある。酒はいくらでも飲むが、女には無関心なふうを装っていた。どんな生活をしているのか、住所は絶えず変って、一定していないようであった。この男が、どういうわけか、勝治を傍にひきつけて離さない。王様が黒人の力士を養って、退屈な時のなぐさみものにしているような図と甚《はなは》だ似ていた。

「チルチルは、*ピタゴラスの定理って奴を知ってるかい。」

「知りません。」勝治は、少ししょげる。

「君は、知っているんだ。言葉で言えないだけなんだ。」

「そうですね。」勝治は、ほっとする。

「そうだろう？　定理ってのは皆そんなものなんだ。」

「そうでしょうか。」お追従笑《ついしょうわら》いなどをして、有原の美しい顔を、ほれぼれと見上げる。

勝治に圧倒的な命令を下して、仙之助氏の画を盗み出させたのも、こいつだ。*本牧《ほんもく》に連れていって勝治に置いてきぼりを食らわせたのも、こいつだ。勝治がぐっすり眠っている間に、有原はさっさとひとりで帰ってしまったのである。勝治は翌《あく》る日、勘定の支払いに非常な苦心をした。おまけにその一夜のために、*始末のわるい病気にまでかかった。忘れようとしても、忘れる事が出来ない。けれども勝治は、有原から離れる事が出来ない。有原には、へんなプライドみたいなものがあって、決してよその家庭には遊びに行かない。たいてい電話で勝治を呼び出す。

「新宿駅で待ってるよ。」

「はい。すぐ行きます。」やっぱり出掛ける。

勝治の出費は、かさむばかりである。ついには、女中の松やの貯金まで強奪するようにさえなった。台所の隅で、松やはその事をお嬢さんの節子に訴えた。節子は自分の耳を疑った。

「何を言うのよ。」かえって松やを、ぶってやりたかった。「兄さんは、そんな人じゃないわ。」

「はい。」松やは奇妙な笑いを浮べた。はたちを過ぎている。

「お金はどうでも、よござんすけど、約束、――」

「約束？」なぜだか、からだが震えて来た。

「はい。」小声で言って眼を伏せた。

ぞっとした。

「松や、私は、こわい。」節子は立ったままで泣き出した。

松やは、気の毒そうに節子を見て、

「大丈夫でございます。松やは、旦那様にも奥様にも申し上げませぬ。お嬢様おひとり、胸に畳《たた》んで置いて下さいまし。」

松やも犠牲者のひとりであった。強奪せられたのは、貯金だけではなかったのだ。勝治だって、苦しいに違いない。けれども、この小暴君は、詫《わ》びるという法を知らなかった。詫びるというのは、むしろ大いに卑怯《ひきょう》な事だと思っていたようである。自分で失敗をやらかす度毎《たびごと》に、かえって、やたらに怒るのである。そうして、怒られる役は、いつでも節子だ。

或《あ》る日、勝治は、父のアトリエに呼ばれた。

「たのむ！」仙之助氏は荒い呼吸をしながら、「画を持ち出さないでくれ！」

アトリエの隅に、うず高く積まれてある書き損じの画の中から、割合い完成せられてある画を選び出して、二枚、三枚と勝治は持ち出していたのである。

「僕がどんな人だか、君は知っているのですか？」父はこのごろ、わが子の勝治に対して、へんに他人行儀のものの言いかたをするようになっていた。「僕は自分を、一流の芸術家のつもりでいるのだ。あんな書き損じの画が一枚でも市場に出たら、どんな結果になるか、君は知っていますか？　僕は芸術家です。名前が惜しいのです。たのむ。もう、いい加減にやめてくれ！」声をふるわせて言っている仙之助氏の顔は、冷い青い鬼のように見えた。さすがの勝治もからだが竦《すく》んだ。

「もう致しません。」うつむいて、涙を落した。

「言いたくない事も言わなければいけませんが、」父は静かな口調にかえって、そっと立ち上り、アトリエの大きい窓をあけた。すでに初夏である。「松やを、どうするのですか？」

勝治は仰天した。小さい眼をむき出して父を見つめるばかりで、言葉が出なかった。

「お金をかえして、」父は庭の新緑を眺めながら、「ひまを出します。結婚の約束をしたそうですが、」幽《かす》かに笑って、「まさか君も、本気で約束したわけじゃあないでしょう？」

「誰が言ったんです！　誰が！」矢庭《やにわ》に勝治は、われがねの如《ごと》き大声を発した。「ちくしょう！」どんと床を蹴って、「節子だな？　裏切りやがって、ちくしょうめ！」

恥ずかしさが極点に達すると勝治はいつも狂ったみたいに怒るのである。怒られる相手は、きまって節子だ。風の如くアトリエを飛び出し、ちくしょうめ！　ちくしょうめ！　を連発しながら節子を捜し廻り、茶の間で見つけて滅茶苦茶《めちゃくちゃ》にぶん殴った。

「ごめんなさい、兄さん、ごめん。」節子が告げ口したのではない。父がひとりで、いつのまにやら調べあげていたのだ。

「馬鹿にしていやあがる。ちくしょうめ！」引きずり廻して蹴たおして、自分もめそめそ泣き出して、「馬鹿にするな！　馬鹿にするな！　兄さんは、な、こう見えたって、人から奢《おご》られた事なんかただの一度だってねえんだ。」意外な自慢を口走った。ひとに遊興費を支払わせたことが一度も無いというのが、この男の生涯に於《お》ける唯一の必死のプライドだったとは、あわれな話であった。

松やは解雇せられた。勝治の立場は、いよいよ、まずいものになった。勝治は、ほとんど家にいつかなかった。二晩も三晩も、家に帰らない事は、珍らしくなかった。麻雀《マージャン》賭博《とばく》で、二度も警察に留置せられた。喧嘩《けんか》して、衣服を血だらけにして帰宅する事も時々あった。節子の箪笥に目ぼしい着物がなくなったと見るや、こんどは母のこまごました装身具を片端から売払った。父の印鑑を持ち出して、いつの間にやら家の電話を抵当にして金を借りていた。月末になると、近所の蕎麦屋《そばや》、寿司屋《すしや》、小料理屋などから、かなり高額の勘定書がとどけられた。一家の空気は険悪になるばかりであった。このままでこの家庭が、平静に帰するわけはなかった。何か事件が、起らざるを得なくなっていた。

真夏に、東京郊外の、井《い》の頭《かしら》公園で、それが起った。その日のことは、少しくわしく書きしるさなければならぬ。朝早く、節子に電話がかかって来た。節子は、ちらと不吉なものを感じた。

「節子さんでございますか。」女の声である。

「はい。」少し、ほっとした。

「ちょっとお待ち下さい。」

「はあ。」また、不安になった。

しばらくして、

「節子かい。」と男の太い声。

やっぱり勝治である。勝治は三日ほど前に家を出て、それっきりだったのである。

「兄さんが牢へはいってもいいかい?」突然そんな事を言った。「懲役《ちょうえき》五年だぜ。こんどは困ったよ。たのむ。二百円あれば、たすかるんだ。わけは後で話す。兄さんも、改心したんだ。本当だ。改心したんだ、改心したんだ。最後の願いだ。一生の願いだ。二百円あれば、たすかるんだ。なんとかして、きょうのうちに持って来てくれ。井の頭公園の、な、御殿山の、宝亭というところにいるんだ。すぐわかるよ。二百円できなければ、百円でも、七十円でも、な、きょうのうちに、たのむ。待ってるぜ。兄さんは、死ぬかも知れない。」酔っているようであったが、語調には切々たるものが在った。節子は、震えた。

二百円。出来るわけはなかった。けれども、なんとかして作ってやりたかった。もう一度、兄を信頼したかった。これが最後だ、と兄さんも言っている。兄さんは、死ぬかも知れないのだ。兄さんは、可哀《かわい》そうなひとだ。根からの悪人ではない。悪い仲間にひきずられているのだ。私はもう一度、兄さんを信じたい。

箪笥を調べ、押入れに頭をつっこんで捜してみても、お金になりそうな品物は、もはや一つも無かった。思い余って、母に打ち明け、懇願《こんがん》した。

母は驚愕《きょうがく》した。ひきとめる節子をつきとばし、思慮を失った者の如《ごと》く、ああああと叫びながら父のアトリエに駈け込み、ぺたりと板の間《ま》に坐った。父の画伯は、画筆を捨てて立ち上った。

「なんだ。」

母はどもりながらも電話の内容の一切を告げた。聞き終った父は、しゃがんで画筆を拾い上げ、再び画布の前に腰をおろして、

「お前たちも、馬鹿だ。あの男の事は、あの男ひとりに始末させたらいい。懲役なんて、嘘です。」

母は、顔を伏せて退出した。

夕方まで、家の中には、重苦しい沈黙が続いた。電話も、あれっきりかかって来ない。節子には、それがかえって不安であった。堪えかねて、母に言った。

「お母さん！」小さい声だったけれど、その呼び掛けは母の胸を突き刺した。

母は、うろうろしはじめた。

「改心すると言ったのだね？　きっと、改心すると、そう言ったのだね？」

母は小さく折り畳んだ百円紙幣を節子に手渡した。

「行っておくれ。」

節子はうなずいて身支度《みじたく》をはじめた。節子はそのとしの春に、女学校を卒業していた。粗末なワンピースを着て、少しお化粧して、こっそり家を出た。

井の頭。もう日が暮れかけていた。公園にはいると、カナカナ蟬の声が、降るようだった。御殿山。宝亭は、すぐにわかった。料亭と旅館を兼ねた家であって、老杉に囲まれ、古びて堂々たる構えであった。出て来た女中に、鶴見がいますか、妹が来たと申し伝えて下さい、と怯《お》じずに言った。やがて廊下に、どたばた足音がして、

「や、図星なり、図星なり。」勝治の大きな声が聞えた。ひどく酔っているらしい。

「白状すれば、妹には非《あら》ず。恋人なり。」まずい冗談である。

節子は、あさましく思った。このまま帰ろうかと思った。

ランニングシャツにパンツという姿で、女中の肩にしなだれかかりながら勝治は玄関にあらわれた。

「よう、わが恋人。逢いたかった。いざ、まず、いざ、まず。」

なんという不器用な、しつっこいお芝居なんだろう。節子は顔を赤くして、そうして仕方なしに笑った。靴を脱ぎながら、耐えられぬ迄《まで》に悲しかった。こんどもまた、兄に、だまされてしまったのではなかろうかと、ふと思った。

けれども二人ならんで廊下を歩きながら、

「持って来たか。」と小声で言われて、すぐに、れいの紙幣を手渡した。

「一枚か。」兇暴《きょうぼう》な表情に変った。

「ええ。」声を出して泣きたくなった。

「仕様がねえ。」太い溜息《ためいき》をついて、「ま、なんとかしよう。節子、きょうはゆっくりして行けよ。泊って行ってもいいぜ。淋しいんだ。」

勝治の部屋は、それこそ*杯盤狼藉《はいばんろうぜき》だった。隅に男がひとりいた。節子は立ちすくんだ。

「*メッチェンの来訪です。わが愛人。」と勝治はその男に言った。

「妹さんだろう？」相手の男は勘がよかった。有原である。「僕は、失敬しよう。」

「いいじゃないですか。もっとビイルを飲んで下さい。いいじゃないですか。軍資金は、たっぷりです。あ、ちょっと失礼。」勝治は、れいの紙幣を右手に握ったままで姿を消した。

節子は、壁際に、からだを固くして坐った。節子は知りたかった。兄がいったい、どのような危い瀬戸際に立っているのか、それを聞かぬうちは帰られないと思っていた。有原は、節子を無視して、黙ってビイルを飲んでいる。

「何か、」節子は、意を決して尋ねた。「起ったのでしょうか。」

「え?」振り向いて、「知りません。」平然たるものだった。

しばらくして、

「あ、そうですか。」うなずいて、「そう言えば、きょうのチルチルは少し様子が違いますね。僕は、本当に、何もわからんのです。この家は、僕たちがちょいちょい遊びにやって来るところなのですが、さっき僕がふらとここへ立ち寄ったら、かれはひとりでもうひどく酔っぱらっていたのです。二、三日前からここに泊り込んでいたらしいですね。僕は、きょうは、偶然だったのです。本当に、何も知らないのです。でも、何かあるようですね。」にこりともせず、落ちつき払ってそういう言葉には、嘘があるようにも思えなかった。

「やあ、失敬、失敬。」勝治は帰って来た。れいの紙幣が、もう右手に無いのを見て、節子には何か、わかったような気がした。

「兄さん！」いい顔は、出来なかった。「帰るわ。」

「散歩でもしてみますか。」有原は澄ました顔で立ち上った。

月夜だった。半虧《かけ》の月が、東の空に浮んでいた。薄い霧が、杉林の中に充満していた。三人は、その下を縫《ぬ》って歩いた。勝治は、相変らずランニングシャツにパンツという姿で、月夜ってのは、つまらねえものだ、夜明けだか、夕方だか、真夜中だか、わかりゃしねえ、などと呟《つぶや》き、＊昔コイシイ銀座ノ柳イ、と呶鳴《どな》るようにして歌った。有原と節子は、黙ってついて歩いて行く。有原も、その夜は、勝治をれいのように揶揄《やゆ》する事もせず、妙に考え込んで歩いていた。

老杉の陰から白い浴衣《ゆかた》を着た小さい人が、ひょいとあらわれた。

「あ、お父さん！」節子は、戦慄《せんりつ》した。

「へええ。」勝治も唸《うな》った。

「散歩だ。」父は少し笑いながら言った。それから、ちょっと有原のほうへ会釈をして、「むかしは僕たちも、よくこの辺に遊びに来たものです。久しぶりで散歩に来てみたが、昔とそんなに変ってもいないようだね。」

けれども、気まずいものだった。それっきり言葉もなく、四人は、あてもなくそろそろと歩きはじめた。沼のほとりに来た。数日前の雨のために、沼の水量は増していた。水面は*コールタールみたいに黒く光って、波一つ立たずひっそりと静まりかえっている。岸にボートが一つ乗り捨てられてあった。

「乗ろう！」勝治は、わめいた。てれかくしに似ていた。「先生、乗ろう！」

「ごめんだ。」有原は、沈んだ声で断った。

「ようし、それでは拙者《せっしゃ》がひとりで。」と言いながら危い足どりでその舟に乗り込み、「ちゃんとオールもございます。沼を一まわりして来るぜ。」*騎虎《きこ》の勢いである。

「僕も乗ろう。」動きはじめたボートに、ひらりと父が飛び乗った。

「光栄です。」と勝治が言って、ピチャピチャとオールで水面をたたいた。すっとボートが岸をはなれた。また、ピチャとオールの音。舟はするする滑って、そのまま小島の陰の暗闇に吸い込まれて行った。*トトサン、御無事デ、エエ、マタア、カカサンモ。勝治の酔いどれた歌声が聞えた。

節子と有原は、ならんで水面を見つめていた。

「また兄さんに、だまされたような気が致します。*七度《ななたび》の七十倍、というと、——」

「四百九十回です。」だしぬけに有原が、言い継いだ。「まず、五百回です。おわびをしなければ、いけません。僕たちも悪かったのです。鶴見君を、いいおもちゃにしていました。お互い尊敬し合っていない交友は、罪悪だ。僕はお約束できると思うんだ。鶴見君を、いい兄さんにして、あなたへお返し致します。」

信じていい、生真面目な口調であった。

パチャとオールの音がして、舟は小島の陰からあらわれた。舟には父がひとり。するする水面を滑って、コトンと岸に突き当った。

「兄さんは？」

「橋のところで上陸しちゃった。ひどく酔っているらしいね。」父は静かに言って、岸に上った。「帰ろう。」

節子はうなずいた。

翌朝、勝治の死体は、橋の杙《くい》の間から発見せられた。

勝治の父、母、妹、みんな一応取り調べを受けた。有原も証人として召喚せられた。勝治の泥酔の果《はて》の墜落か、または自殺か、いずれにしても、事件は簡単に片づくように見えた。けれども、決着の土壇場《どたんば》に、保険会社から横槍が出た。事件の再調査を申請して来たのである。その二年前に、勝治は生命保険に加入していた。受取人は仙之助氏になっていて、額は二万円を越えていた。この事実は、仙之助氏の立場を甚だ不利にした。

検事局は再調査を開始した。世人はひとしく仙之助氏の無辜《むこ》を信じていたし、当局でも、まさか、鶴見仙之助氏ほどの名士が、愚かな無法の罪を犯したとは思っていなかったようであるが、ひとり保険会社の態度が頗《すこぶ》る強硬だったので、とにかく、再び、綿密な調査を開始したのである。

父、母、妹、有原、共に再び呼び出されて、こんどは警察に留置せられた。取調べの進行と共に、松やも召喚せられた。風間七郎は、その大勢の子分と一緒に検挙せられた。杉浦透馬も、T大学の正門前で逮捕せられた。仙之助氏の陳述も乱れはじめた。事件は、意外にも複雑におそろしくなって来たのである。けれども、この不愉快な事件の顚末《てんまつ》を語るのが、作者の本意ではなかったのである。作者はただ、次のような一少女の不思議な言葉を、読者にお伝えしたかったのである。

節子は、誰よりも先きに、まず釈放せられた。検事は、おわかれに際して、しんみりした口調で言った。

「それではお大事に。悪い兄さんでも、あんな死にかたをしたとなると、やっぱり肉親の情だ、君も悲しいだろうが、元気を出して。」

少女は眼を挙げて答えた。その言葉は、エホバをさえ沈思させたにちがいない。もちろん世界の文学にも、未だかつて出現したことがなかった程《ほど》の新しい言葉であった。

「いいえ、」少女は眼を挙げて答えた。「兄さんが死んだので、私たちは幸福になりました。」

故郷

昨年の夏、私は*十年振りで故郷を見た。その時の事を、ことしの秋四十一枚の短篇にまとめ、「*帰《き》去来《きょらい》」という題を附けて、或《あ》る季刊冊子の編輯部《へんしゅうぶ》に送った。その直後の事である。れいの、*北さんと中畑さんとが、そろって三鷹《みたか》の陋屋《ろうおく》へ訪ねて来られた。そうして、故郷の母が重態だという事を言って聞かせた。五、六年のうちには、このような知らせを必ず耳にするであろうと、内心、予期していた事であったが、こんなに早く来るとは思わなかった。昨年の夏、北さんに連れられてほとんど十年振りに故郷の生家を訪れ、その時、*長兄は不在であったが、*次兄の英治さんや嫂《あによめ》や甥《おい》や姪《めい》、また祖母、母、みんなに逢《あ》う事が出来て、当時六十九歳の母は、ひどく老衰していて、歩く足もとさえ危かしく見えたけれども、決して病人ではなかった。もう五、六年はたしかだ、いや十年、などと私は慾《よく》の深い夢を見ていた。その時の事は、「帰去来」という小説に、出来るだけ正確に書いて置いたつもりであるが、とにかく、その時はいろいろの都合で、故郷の生家に於《お》ける滞在時間は、ほんの三、四時間ほどのものであったのである。その小説の末尾のほうにも私は、――もっともっと故郷を見たかった。あれも、これも、見たいものがたくさん、たくさんあったのである。けれども私は、故郷を、チラと盗み見ただけであった。再び故郷の山河を見ることの出来るのはいつであろうか。母に、もしもの事があった時には、或《ある》いは、もういちど故郷を、こんどは、ゆっくり見ることが出来るかも知れないが、それもまた、つらい話だ、というような意味の事を書いて置いた筈《はず》であるが、その原稿を送った直後に、その「もういちど故郷を見る機会」がやって来るとは思い設けなかった。

「こんども私が、責任を持ちます。」北さんは緊張している。「奥さんとお子さんを連れていらっしゃい。」

昨年の夏には、北さんは、私ひとりを連れて行って下さったのである。こんどは私だけでなく、妻も園子《そのこ》(一年四箇月の女児)もみんなを一緒に連れて行って下さるというのである。北さんと中畑さんの事は、あの「帰去来」という小説に、くわしく書いて置いたけれども、北さんは東京の洋服屋さん、中畑さんは故郷の呉服屋さん、共に古くから私の生家と親密にして来ている人たちであって、私が五度も六度も、いや、本当に、数え切れぬほど悪い事をして、生家との交通を断たれてしまってからでも、このお二人は、謂《い》わば純粋の好意を以《もっ》て長い間、いちどもいやな顔をせず、私の世話をしてくれた。昨年の夏にも、北さんと中畑さんとが相談して、お二人とも故郷の長兄に怒られるのは覚悟の上で、私の十年振りの帰郷を画策してくれたのである。

「しかし、大丈夫ですか？　女房や子供などを連れていって、玄関払いを食らわされたら、目もあてられないからな。」私は、いつでも最悪の事態ばかり予想する。

「そんな事は無い。」とお二人とも真面目に否定した。

「去年の夏は、どうだったのですか？」私の性格の中には、石橋をたたいて渡るケチな用心深さも、たぶんに在るようだ。「あのあとで、お二人とも文治さん(長兄の名)に何か言われはしなかったですか？　北さん、どうですか？」

「それあ、兄さんの立場として、」北さんは思案深げに、「御親戚のかた達の手前もあるし、よく来たとは言えません。けれども、私が連れて行くんだったら、大丈夫だと思うのです。去年の夏の事も、あとで兄さんと東京でお逢いしたら、兄さんは私にただ一こと、北君は人が悪いなあ、とそれだけ言っただけです。怒ってなんかいやしません。」

「そうですか。中畑さんのほうは、どうでしたか？　何か兄さんに言われやしませんでしたか？」

「いいえ。」中畑さんは顔を上げ、「私には一ことも、なんにも、おっしゃいませんでした。いま迄《まで》は私が、あなたに何か世話でもすると、あとで必ず、ちょっとした皮肉をおっしゃったものですが、去年の夏の事に限って、なんにも兄さんは、おっしゃいませんでした。」

「そうですか。」私は少し安心した。「あなた達にご迷惑がかからない事でしたら、私は連れていってもらいたいのです。母に、逢いたくないわけは無いんだし、また、去年の夏には、文治兄さんに逢うことが出来ませんでしたが、こんどこそ逢いたい。連れていって下さると、私は大いにありがたいのですが、女房のほうはどうですか。こんどははじめて亭主の肉親たちに逢うのですから、女は着物だのなんだの、めんどうな事もあるでしょうし、ちょっと大儀がるかも知れません。そこは北さんから一つ、女房に説いてやって下さい。私から言ったんじゃ、あいつは愚図々々《ぐずぐず》いうにきまっていますから。」

私は妻を部屋へ呼んだ。

けれども結果は案外であった。北さんが、妻へ母の重態を告げて、ひとめ園子さんを、などと言っているうちに妻は、ぺたりと畳《たたみ》に両手をついて、

「よろしく、お願い致します。」と言った。

北さんは私のほうに向き直って、

「いつになさいますか?」

二十七日、という事にきまった。その日は、十月二十日だった。

それから一週間、妻は仕度《したく》にてんてこ舞いの様子であった。妻の里から妹が手伝いに来た。どうしても、あたらしく買わなければならぬものも色々あった。私は、ほとんど破産しかけた。園子だけは、何も知らずに、家中をヨチヨチ歩きまわっていた。

二十七日十九時、上野発急行列車。満員だった。私たちは原町まで、五時間ほど立ったままだった。

「ハハイヨイヨワルシ」ダザイイツコクモハヤクオイデマツ」ナカバタ

北さんは、そんな電報を私に見せた。一足さきに故郷へ帰っていた中畑さんから、けさ北さんの許《もと》に来た電報である。

翌朝八時、青森に着き、すぐに奥羽線《おううせん》に乗りかえ、川部という駅でまた五所川原《ごしょがわら》行の汽車に乗りかえて、もうその辺から列車の両側は林檎畑《りんごばたけ》。ことしは林檎も豊作のようである。

「まあ、綺麗《きれい》。」妻は睡眠不足の少し充血した眼を見張った。「いちど、林檎のみのっているところを、見たいと思っていました。」

手を伸ばせば取れるほど真近かなところに林檎は赤く光っていた。

十一時頃、五所川原駅に着いた。中畑さんの娘さんが迎えに来ていた。中畑さんのお家は、この五所川原町に在るのだ。私たちは、その中畑さんのお家で一休みさせてもらって、妻と園子は着換え、それから金木町《かなぎまち》の生家を訪れようという計画であった。金木町というのは、五所川原から更《さら》に津軽鉄道に依《よ》って四十分、北上したところに在るのである。

私たちは中畑さんのお家で昼食をごちそうになりながら、母の容態をくわしく知らされた。ほとんど危篤《きとく》の状態らしい。

「よく来て下さいました。」中畑さんは、かえって私たちにお礼を言った。「いつ来るか、いつ来るかと気が気じゃなかった。とにかく、これで私も安心しました。お母さんは、黙っていらっしゃるけど、とてもあなた達を待っているご様子でしたよ。」

聖書に在る「*蕩児《とうじ》の帰宅」を、私はチラと思い浮べた。

昼食をすませて出発の時、

「トランクは持って行かないほうがよい、ね、そうでしょう?」と北さんは、ちょっと強い口調で私に言った。「兄さんから、まだ、ゆるしが出ているわけでもないのに、トランクなどさげて、――」

「わかりました。」

荷物は一切、中畑さんのお家へあずけて行く事にした。病人に逢わせてもらえるかどうか、それさえまだわかっていない、という事を北さんは私に警告したのだ。中畑さんも一緒に乗った。

園子のおしめ袋だけを持って、私たちは金木行の汽車に乗った。

刻一刻、気持が暗鬱《あんうつ》になった。みんないい人なのだ。誰も、わるい人はいないのだ。私ひとりが過去に於《お》いて、ぶていさいな事を行い、いまもなお十分に聡明ではなく、悪評高く、その日暮しの貧乏な文士であるという事実のために、すべてがこのように気まずくなるのだ。

「景色のいいところですね。」妻は窓外の津軽平野を眺めながら言った。「案外、明るい土地ですね。」

「そうかね。」稲はすっかり刈り取られて、満目の稲田には冬の色が濃かった。「僕には、そうも見えないが。」

その時の私には故郷を誇りたい気持も起らなかった。ひどく、ただ、くるしい。去年の夏は、こうではなかった。それこそ胸をおどらせて十年振りの故郷の風物を眺めたものだが。

「あれは、岩木山*だ。富士山に似ているっていうので、津軽富士。」私は苦笑しながら説明していた。なんの情熱も無い。「こっちの低い山脈は、ぼんじゅ山脈というのだ。

あれが馬禿山《まはげやま》だ。」実に、投げやりな、いい加減な説明だった。

ここがわしの生れ在所、四、五丁ゆけば、などと、やや得意そうに説明して聞かせる梅川忠兵衛の新口村《にのくちむら》は、たいへん可憐《かれん》な芝居であるが、私の場合は、そうではなかった。＊忠兵衛が、やたらにプンプン怒っていた。稲田の向うに赤い屋根がチラと見えた。

「あれが、」僕の家、と言いかけて、こだわって、「兄さんの家だ。」と言った。

けれどもそれはお寺の屋根だった。私の生家の屋根は、その右方に在った。

「いや、ちがった。右の方の、ちょっと大きいやつだ。」滅茶々々《めちゃめちゃ》である。

金木駅に着いた。小さい姪と、若い綺麗な娘さんとが迎えに来ていた。

「あの娘さんは、誰？」と妻は小声で私にたずねた。

「女中だろう？　挨拶なんか要《い》らない。」去年の夏にも、私はこの娘さんと同じ年恰好《としかっこう》の上品な女中を兄の長女かと思い、平伏するほどていねいにお辞儀《じぎ》をしてちょっと具合の悪い思いをした事があるので、こんどは用心してそう言ったのである。

小さい姪というのは兄の次女で、これは去年の夏に逢って知っていた。八歳である。

「シゲちゃん。」と私が呼ぶと、シゲちゃんは、こだわり無く笑った。私は少し助かったような気がした。この子だけは、私の過去を知るまい。

家へはいった。中畑さんと北さんは、すぐに二階の兄の部屋へ行ってしまった。私は妻子と共に仏間へ行って、仏さまを拝んで、それから内輪の客だけが集《あつま》る「常居《じょい》」という部屋へさがって、その一隅に坐《すわ》った。長兄の嫂も、次兄の嫂も、笑顔を以て迎えて呉《く》れた。祖母も、女中に手をひかれてやって来た。祖母は八十六歳である。耳が遠くなってしまった様子だが、元気だ。妻は園子にも、お辞儀をさせようとして苦心していたが、園子はてんでお辞儀をしようとせず、ふらふら部屋を歩きまわって、皆をあぶながらせた。

兄が出て来た。すっと部屋を素通りして、次の間に行ってしまった。顔色も悪く、ぎょっとするほど痩《や》せて、けわしい容貌になっていた。次の間にも母の病気見舞いの客がひとり来ているのだ。兄はそのお客としばらく話をして、やがてその客が帰って行ってから、「常居《じょい》」に来て、私が何も言わぬさきから、

「ああ。」と首肯《うなず》いて畳に手をつき、軽くお辞儀をした。

「いろいろ御心配をかけました。」私は固くなってお辞儀をした。「文治兄さんだ。」と妻に知らせた。

兄は、妻のお辞儀がはじまらぬうちに、妻に向ってお辞儀をした。私は、はらはらした。お辞儀がすむと、兄はさっさと二階へ行った。

はてな? と思った。何かあったな、と私は、ひがんだ。この兄は、以前から機嫌の

悪い時に限って、このように妙によそよそしく、ていねいにお辞儀をするのである。北さんも中畑さんも、あれっきりまだ二階から降りて来ない。北さん何か失敗したかな？と思ったら急に心細いやら、おそろしいやら、胸がどきんどきんして来た。嫂がニコニコ笑いながら出て来て、

「さあ。」と私たちを促した。私は、ほっとして立ち上った。母に逢える。別段、気まずい事も無く、母との対面がゆるされるのだ。なあんだ。少し心配しすぎた。

廊下を渡りながら嫂が、

「二、三日前から、お待ちになって、本当に、お待ちになって。」と私たちに言って聞かせた。

母は離れの十畳間に寝ていた。大きいベッドの上に、枯れた草のようにやつれて寝ていた。けれども意識は、ハッキリしていた。

「よく来た。」と言った。妻が初対面の挨拶をしたら、頭をもたげるようにして、うなずいて見せた。私が園子を抱えて、園子の小さい手を母の痩せた手のひらに押しつけてやったら、母は指を震《ふる》わせながら握りしめた。枕頭にいた五所川原の叔母《おば》は、微笑みながら涙を拭いていた。

病室には叔母の他に、看護婦がふたり、それから私の一ばん上の姉、次兄の嫂、親戚

のおばあさんなど大勢いた。私たちは隣りの六畳の控えの間に行って、みんなと挨拶を交した。修治(私の本名)は、ちっとも変らぬ。少しふとってかえって若くなった、とみんなが言った。園子も、懸念していたほど人見知りはせず、誰にでも笑いかけていた。みんな控えの間の、火鉢《ひばち》のまわりに集って、ひそひそ小声で話をはじめて、少しずつ緊張もときほぐれて行った。

「こんどは、ゆっくりして行くんでしょう?」

「さあ、どうだか。去年の夏みたいに、やっぱり二、三時間で、おいとまするような事になるんじゃないかな。北さんのお話では、それがいいという事でした。僕は、なんでも、北さんの言うとおりにしようと思っているのですから。」

「でも、こんなにお母さんが悪いのに、見捨てて帰る事が出来ますか。」

「いずれ、それは、北さんと相談して、――」

「何もそんなに、北さんにこだわる事は無いでしょう。」

「そうもいかない。北さんには、僕は今まで、ずいぶん世話になっているんだから。」

「それは、まあ、そうでしょう。でも、北さんだって、まさか、――」

「いや、だから、北さんに相談してみるというのです。北さんの指図《さしず》に従っていると間違いないのです。北さんは、まだ兄さんと二階で話をしているようですが、何か、ややこしい事でも起っているんじゃないでしょうか。私たち親子三人、ゆるしも無く、のこのこ乗り込んで、――」

「そんな心配は要らないでしょう。英治さん(次兄の名)だって、あなたにすぐ来いって速達を出したそうじゃないの。」

「それは、いつですか？　僕たちは見ませんでしたよ。」

「おや。私たちは、また、その速達を見て、おいでになったものとばかり、――」

「そいつあ、まずかったな。行きちがいになったのですね。そいつあ、まずい。妙に北さんが出しゃばったみたいな形になっちゃった。」なんだか、すっかりわかったような気がした。運が悪いと思った。

「まずい事は無いでしょう。一日でも早く、駈けつけたほうがいいんですもの。」

けれども、私は、しょげてしまった。わざわざ私たちを、商売を投げて連れて来て下さった北さんにも気の毒であった。ちゃんと、いい時期に知らせてあげるのに、なあ、という兄たちのくやしさもわかるし、どうにも具合いの悪い事だと思った。

先刻、駅へ迎えに来ていた若い娘さんが、部屋へはいって来て、笑いながら私にお辞儀をした。また失敗だったのだ。こんどは用心しすぎて失敗したのである。全然、女中さんではなかった。一ばん上の姉の子だった。この子の七つ八つの頃までは私も見知っていたが、その頃は色の黒い小粒の子だった。いま見ると、脊もすらりとして気品もあるし、まるで違う人のようであった。

「光《みつ》ちゃんですよ。」叔母も笑いながら、「なかなか、べっぴんになったでしょう。」

「べっぴんになりました。」私は真面目に答えた。「色が白くなった。」

みんな笑った。私の気持も、少しほぐれて来た。その時、ふと、隣室の母を見ると、母は口を力無くあけて肩で二つ三つ荒い息をして、そうして、痩せた片手を蝿でも追い払うように、ひょいと空に泳がせた。変だな？と思った。私は立って、母のベッドの傍へ行った。他のひとたちも心配そうな顔をして、そっと母の枕頭に集って来た。

「時々くるしくなるようです。」看護婦は小声でそう説明して、掛蒲団《かけぶとん》の下に手をいれて母のからだを懸命にさすった。私は枕もとにしゃがんで、どこが苦しいの？と尋《たず》ねた。母は、幽《かす》かにかぶりを振った。

「がんばって。園子の大きくなるところを見てくれなくちゃ駄目《だめ》ですよ。」私はてれくさいのを怺《こら》えてそう言った。

突然、親戚のおばあさんが私の手をとって母の手と握り合わさせた。私は片手ばかりでなく、両方の手で母の冷い手を包んであたためてやった。親戚のおばあさんは、母の掛蒲団に顔を押しつけて泣いた。叔母も、タカさん(次兄の嫂の名)も泣き出した。私は口を曲げて、こらえた。しばらく、そうしていたが、どうにも我慢出来ず、そっと母の傍から離れて廊下に出た。廊下を歩いて洋室へ行った。洋室は寒く、がらんとしていた。白い壁に、罌粟《けし》の花の油絵と、裸婦の油絵が掛けられている。マントルピイスには、下手な木彫が一つぽつんと置かれている。ソファには、豹《ひょう》の毛皮が敷かれてある。椅子もテエブルも絨氈《じゅうたん》も、みんな昔のままであった。私は洋室をぐるぐると歩きまわり、いま涙を流したらウソだ、いま泣いたらウソだぞ、と自分に言い聞かせて泣くまい泣くまいと努力した。こっそり洋室にのがれて来て、ひとりで泣いて、あっぱれ母親思いの心やさしい息子さん。キザだ。思わせぶりたっぷりじゃないか。そんな安っぽい映画があったぞ。三十四歳にもなって、なんだい、心やさしい修治さんか。甘ったれた芝居はやめろ。いまさら孝行息子でもあるまい。わがまま勝手の*検束《けんそく》をやらかしてさ。よせやいだ。泣いたらウソだ。涙はウソだ、と心の中で言いながら懐手《ふところで》して部屋をぐるぐる歩きまわっているのだが、いまにも、嗚咽《おえつ》が出そうになるのだ。私は実に閉口した。煙草《たばこ》を吸ったり、鼻をかんだり、さまざま工夫して頑張って、とうとう私は一滴の涙も眼の外にこぼれ落さなかった。

日が暮れた。私は母の病室には帰らず、洋室のソファに黙って寝ていた。この離れの洋室は、いまは使用していない様子で、スイッチをひねっても電気がつかない。私は寒い暗闇の中にひとりでいた。北さんも中畑さんも、離れのほうへ来なかった。何をしているのだろう。妻と園子は、母の病室にいるようだ。今夜これから私たちは、どうなるのだろう。はじめの予定では、北さんの意見のとおり、お見舞いしてすぐに金木を引き上げ、その夜は五所川原の叔母の家へ一泊という事になっていたのだが、こんなに母の容態が悪くては、予定どおりすぐ引き上げるのも、かえって気まずい事になるのではあるまいか。とにかく北さんに逢いたい。北さんは一体どこにいるのだろう。兄さんとの話が、いよいよややこしく、もつれているのではあるまいか。私は居るべき場所も無いような気持だった。

妻が暗い洋室にはいって来た。

「あなた！　かぜを引きますよ。」

「園子は？」

「眠りました。」病室の控えの間に寝かせて置いたという。

「大丈夫かね？　寒くないようにして置いたかね？」

「ええ。叔母さんが毛布を持って来て、貸して下さいました。」

「どうだい、みんないいひとだろう。」

「ええ。」けれども、やはり不安の様子であった。「これから私たち、どうなるの？」

「わからん。」

「今夜は、どこへ泊るの？」

「そんな事、僕に聞いたって仕様が無いよ。いっさい、北さんの指図にしたがわなくちゃいけないんだ。十年来、そんな習慣になっているんだ。北さんを無視して直接、兄さんに話掛けたりすると、騒動になってしまうんだ。そういう事になっているんだよ。わからんかね。僕には今、なんの権利も無いんだ。トランク一つ、持って来る事さえできないんだからね。」

「なんだか、ちょっと北さんを恨《うら》んでるみたいね。」

「ばか。北さんの好意は、身にしみて、わかっているさ。けれども、北さんが間にはいっているので、僕と兄さんとの仲も、妙にややこしくなっているようなところもあるんだ。どこまでも北さんのお顔を立てなければならないし、わるい人はひとりもいないんだし、――」

「本当にねえ。」妻にも少しわかって来たようであった。「北さんが、せっかく連れて来て下さるというのに、おことわりするのも悪いと思って、私や園子までお供して来て、それで北さんにご迷惑がかかったのでは、私だって困るわ。」

「それもそうだ。うっかりひとの世話なんか、するもんじゃないね。僕という難物の存在がいけないんだ。全くこんどは北さんもお気の毒だったよ。わざわざこんな遠方へやって来て、僕たちからも、また、兄さんたちからも、そんなに有難《ありがた》がられないと来ちゃ、さんざんだ。僕たちだけでも、ここはなんとかして、北さんのお顔の立つように一工夫しなければならぬところなんだろうけれど、あいにく、そんな力はねえや。下手に出しゃばったら、滅茶々々だ。まあ、しばらくこうして、まごまごしているんだね。お前は病室へ行って、母の足でもさすっていなさい。おふくろの病気、ただ、それだけを考えていればいいんだ。」

妻は、でも、すぐには立ち去ろうとしなかった。暗闇の中に、うなだれて立っている。こんな暗いところに二人いるのを、ひとに見られたら、はなはだ具合いがわるいと思ったので私はソファから身を起して、廊下へ出た。寒気がきびしい。ここは本州の北端だ。廊下のガラス戸越しに、空を眺めても、星一つ無かった。ただ、ものものしく暗い。私は無性に仕事をしたくなった。なんのわけだかわからない。よし、やろう。一途に、そんな気持だった。

嫂が私たちをさがしに来た。

「まあ、こんなところに!」明るい驚きの声を挙げて、「ごはんですよ。美知子さんも、一緒にどうぞ。」嫂はもう、私たちに対して何の警戒心も抱いていない様子だった。私にはそれが、ひどくたのもしく思われた。なんでもこの人に相談したら、間違いが無いのではあるまいかと思った。

母屋《おもや》の仏間に案内された。床《とこ》の間《ま》を背にして、五所川原の先生(叔母の養子)それから北さん、中畑さん、それに向い合って、長兄、次兄、私、美知子と七人だけの座席が設けられていた。

「速達が行きちがいになりまして。」私は次兄の顔を見るなり、思わずそれを言ってしまった。次兄は、ちょっと首肯《うなず》いた。

北さんは元気が無かった。浮かぬ顔をしていた。酒席にあっては、いつも賑《にぎ》やかな人であるだけに、その夜の浮かぬ顔つきは目立った。やっぱり何かあったのだな、と私は確信した。

それでも、五所川原の先生が、少し酔ってはしゃいでくれたので、座敷は割に陽気だった。私は腕をのばして、長兄にも次兄にもお酌《しゃく》をした。私が兄たちに許されているのか、いないのか、もうそんな事は考えまいと思った。私は一生ゆるされる筈《はず》はないのだし、また、許してもらおうなんて、虫のいい甘ったれた考えかたは捨てる事だ。結局は私が、兄たちを愛しているか愛していないか、問題はそこだ。愛する者は、さいわいなる哉《かな》。私が兄たちを愛して居ればいいのだ。みれんがましい慾《よく》の深い考えかたは捨てる事だ、などと私は独酌で大いに飲みながら、たわいない自問自答をつづけていた。

北さんはその夜、五所川原の叔母の家に泊った。金木の家は病人でごたついているので、北さんは遠慮したのか、とにかく五所川原へ泊る事になったのだ。私は停車場まで北さんを送って行った。

「ありがとうございました。おかげさまでした。」私は心から、それを言った。いま北さんと別れてしまうのは心細かった。これからは誰も私に指図をしてくれる人は無い。

「僕たちは今晩、このまま金木へ泊ってもかまわないのですか？」何かと聞いて置きたかった。

「それあ構わないでしょう。」私の気のせいか、少しよそよそしい口調だった。「なにせ、お母さんがあんなにお悪いのですから。」

「じゃ私たちは、もう二、三日、金木の家へ泊めてもらって、——それは図々しいでしょうか。」

「お母さんの容態に依りますな。とにかく、あした電話で打ち合せましょう。」

「北さんは？」

「あした東京へ帰ります。」

「たいへんですね。去年の夏も、北さんは、すぐにお帰りになったし、ことしこそ、青森の近くの温泉にでも御案内しようと、私たちは準備して来たのですけど。」

「いや、お母さんがあんなに悪いのに、温泉どころじゃありません。じっさい、こんなに容態がお悪くなっているとは思わなかった。案外でした。あなたに払っていただいた汽車賃は、あとで計算しておかえし致しますから。」突然、汽車賃の事など言い出したので、私はまごついた。

「冗談じゃない。お帰りの切符も私が買わなければならないところです。そんな御心配は、よして下さい。」

「いや、はっきり計算してみましょう。中畑さんのところにあずけて置いたあなた達の荷物も、あした早速、中畑さんにたのんで金木のお家へとどけさせる事にしましょう。もう、それで私の用事は無い。」まっくらい路を、どんどん歩いて行く。「停車場はこっちでしたね？　もう、お見送りは結構ですよ。本当に、もう。」

「北さん！」私は追いすがるように、二、三歩足を早めて、「何か兄さんに言われましたか？」

「いいえ。」北さんは、歩をゆるめて、しんみりした口調で言った。「そんな心配は、もう、なさらないほうがいい。私は今夜は、いい気持でした。文治さんと英治さんとあなたと、立派な子供が三人ならんで坐っているところを見たら、涙が出るほど、うれしかった。もう私は、何も要らない。満足です。私は、はじめから一文の報酬だって望んでいなかった。それは、あなただってご存じでしょう？　私は、ただ、あなた達兄弟三人を並べて坐らせて見たかったのです。いい気持です。満足です。修治さんも、まあ、これからしっかりおやりなさい。私たち老人は、そろそろひっこんでいい頃です。」

北さんを見送って、私は家へ引返した。もうこれからは北さんにたよらず、私が直接、兄たちと話合わなければならぬのだ、と思ったら、うれしさよりも恐怖を感じた。きっとまた、へまな不作法などを演じて、兄たちを怒らせるのではあるまいかという卑屈な不安で一ぱいだった。

家の中は、見舞い客で混雑していた。私は見舞客たちに見られないように、台所のほうから、こっそりはいって、離れの病室へ行きかけて、ふと「常居《じょい》」の隣りの「小間《こま》」をのぞいて、そこに次兄がひとり坐っているのを見つけ、こわいものに引きずられるように、するすると傍へ行って坐った。内心、少からずビクビクしながら、

「お母さんは、どうしても、だめですか？」と言った。いかにも唐突な質問で、自分ながら、まずいと思った。英治さんは、苦笑を浮べ、ちょっとあたりを見廻してから、

「まあ、こんどは、むずかしいと思わねばいけない。」と言った。そこへ突然、長兄がはいって来た。少しまごついて、あちこち歩きまわって、押入れをあけたりしめたりし

て、それから、どかと次兄の傍にあぐらをかいた。

「困った、こんどは、困った。」そう言って顔を伏せ、眼鏡を額《ひたい》に押し上げ、片手で両眼をおさえた。

ふと気がつくと、いつの間にか私の背後に、一ばん上の姉が、ひっそり坐っていた。

帰去来

人の世話にばかりなって来ました。これからもおそらくは、そんな事だろう。みんなに大事にされて、そうして、のほほん顔で、生きて来ました。これからも、やっぱり、のほほん顔で生きて行くのかも知れない。そうして、そのかずかずの大恩に報いる事は、おそらく死ぬまで、出来ないのではあるまいか、と思えば流石《さすが》に少し、つらいのである。

実に多くの人の世話になった。本当に世話になった。

このたびは、*北さんと中畑さんと二人だけの事を書いて置くつもりであるが、他の大恩人の事も、私がもすこし佳《よ》い仕事が出来るようになってから順々に書いてみたいと思っている。今はまだ、書きかたが下手だから、ややこしい関係の事など、どうしても、うまく書けないのではあるまいかというような気がするのであるが、その点、北さんと中畑さんの事ならば、いまの私の力でもってしても、わりあい正確に書けるのではなかろうかと思うのである。それは、どちらかと言えば、単純な、明白な関係だからである。

けれども、実在の、つつましい生活人を描くに当って、それ相応のこまかい心遣いの必要な事も無論である。あの人たちには、私の描写に対して訂正を申込み給《たま》う機会さえ無いのだから。

私は絶対に嘘《うそ》を書いてはいけない。

中畑さんも北さんも、共に、かれこれ五十歳。中畑さんのほうが、一つか二つ若いかも知れない。中畑さんは、私の死んだ父に、愛されていたようだ。私の町から三里ほど離れた五所川原《ごしょがわら》という町の古い呉服屋の、番頭さんであったのだが、しじゅう私の家へやって来ては、何かと家の用事までしてくれていたようである。私の父は中畑さんを「そうもく」と呼んでいた。つまり、中畑さんには少しも色気が無くて、三十歳ちかくなってもお嫁さんをもらおうとしないのを、からかって「草木」などと呼んでいたものらしい。とうとう、私の父が世話して、私の家と遠縁の佳いお嬢さんをもらってあげた。中畑さんは、間もなく独立して呉服商を営み、成功して、いまでは五所川原町の名士である。この中畑さん御一家に、私はこの十年間、御心配やら御迷惑やら、実にお手数をかけてしまった。私が十歳の頃、五所川原の叔母《おば》の家に遊びに行き、ひとりで町を歩いていたら、

「修ッちゃあ！」と大声で呼ばれて、びっくりした。中畑さんが、その辺の呉服屋の

奥から叫んだのである。だし抜けだったので、私は、実にびっくりした。中畑さんが、そのような呉服屋に勤めているのを私は、その時まで知らなかったのである。中畑さんは、その薄暗い店に坐《すわ》っていて、ポンポンと手を拍《う》って、それから手招きしたけれども、私はあんなに大声で私の名前を呼ばれたのが恥ずかしくて逃げてしまった。私の本名は、修治というのである。

中畑さんに思いがけなく呼びかけられてびっくりした経験は、中学時代にも、一度ある。青森中学二年の頃だったと思う。朝、登校の途中、一個小隊くらいの兵士とすれちがった時、思いがけなく大声で、

「修ッちゃあ！」と呼ばれて仰天した。中畑さんが銃を担いで歩いているのである。帽子をあみだにかぶっていた。予備兵の演習召集か何かで訓練を受けていたのであろう。中畑さんが兵隊だったとは、実に意外で、私は、しどろもどろになった。中畑さんは、平気でにこにこ笑い、ちょっと列から離れかけたので私は、いよいよ狼狽《ろうばい》して、顔が耳元まで熱くなって逃げてしまった。他の兵隊さんの笑い声も聞えた。

その、呼びかけられた二つの記憶を、私は、いつまでも大事にしまって置きたいと思っている。

昭和五年に東京の大学へはいって、それからは、もう中畑さんは私にとって、なくて

はならぬ人になってしまっていた。中畑さんも既に独立して呉服商を営み、月に一度ずつ東京へ仕入れに出て来て、その度毎《たびごと》に私のところへこっそり立ち寄ってくれるのである。当時、私は*或《あ》る女の人と一軒、家を持っていて、故郷の人たちとは音信不通になっていたのであるが、中畑さんは、私の老母などからひそかに頼まれて、何かと間を取りついでくれていたのである。私も、女も、中畑さんの厚情に甘えて、矢鱈《やたら》に我儘《わがまま》を言い、実にさまざまの事をたのんだのである。その頃の事情を最も端的に説明している一文が、いま私の手許《てもと》にあるのでそれを紹介しよう。これは私の創作*「虚構の春」のおしまいの部分に載っている手紙文であるが、もちろん虚構の手紙である。けれども事実に於《お》いて大いに相違があっても、雰囲気に於いては、事実に近いものがあると言ってよいと思う。或る人（決して中畑さんではない）その人から私によこした手紙のような形式になっているのであるが、もちろん之《これ》は事実に於いては根も葉も無いことで、中畑さんはこんな奇妙な手紙など本当に一度だってお書きになった事は無いので、これは全部、私自身が捏《ねっ》造《ぞう》した「小説」に過ぎないのだという事は繰りかえし念を押して、左にその一文を紹介しよう。私がどんなに生意気に思い上って、みんなに迷惑をおかけしていたかという事さえ、わかっていただけたらいいのである。

「先日、（二十三日）お母上様のお言いつけにより、お正月用の餅と*塩引《しおびき》、一包、キウリ一樽お送り申し上げましたところ、御手紙に依《よ》れば、キウリ不着の趣き御手数ながら御地停車場を御調べ申し御返事願上 候《ねがいあげそうろう》、以上は奥様へ御申伝え下されたく、以下、二三言、私、明けて二十八年間、十六歳の秋より四十四歳の現在まで、津島家出入りの貧しき商人、全く無学の者に候が、御無礼せんえつ、わきまえつつの苦言、いまは延々すべき時に非《あら》ずと心得られ候まま、汗顔《かんがん》平伏、お耳につらきこと開陳、暫時、おゆるし被下度《くだされたく》候。噂に依れば、このごろ又々、借銭の悪癖萌え出で、一面識なき名士などにまで、借銭の御申込、しかも犬の如《ごと》き哀訴歎願、おまけに断絶を食い、てんとして恥じず、借銭どこが悪い、お約束の如くに他日返却すれば、向うさまへも、ごめいわくは無し、こちらも一命たすかる思い、どこがわるい、と先日も、それがために奥様へ火鉢《ひばち》投じて、ガラス戸二枚破損の由、話、半分としても暗涙とどむる術《すべ》ございませぬ。*貴族院議員、勲二等の御家柄、貴方がた文学者にとっては何も誇るべき筋みちのものに無之《これなく》、古くさきものに相違なしと存じられ候が、お父上おなくなりのちの天地一人のお母上様を思い、私めに顔たてさせ然《しか》るべしと存じ候。『われひとりを悪者として勘当《かんどう》除籍、家郷追放の現在、いよいよわれのみをあしざまにののしり、それがために四方八方うまく治まり居る様子』などのお言葉、おうらめしく存じあげ候。今しばし、お名あがり家ととのうたるのちは、御兄上様御姉上様、何条もってあしざまに申しましょうや。必ずその様の曲解、御無用に被存候《ぞんじられ》。先日も、山木田様へお嫁ぎの*菊子姉上様より、しんからのおなげき承り、私、芝居のようなれども、*政岡《まさおか》の大役をお引き受け申し、きらいのお方なれば、たとえ御主人筋にても、かほどの世話はごめんにて、私のみに非ず、菊子姉上様も、貴方へのお世話のため、御嫁先の立場も困ることあるべしと存じられ候ところも、むりしての御奉仕ゆえ、本日かぎりよそからの借銭は必ず必ず思いとどまるよう、万《よろず》やむを得ぬ場合は、当方へ御申越願度《おもうしこしねがいた》く、でき得る限りの御辛抱ねがいたく、このこと兄上様へ知れると一大事につき、今回の所は私が一時御立替《おたてかえ》御用立《ごようだて》申上候間、此《こ》の点お含み置かれるよう願上候。重ねて申しあげ候が、私とて、きらいのお方には、かれこれうるさく申し上げませぬ、このことお含みの上、御養生、御自愛、まことに願上候。」

昭和十一年の初夏に、私のはじめての*創作集が出版せられて、友人たちは私のためにその祝賀会を、*上野の精養軒でひらいてくれた。偶然その三日前に中畑さんは東京へ出て来て、私のところへも立ち寄ってくれた。私は中畑さんに着物をねだった。最上等の麻《あさ》の着物と、縫紋《ぬいもん》の羽織《はおり》と夏袴《なつばかま》と、角帯《かくおび》、長襦袢《ながじゅばん》、白足袋《しろたび》、全部そろえて下さいと願ったのだが、中畑さんも当惑の様子であった。とても間に合いません。袴や帯は、すぐにととのえる事も出来ますが、着物や襦袢はこれから柄《がら》を見たてて仕立てさせなければいけないのだし、と中畑さんが言うのにおっかぶせて、出来ますよ、出来ますよ、三越かどこかの大きい呉服屋にたのんでごらん、一昼夜で縫《ぬ》ってくれます。裁縫師が十人も二十人もかかって一つの着物を縫うのですから、すぐに出来ます、東京では、なんでも、出来ないって事はないんだ、と、ろくに知りもせぬ事を自信たっぷりで言うのである。とうとう中畑さんも、それではやってみます、と言った。三日目の、その祝賀会の朝、私の注文の品が全部、或る呉服屋からとどけられた。すべて、上質のものであった。今後あのように上質な着物を着る事は私には永久に無いであろう。私はそれを着て、祝賀会に出席した。羽織は、それを着ると芸人じみるので、惜しかったけれど、着用しなかった。会の翌日、私はその品物全部を質屋へ持って行った。そうして、とうとう流してしまったのである。

この会には、中畑さんと北さんにも是非出席なさるようにすすめたのだが、お二人とも出席しなかった。遠慮したのかも知れない。あるいは御商売がいそがしく、そのひまが無かったのかも知れない。私は中畑さんと北さんに私の佳い先輩、友人たちを見せて、お二人に安心させたいと思っていたのだが、それも、私のいい気な思い上りかも知れなかった。そんな祝賀会をお見せしたって、中畑さんも北さんも安心するどころか、いよいよ私の将来についてハラハラするだけの事かも知れなかった。

私は北さんにも、実に心配をおかけしていた。北さんは東京、品川区の洋服屋さんである。洋服屋さんといっても、ただの洋服屋さんではない。変っている。お家は、普通の邸宅である。看板も、飾窓も無い。そうして奥の一部屋で熟練のお弟子が二人、ミシンをカタカタと動かしている。北さんは、特定のおとくいさんの洋服だけを作るのだ。名人気質の、わがままな人である。*富貴《ふうき》も淫する能《あた》わずといったようなところがあった。私の父も、また兄も、洋服は北さんに作ってもらう事にきめていたようである。私が東京の大学へはいってから、北さんは、もっぱら私を監督した。そうして私は、北さんを欺《あざむ》いてばかりいた。ひどい悪い事を、次々とやらかすので、ついには北さんのお宅の二階に押し込められて、しばらく居候のような生活をせざるを得なくなった事さえあった。故郷の兄は私のだらし無さに呆《あき》れて、時々送金を停止しかけるのであるが、その度毎《たびごと》に北さんは中へはいって、もう一年、送金をたのみます、と兄へ談判してくれるのであった。一緒にいた女の人と、私は別れる事になったのであるが、その時にも実に北さんにお手数をかけた。いちいちとても数え切れない。私の実感を以《もっ》て言うならば、およそ二十の長篇小説を書き上げるくらいの御苦労をおかけしたのである。そうして私は相変わらずの、のほほん顔で、ただ世話に成りっ放し、身のまわりの些細《ささい》の事さえ、自分で仕様とはしないのだ。

三十歳のお正月に、私は現在の妻と結婚式を挙げたのであるが、その時にも、すべて中畑さんと北さんのお世話になってしまった。当時、私はほとんど無一文といっていい状態であった。結納金は二十円、それも或る先輩からお借りしたものである。挙式の費用など、てんで、どこからも捻出の仕様が無かったのである。当時、私は甲府市《こうふし》に小さい家を借りて住んでいたのであるが、*その結婚式の日に普段着のままで、東京のその先輩のお宅へ参上したのである。その先輩のお宅で嫁と逢《あ》って、そうして先輩から、おさかずきを頂戴して、嫁を連れて甲府へ帰るという手筈《てはず》であった。北さん、中畑さんも、その日、私の親がわりとして立会って下さる事になっていた。私は朝早く甲府を出発して、昼頃、先輩のお宅へ到着した。私は本当に、普段着のままで、散髪もせず、袴もはいていなかった。着のみ着のままの状態だったし、懐中も無一文に近かった。先輩は書斎で静かにお仕事をして居られた。（先輩というのは、実は○○先生なのだが、○○先生は、小説や随筆にお名前を出されるのを、かねがねとてもいやがって居られるので、わざと先輩という失礼な普通名詞を使用するのである。）先輩は、結婚式も何も忘れてしまっているような様子であった。原稿用紙を片づけながら、庭の樹木の事など私に説明して聞かせた。それから、ふっと気がついたように、

「着物が来ている。中畑さんから送って来たのだ。なんだか、いい着物らしいよ。」と言った。

黒羽二重《くろはぶたえ》の紋服一かさね、それに袴と、それから別に絹の縞《しま》の着物が一かさね、少しも予期していないものだった。私は、呆然とした。ただその先輩から、結婚のしるしの盃をいただいて、そうして、そのまま嫁を連れて帰ろうと思っていたのだ。やがて、中畑さんと北さんが、笑いながらそろってやって来た。中畑さんは国民服、北さんはモーニング。

「はじめましょう。はじめましょう。」と中畑さんは気が早い。

その日の料理も、本式の会石膳で鯛《たい》なども附いていた。私は紋服を着せられた。記念の写真もうつした。

「修治さん、ちょっと。」中畑さんは私を隣室へ連れて行った。そこには北さんもいた。私を坐らせて、それからお二人も私の前にきちんと坐って、そろってお辞儀《じぎ》をして、

「今日は、おめでとうございます。」と言った。それから中畑さんが、

「きょうの料理は、まずしい料理で失礼ですが、これは北さんと私とが、修治さんのために、まかなったものですから、安心してお受けなさって下さい。私たちも、先代以来なみなみならぬお世話になって居りますから、こんな機会に少しでもお報いしたいと思っているのです。」と、真面目に言った。

私は、忘れまいと思った。

「中畑さんのお骨折りです。」北さんは、いつでも功を中畑さんにゆずるのだ。「このたびの着物も袴も、中畑さんがあなたの御親戚をあちこち駈け廻って、ほうぼうから寄附を集めて作って下さったのですよ。まあ、しっかりおやりなさい。」

その夜おそく、私は嫁を連れて新宿発の汽車で帰る事になったのだが、私はその時、洒落《しゃれ》や冗談でなく、懐中に二円くらいしか持っていなかったのだ。お金というものは、無い時には、まるで無いものだ。まさかの時には私は、あの二十円の結納金の半分をかえしてもらうつもりでいた。十円あったら、甲府までの切符は二枚買える。

先輩の家を出る時、私は北さんに、「結納金を半分、かえしてもらえねえかな。」と小声で言った。「あてにしていたんだ。」

その時、北さんは実に怒った。

「何をおっしゃる！　あなたは、それだから、いけない。なんて事を考えているんだ。あなたは、それだから、いけない。少しも、よくなっていないじゃないですか。そんな事を言うなんて、まるでだめじゃないですか。」そう言って御自分の財布から、すらりすらりと紙幣を抜き取り、そっと私に手渡した。

けれども、新宿駅で私が切符を買おうとしたら、すでに嫁の姉夫婦が私たちの切符(二等の切符であった)を買ってくれていたので、私にはお金が何も要《い》らなくなった。

プラットホームで私は北さんにお金を返そうとしたら、北さんは、「はなむけ。はなむけ。」と言って手を振った。綺麗《きれい》なものだった。

結婚後、私にも、そんなに大きい間違いが無く、それから一年経って甲府の家を引きはらって、東京市外の三鷹町《みたかちょう》に、六畳、四畳半、三畳の家を借り、神妙に小説を書いて、二年後には女の子が生れた。北さんも中畑さんもよろこんで、立派な産衣《うぶぎ》を持って来て下さった。

今は、北さんも中畑さんも、私に就《つ》いて、やや安心している様子で、以前のように、ちょいちょいおいでになって、あれこれ指図《さしず》をなさるような事は無くなった。けれども、私自身は、以前と少しも変らず、やっぱり苦しい、せっぱつまった一日一日を送り迎えしているのであるから、北さん中畑さんが来なくなったのは、なんだか淋しいのである。来ていただきたいのである。昨年の夏、北さんが雨の中を長靴はいて、ひょっこりおいでになった。

私は早速、三鷹の馴染《なじみ》のトンカツ屋に案内した。そこの女のひとが、私たちのテエブルに寄って来て、私の事を先生と呼んだので、私は北さんの手前もあり、甚《はなは》だ具合いのわるい思いをした。北さんは、私の狼狽に気がつかない振りをして、女のひとに、「太宰先生は、君たちに親切ですかね？」とニヤニヤ笑いながら尋《たず》ねるのである。女のひとは、まさかその人は私の昔からの監督者だとは知らないから、「ええ、たいへん親切よ」なぞと、いい加減のふざけた口をきくので私は、ハラハラした。その日、北さんは、一つの相談を持って来たのである。相談というよりは、命令といったほうがよいかも知れない。北さんと一緒に故郷の家を訪れてみないかというのである。私の故郷は、本州の北端、津軽平野のほぼ中央に在る。私は、すでに十年、故郷を見なかった。*十年前に、或る事件を起して、それからは故郷に顔出しのできない立場になっていたのである。

「兄さんから、おゆるしが出たのですか？」私たちはトンカツ屋で、ビイルを飲みながら話した。「出たわけじゃ無いんでしょう。」

「それは兄さんの立場として、まだまだ、ゆるすわけにはいかない。だから、それはそれとして、私の一存であなたを連れて行くのです。なに、大丈夫です。」

「あぶないな。」私は気が重かった。「のこのこ出掛けて行って、玄関払いでも食わされて大きい騒ぎになったら、それこそ藪蛇《やぶへび》ですからね。も少し、このまま、そっとして置きたいな。」

「そんな事はない。」北さんは自信満々だった。「私が連れて行ったら、大丈夫。考えてもごらんなさい。失礼な話ですが、おくにのお母さんだって、もう七十ですよ。めっきり此頃《このごろ》、衰弱なさったそうだ。いつ、どんな事になるか、わかりゃしませんよ。その時、このままの関係でいたんじゃ、まずい。事がめんどうですよ。」

「そうですね。」私は憂鬱《ゆううつ》だった。

「そうでしょう？　だから、いま此《こ》の機会に、私が連れて行きますから。まあ、お家の皆さんに逢って置きなさい。いちど逢って置くと、こんど、何事が起っても、あなたも気易くお家へ駈けつけることが出来るというものです。」

「そんなに、うまくいくといいけどねえ。」私は、ひどく不安だった。北さんが何と言っても、私は、この帰郷の計画に就《つ》いては、徹頭徹尾悲観的であった。とんでもない事になるぞという予感があった。私は、この十年来、東京に於《お》いて実にさまざまの醜態をやって来ているのだ。とても許される筈《はず》は無いのだ。

「なあに、うまくいきますよ。」北さんはひとり意気軒昂《いきけんこう》たるものがあった。「あなたは＊柳生十兵衛《やぎゅうじゅうべえ》のつもりでいなさい。私は＊大久保彦左衛門《おおくぼひこざえもん》の役を買います。お兄さんは、＊但馬守《たじまのかみ》だ。かならず、うまくいきますよ。但馬守だって何だって、彦左の横車には、かないますまい。」

「けれども、」弱い十兵衛は、いたずらに懐疑的だ。「なるべくなら、そんな横車なんか押さないほうがいいんじゃないかな。僕にはまだ十兵衛の資格はないし、下手に大久保なんかが飛び出したら、とんでもない事になりそうな気がするんだけど。」

生真面目で、*癇癖《かんぺき》の強い兄を、私はこわくて仕様がないのだ。但馬守だの何だの、そんな洒落どころでは無いのだ。

「責任を持ちます。」北さんは、強い口調で言った。「結果がどうなろうと、私が全部、責任を負います。大舟に乗った気で、彦左に、ここはまかせて下さい。」

私はもはや反対する事が出来なかった。

北さんも気が早い。その翌《あく》る日の午後七時、上野発の急行に乗ろうという。私は、北さんにまかせた。その夜、北さんと別れてから、私は三鷹の*カフェにはいって思い切り大酒を飲んだ。

翌る日午後五時に、私たちは上野駅で逢い、地下食堂でごはんを食べた。北さんは、麻の白服を着ていた。私は銘仙《めいせん》の単衣《ひとえ》。もっとも、鞄《かばん》の中には紬《つむぎ》の着物と、袴が用意されていた。ビイルを飲みながら北さんは、

「風向きが変りましたよ。」と言った。ちょっと考えて、それから、「実は、兄さんが東京へ来ているんです。」

「なあんだ。それじゃ、この旅行は意味が無い。」私はがっかりした。

「いいえ。くにへ行って兄さんに逢うのが目的じゃない。お母さんに逢えたら、いい

んだ。私はそう思いますよ。」

「でも、兄さんの留守に、僕たちが乗り込むのは、なんだか卑怯《ひきょう》みたいですが。」

「そんな事は無い。私は、ゆうべ兄さんに逢って、ちょっと言って置いたんです。」

「修治をくにへ連れて行くと言ったのですか?」

「いいえ、そんな事は言えない。言ったら兄さんは、北君そりゃ困るとおっしゃるでしょう。内心はどうあっても、とにかく、そうおっしゃらなければならない立場です。だから私は、ゆうべお逢いしても、なんにも言いませんよ。言ったら、ぶちこわしです。ただね、私は東北のほうにちょっと用事があって、あすの七時の急行で出発するつもりだけど、ついでに津軽のお宅のほうへ立寄らせていただくかも知れませんよ、とだけ言って置いたのです。それでいいんです。兄さんが留守なら、かえって都合がいいくらいだ。」

「北さんが、青森へ遊びに行くと言ったら、兄さんは喜んだでしょう。」

「ええ、お家のほうへ電話してほうぼう案内するように言いつけようとおっしゃったのですが、私は断りました。」

北さんは頑固で、今まで津軽の私の生家へいちども遊びに行った事がないのである。ひとのごちそうになったりする事は、極端にきらいなのである。

「兄さんは、いつ帰るのかしら。まさか、きょう一緒の汽車で、——」

「そんな事はない。茶化《ちゃか》しちゃいけません。こんどは町長さんを連れて来ていましたよ。ちょっと、手数のかかる用事らしい。」

兄は時々、東京へやって来る。けれども私には絶対に逢わない事になっているのだ。

「くにへ行っても、兄さんに逢えないとなると、だいぶ張合いが無くなりますね。」私は兄に逢いたかったのだ。そうして、黙って長いお辞儀をしたかったのだ。

「なに、兄さんとは此《こ》の後、またいつでもお逢い出来ますよ。それよりも、問題はお母さんです。なにせ七十、いや、六十九、ですかね？」

「おばあさんにも逢えるでしょうね。もう、九十ちかい筈《はず》ですけど。それから、五所川原の叔母にも逢いたいし、——」考えてみると、逢いたい人が、たくさんあった。

「もちろん、皆さんにお逢い出来ます。」断乎たる口調だった。ひどくたのもしく見えた。

こんどの帰郷がだんだん楽しいものに思われて来た。次兄の英治さんにも逢いたかったし、また姉たちにも逢いたかった。すべて、十年振りなのである。そうして私は、あの家を見たかった。私の生れて育った、あの家を見たかった。

私たちは七時の汽車に乗った。汽車に乗る前に、北さんは五所川原の中畑さんに電報を打った。

七ジタツ」キタ

それだけでもう中畑さんには、なんの事やら、ちゃんとわかるのだそうである。以心伝心というやつだそうである。

「あなたを連れて行くという事を、はっきり中畑さんに知らせると、中畑さんも立場に困るのです。中畑さんは知らない、何も知らない、そうして五所川原の停車場に私を迎えに来ます。そうしてはじめて、あなたを見ておどろく、という形にしなければ、中畑さんは、あとで兄さんに対して具合いの悪い事になります。中畑君は知っていながら、なぜ、とめなかったと言われるかもしれません。けれども、中畑さんは知らないのだ、五所川原の停車場へ私を迎えに来てはじめて知って驚いたのだ。そうして、まあせっかく東京からやって来たのだし、ひとめお母さんに逢わせました、という事になれば、中畑さんの責任も軽い。あとは全部、私が責任を負いますが、私は大久保彦左衛門だから、但馬守が怒ったって何だって平気です。」なかなか、ややこしい説明であった。

「でも、中畑さんは、知っているんでしょう？」

「だから、そこが、微妙なところなのです。七ジタツ。それでもういいのです。」大久保のはかりごとはこまかすぎて、わかりにくかった。けれども、とにかく私は北さんに、一切をおまかせしたのだ。とやかく不服を言うべきでない。

私たちは汽車に乗った。二等である。相当こんでいた。私と北さんは、通路をへだてて一つずつ、やっと席をとった。北さんは、老眼鏡を、ひょいと掛けて新聞を読みはじめた。落ちついたものだった。私は*ジョルジュ・シメノンという人の探偵小説を読みはじめた。私は長い汽車の旅にはなるべく探偵小説を読む事にしている。汽車の中で、*プロレゴーメナなどを読む気はしない。

北さんは私のほうへ新聞をのべて寄こした。受け取って、見ると、その頃私が発表した*「新ハムレット」という長編小説の書評が、三段抜きで大きく出ていた。或る先輩の好意あふれるばかりの感想文であった。それこそ、過分のお褒《ほ》めであった。私と北さんとは、黙って顔を見合せ、そうして同じくらい嬉しそうに一緒に微笑した。素晴らしい旅行になりそうな気がして来た。

青森駅に着いたのは翌朝の八時頃だった。八月の中ごろであったのだが、かなり寒い。霧のような雨が降っている。奥羽《おうう》線《せん》に乗りかえて、それから弁当を買った。

「いくら？」

「――せん！」

「え？」

「――せん！」

せん！　というのは、わかるけれど何十銭と言っているのか、わからないのである。三度聞き直して、やっと、六十銭と言っているのだという事がわかった。私は呆然とした。

「北さん、今の駅売の言葉がわかりましたか？」

北さんは、真面目に首を振った。

「そうでしょう？　わからないでしょう？　僕でさえ、わからなかったんだ。いや、きざに江戸っ子ぶって、こんな事を言うのじゃないのです。僕だって津軽で生れて津軽で育った田舎者《いなかもの》です。津軽なまりを連発して、東京では皆に笑われてばかりいるのです。けれども十年、故郷を離れて、突然、純粋の津軽言葉に接したところが、わからない。てんで、わからなかった。人間って、あてにならないものですね。十年はなれていると、もう、お互いの言葉さえわからなくなるんだ。」自分が完全に故郷を裏切っている明白な証拠を、いま見せつけられたような気がして私は緊張した。

車中の乗客たちの会話に耳をすました。わからない。異様に強いアクセントである。私は一心に耳を澄ました。少しずつわかって来た。少しわかりかけたら、あとはドライアイスが液体を素通りして、いきなり濛々《もうもう》と蒸発するみたいに見事な速度で理解しはじめた。もとより私は、津軽の人である。川部という駅で五能線《ごのうせん》に乗り換えて十時頃、五所川原駅に着いた時には、なんの事はない、わからない津軽言葉なんて一語も無かった。全部、はっきり、わかるようになっていた。けれども、自分で純粋の津軽言葉を言う事が出来るかどうか、それには自信がなかった。

五所川原駅には、中畑さんが迎えに来ていなかった。

「来ていなければならぬ筈《はず》だが。」大久保彦左衛門もこの時だけは、さすがに暗い表情だった。

改札口を出て小さい駅の構内を見廻しても中畑さんはいない。駅の前の広場、といっても、石ころと馬糞とガタ馬車二台、淋しい広場に私と大久保とが鞄をさげてしょんぼり立った。

「来た！　来た！」と大久保は絶叫した。

大きい男が、笑いながら町の方からやって来た。中畑さんである。中畑さんは、私の姿を見ても、一向におどろかない。ようこそ、などと言っている。闊達《かったつ》なものだった。

「これは私の責任ですからね。」北さんは、むしろちょっと得意そうな口調で言った。

「あとは万事、よろしく。」

「承知。承知。」和服姿の中畑さんは、西郷隆盛のようであった。

中畑さんのお家へ案内された。知らせを聞いて、叔母がヨチヨチやって来た。十年、叔母は小さいお婆さんになっていた。私の前に坐って、私の顔を眺めて、やたらに涙を流していた。この叔母は、私の小さい時から、頑強に私を支持してくれていた。

中畑さんのお家で、私は紬の着物に着換えて、袴をはいた。その五所川原という町から、さらに三里はなれた金木町《かなぎまち》というところに、私の生れた家が在るのだ。五所川原駅から*ガソリンカアで三十分くらい津軽平野のまんなかを一直線に北上すると、その町に着くのだ。おひる頃、中畑さんと北さんと私と三人、ガソリンカアで金木町に向った。

満目の稲田。緑の色が淡い。津軽平野とは、こんなところだったかなあ、と少し意外な感に打たれた。その前年の秋、私は新潟に行き、ついでに佐渡《さど》へも行ってみたが、裏日本の草木の緑はたいへん淡く、土は白っぽくカサカサ乾いて、陽の光さえ微弱に感ぜられて、やりきれなく心細かったのだが、いま眼前に見るこの平野も、それと全く同じであった。私はここに生れて、そうしてこんな淡い薄い風景の悲しさに気がつかず、のんきに遊び育ったのかと思ったら、妙な気がした。青森に着いた時には小雨が降っていたが、間もなく晴れて、いまはもう薄日さえ射している。けれども、ひんやり寒い。

「この辺はみんな兄さんの田でしょうね。」北さんは私をからかうように笑いながら尋ねる。

中畑さんが傍から口を出して、

「そうです。」やはり笑いながら、「見渡すかぎり、みんなそうです。」少し、ほらのようであった。「けれども、ことしは不作ですよ。」

はるか前方に、私の生家の赤い大屋根が見えて来た。淡い緑の稲田の海に、ゆらりと浮いている。私はひとりで、てれて、

「案外、ちいさいな。」と小声で言った。

「いいえ、どうして、」北さんは、私をたしなめるような口調で、「お城です。」と言った。

ガソリンカアは、のろのろ進み、金木駅に着いた。見ると、改札口に次兄の英治さんが立っている。笑っている。

私は、十年振りに故郷の土を踏んでみた。わびしい土地であった。凍土の感じだった。毎年毎年、地下何尺か迄《まで》こおるので、土がふくれ上って、白っちゃけてしまったという感じであった。家も木も、土も、洗い晒《さら》されているような感じがするのである。路は白く乾いて、踏み歩いても足の裏の反応は少しも無い。ひどく、たより無い感じだ。

「お墓。」と誰か、低く言った。それだけで、皆に了解出来た。四人は黙って、まっすぐにお寺へ行った。そうして、父の墓を拝んだ。墓の傍の栗の大木は、昔のままだった。

生家の玄関にはいる時には、私の胸は、さすがにわくわくした。中はひっそりしている。お寺の納所《なっしょ》のような感じがした。部屋部屋が意外にも清潔に磨かれていた。もっと古ぼけていた筈《はず》なのに、小ぢんまりしている感じさえあった。悪い感じではなかった。

仏間に通された。中畑さんが仏壇の扉を一ぱいに押しひらいた。私は仏壇に向って坐って、お辞儀をした、それから、嫂《あによめ》に挨拶した。上品な娘さんがお茶を持って来たので、私は兄の長女かと思って笑いながらお辞儀をした。それは女中さんであった。

背後にスッスッと足音が聞える。私は緊張した。母だ。母は、私からよほど離れて坐った。私は、黙ってお辞儀をした。顔を挙げて見たら、母は涙を拭いていた。小さいお婆さんになっていた。

また背後に、スッスッと足音が聞える。一瞬、妙な、(もったいない事だが、)気味の悪さを感じた。目の前にあらわれるまで、なんだかこわい。

「修ッちゃあ、よく来たナ。」祖母である。八十五歳だ。大きい声で言う。母よりも、はるかに元気だ。「逢いたいと思うていたね。ワレはなんにも言わねども、いちど逢いたいと思うていたね。」

陽気な人である。いまでも晩酌を欠かした事が無いと言う。

お膳が出た。

「飲みなさい。」英治さんは私にビイルをついでくれた。

「うん。」私は飲んだ。

英治さんは、学校を卒業してから、ずっと金木町にいて、長兄の手助けをしていたのだ。そうして、数年前に分家したのである。英治さんは兄弟中で一ばん頑丈な体格をしていて、気象も豪傑だという事になっていた筈《はず》なのに、十年振りで逢ってみると、実に優しい華奢《きゃしゃ》な人であった。東京で十年間、さまざまの人と争い、荒くれた汚い生活をして来た私に較《くら》べると、全然別種の人のように上品だった。顔の線も細く、綺麗だった。多くの肉親の中で私ひとりが、さもしい貧乏人根性の、下等な醜い男になってしまったのだと、はっきり思い知らされて、私はひそかに苦笑していた。

「便所は?」と私は聞いた。

英治さんは変な顔をした。

「なあんだ、」北さんは笑って、「ご自分の家へ来て、そんな事を聞くひとがありますか。」

私は立って、廊下へ出た。廊下の突き当りに、お客用のお便所がある事は私も知ってはいたのだが、長兄の留守に、勝手に家の中を知った振りしてのこのこ歩き廻るのは、よくない事だと思ったので、ちょっと英治さんに尋ねたのだが、英治さんは私を、きざな奴だと思ったかもしれない。私は手を洗ってからも、しばらくそこに立って窓から庭を眺めていた。一木一草も変っていない。私は家の内外を、もっともっと見て廻りたかった。ひとめ見て置きたい所がたくさんたくさんあったのだ。けれどもそれは、いかにも図々しい事のようだから、そこの小さい窓から庭を、むさぼるように眺めるだけで我慢する事にした。

「池の水蓮は、今年はまあ、三十二も咲きましたよ。」祖母の大声は、便所まで聞える。「嘘でも何でも無い、三十二咲きましたてば。」祖母は先刻から水蓮の事ばかり言っている。

私たちは午後の四時頃、金木の家を引き上げ、自動車で五所川原に向った。気まずい事の起らぬうちに早く引き上げましょう、と私は北さんと前もって打ち合せをして置いたのである。さしたる失敗も無く、謂《い》わば和気藹々裡《わきあいあいり》に、私たちはハイヤアに乗った。北さん、中畑さん、私、それから母。嫂や英治さんの優しいすすめに依って母も、私たちと一緒に、五所川原まで行く事になったのである。行く先は叔母の家である。私はそこに一泊する事になっていた。北さんも、そこに一泊してそうして翌《あく》る日から私と二人で、浅虫温泉《あさむしおんせん》やら十和田湖などあちこち遊び廻ろうというのが、私たちの東京を立つ時からの計画であったのだが、けさほど東京の北さんのお宅から金木の家へ具合いの悪い電報が来ていて、それがために、どうしても今夜、青森発の急行で帰京しなければならなくなってしまったのである。北さんのお隣りの奥さんが死んだ、という電報であったが、北さんは、こりゃいけない、あの家は非常に気の毒な家で、私がいないとお葬式も出せない、すぐ行かなくちゃいけない、と言って、一度言い出したら、もう何といっても聞きいれない、頑固な大久保氏なのだから、私たちも無理に引きとめる事はしなかった。叔母の家で、みんな一緒に夕ごはんを食べて、それから五所川原駅まで北さんを送って行った。北さんはこれからまた汽車に乗ってどんなに疲れる事だろうと思ったら、私は、つらくてかなわなかった。

その夜は叔母の家でおそくまで、母と叔母と私と三人、水入らずで、話をした。私は、妻が三鷹の家の小さい庭をたがやして、いろんな野菜をつくっているという事を笑いながら言ったら、それが、いたくお二人の気に入ったらしく、よくまあ、のう、よくまあ、と何度も二人でこっくりこっくり首肯《うなず》き合っていた。私も津軽弁が、やや自然に言えるようになっていたが、こみいった話になると、やっぱり東京の言葉を遣った。母も叔母も、私がどんな商売をしているのか、よくわかっていない様子であった。私は原稿料や印税の事など説明して聞かせたが、半分もわからなかったらしく、本を作って売る商売なら本屋じゃないか、ちがいますか、などという質問まで飛び出す始末なので、私は断念して、まあ、そんなものです、と答えて置いた。どれくらいの収入があるものです、と母が聞くから、はいる時には五百円でも千円でもはいりますと朗《ほが》らかに答えたが、母は落ちついて、それを幾人でわけるのですか、と言ったので、私はがっかりした。本屋を営んでいるものとばかり思い込んでいるらしい。けれども、原稿料にしろ印税にしろ、自分ひとりの力で得たと思ってはいけないのだ、みんなの合作と思わなければならぬ、みんなでわけるのこそ正しい態度かも知れぬ、と思ったりした。

母も叔母も、私の実力を一向にみとめてくれないので、私は、やや、あせり気味になって、懐中から財布を取り出し、お二人の前のテエブルに十円紙幣を二枚ならべて載せて、

「受け取って下さいよ。お寺参りのお賽銭《さいせん》か何かに使って下さい。僕には、お金がたくさんあるんだ。僕が自分で働いて得たお金なんだから、受け取って下さい。」と大いに恥ずかしかったが、やけくそになって言った。

母と叔母は顔を見合せて、クスクス笑っていた。私は頑強にねばって、とうとう二人にそのお金を受け取らせた。母は、その紙幣を母の大きい財布にいれて、そうしてその財布の中から熨斗袋《のしぶくろ》を取り出し、私に寄こした。あとでその熨斗袋の内容を調べてみたら、それには私の百枚の創作に対する原稿料と、ほぼ同額のものがはいっていた。

翌《あく》る日、私は皆と別れて青森へ行き、親戚の家へ立ち寄ってそこへ一泊して、あとはどこへも立寄らず、逃げるようにして東京へ帰って来た。十年振りで帰っても、私は、ふるさとの風物をちらと見ただけであった。ふたたびゆっくり、見る折があろうか。母に、もしもの事があった時、私は、ふたたび故郷を見るだろうが、それはまた、つらい話だ。

その旅行の二箇月ほど後に、私は偶然、北さんと街で逢った。北さんは、蒼《あお》い顔をして居られた。元気が無かった。

「どうしたのです。痩《や》せましたね。」

「ええ、盲腸炎をやりましてね。」

あの夜、青森発の急行で帰京したが、帰京の直後に腹痛がはじまったというのである。

「そいつあ、いけない。やっぱり無理だったのですね。」私も前に盲腸炎をやった事がある。そうして過労が盲腸炎の原因になるという事を、私は自分のその時の経験から知っていた。「なにせあの時の北さんは、強行軍だったからなあ。」

北さんは淋しそうに微笑んだ。私は、たまらない気持だった。みんな私のせいなんだ。私の悪徳が、北さんの寿命をたしかに十年ちぢめたのである。そうして私ひとりは、相も変らず、のほほん顔。

作家の手帖

ことしの七夕《たなばた》は、例年になく心にしみた。七夕は女の子のお祭である。女の子が、織機のわざをはじめ、お針など、すべて手芸に巧みになるように織女星にお祈りをする宵である。支那《しな》に於《お》いては棹《さお》の端に五色の糸をかけてお祭りをするのだそうであるが、日本では、藪《やぶ》から切って来たばかりの青い葉のついた竹に五色の紙を吊《つ》り下《さ》げて、それを門口に立てるのである。竹の小枝に結びつけられてある色紙には、女の子の秘めたお祈りの言葉が、たどたどしい文字で書きしたためられていることもある。七、八年も昔の事であるが、私は*上州《じょうしゅう》の谷川温泉へ行き、その頃いろいろ苦しい事があって、その山上の温泉にもいたたまらず、山の麓《ふもと》の水上町《みなかみまち》へぼんやり歩いて降りて来て、橋を渡って町へはいると、町は七夕、赤、黄、緑の色紙が、竹の葉蔭にそよいでいて、ああ、みんなつつましく生きていると、一瞬、私も、よみがえった思いをした。あの七夕は、いままでも色濃く、あざやかに覚えているが、それから数年、私は七夕の、あの竹の飾りを見ない。いやいや、毎年、見ているのであろうが、私の心にしみた事は無かった。それが、どういうわけか、ことしは三鷹《みたか》の町のところどころに立てられてある七夕の竹の飾りが、むしょうに眼にしみて仕方がなかった。それで、七夕とは一体、どういう意味のお祭りなのか更《さら》にくわしく知りたくさえなって来て、二つ三つの辞書をひいて調べてみた。けれども、どの辞書にも、「手工の巧みならん事を祈るお祭り」という事だけしか出ていなかった。これだけでは、私には不足なのだ。もう一つ、もっと大事な意味があったように、私は子供の頃から聞かされていた。この夜は、牽牛星《けんぎゅう》と織女星が、一年にいちどの逢う瀬をたのしむ夜だった筈《はず》ではないか。私は、子供の頃には、あの竹に色紙をつるしたお飾りも、牽牛織女のお二人に対してその夜のおよろこびを申し上げるしるしではなかろうかとさえ思っていたものである。牽牛織女のおめでたを、下界で慶祝するお祭りであろうと思っていたのだが、それが後になって、女の子が、お習字やお針が上手になるようにお祈りする夜なので、あの竹のお飾りも、そのお願いのためのお供えであるという事を聞かされて、変な気がした。女の子って、実に抜け目が無く、自分の事ばかり考えて、ちゃっかりしているものだと思った。織女さまのおよろこびに附け込んで、自分たちの願いをきいてもらおうと計画するなど、まことに実利的で、ずるいと思った。だいいち、それでは織女星に気の毒である。一年にいちどの逢う瀬をたのしもうとしている夜に、下界からわいわい陳情が殺到しては、せっかくの一夜も、めちゃ苦茶《くちゃ》になってしまうだろうに。けれども、織女星も、その夜はご自分にも、よい事のある一夜なのだから、仕方なく下界の女の子たちの願いを聞きいれてやらざるを得ないだろう。女の子たちは、そんな織女星の弱味に附け込んで遠慮会釈もなく、どしどし願いを申し出るのだ。ああ、女は、幼少にして既にこのように厚かましい。けれども、男の子は、そんな事はしない。織女が、少からずはにかんでいる夜に、欲張《よくば》った願いなどするものではないと、ちゃんと礼節を心得ている。現に私などは、幼少の頃から、七夕の夜には空を見上げる事をさえ遠慮していた。そうして、どうか風雨のさわりもなく、たのしく一夜をお過しなさるようにと、小さい胸の中で念じていたものだ。恋人同志が一年にいちど相逢《あいあ》う姿を、遠目鏡《とおめがね》などで眺めるのは、実に失礼な、また露骨な下品な態度だと思っていた。とても恥ずかしくて、望見出来るものではない。

そんな事を考えながら七夕の町を歩いていたら、ふいとこんな小説を書きたくなった。毎年いちど七夕の夜にだけ逢おうという約束をしている下界の恋人同志の事を書いてみたらどうだろう。或《ある》いは何かつらい事情があって、別居している夫婦でもよい。その夜は女の家の門口に、あの色紙の結びつけられた竹のお飾りが立てられている。

いろいろ小説の構想をしているうちに、それも馬鹿《ばか》らしくなって来て、そんな甘ったるい小説なんか書くよりは、いっそ自分でそれを実行したらどうだろうという怪しい空想が起って来た。今夜これから誰か女のひとのところへ遊びに行き、知らん振りして帰って来る。そうして、来年の七夕にまたふらりと遊びに行き、やっぱり知らん振りして帰って来る。そうして、五、六年もそれを続けて、それからはじめて女に打ち明ける。毎年、僕の来る夜は、どんな夜だか知っていますか、七夕です、と笑いながら教えてやると、私も案外いい男に見えるかも知れない。今夜これから、と眼つきを変えてうなずいてはみたが、さて、どこといって行くところは無いのである。私は女ぎらいだから、知っている女は一人も無い。いやこれは逆かも知れない。知っている女が一人も無いから、女ぎらいなのかも知れないが、とにかく、心あたりの女性が一人も無かったというのだけは事実であった。私は苦笑した。お蕎麦屋《そばや》の門口にれいの竹のお飾りが立っている。色紙に何か文字が見えた。私は立ちどまって読んだ。たどたどしい幼女の筆蹟である。

オ星サマ。日本ノ国ヲオ守リ下サイ。

大君ニ、マコトササゲテ、ツカヘマス。

はっとした。いまの女の子たちは、この七夕祭に、決して自分勝手のわがままな祈願をしているのではない。清純な祈りであると思った。私は、なんどもなんども色紙の文字を読みかえした。すぐに立ち去る事は出来なかった。この祈願、かならず織女星にとどくと思った。祈りは、つつましいほどよい。

昭和十二年から日本に於《お》いて、この七夕も、ちがった意味を有《も》って来ているのである。昭和十二年七月七日、蘆溝橋《ろこうきょう》に於いて忘るべからざる銃声一発とどろいた。私のけしからぬ空想も、きれいに雲散霧消してしまった。

われ幼少の頃の話であるが、町のお祭礼などに＊曲馬団《きょくばだん》が来て小屋掛けを始める。悪童たちは待ち切れず、その小屋掛けの最中に押しかけて行ってテントの割れ目から小屋の内部を覗《のぞ》いて騒ぐ。私も、はにかみながら悪童たちの後について行って、おっかなびっくりテントの中を覗くのだ。努力して、そんな下品な態度を真似《まね》るのである。こら！とテントの中で曲馬団の者が呶鳴《どな》る。わあと喚声を揚げて子供たちは逃げる。私も真似をして、わあと、てれくさい思いで叫んで逃げる。曲馬団の者が追って来る。

「あんたはいい。あんたは、いいのです。」

曲馬団の者はそう言って、私ひとりをつかまえて抱きかかえ、テントの中へ連れて帰って馬や熊や猿を見せてくれるのだが、私は少しもたのしくなかった。私は、あの悪童たちと一緒に追い散らされたかったのである。曲馬団は、その小屋掛けに用いる丸太などを私の家から借りて来ているのかも知れない。私はテントから逃げ出す事も出来ず、実に浮かぬ気持で、黙って馬や熊を眺めている。テントの外には、また悪童たちが忍び寄って来て、わいわい騒いでいる。こら！ と曲馬団の者が呶鳴る。わあと言って退却する。実に、たのしそうなのである。私は、泣きべそかいて馬を見ている。あの悪童たちが、うらやましくて、うらやましくて、自分ひとりが地獄の思いであったのだ。いつか私は、この事を或《あ》る先輩に言ったところが、その先輩は、それは民衆へのあこがれというものだ、と教えてくれた。してみると、あこがれというものは、いつの日か必ず達せられるものらしい。私は今では、完全に民衆の中の一人である。カアキ色のズボンをはいて、開襟《かいきん》シャツ、三鷹の町を産業戦士*のむれにまじって、少しも目立つ事もなく歩いている。けれども、やっぱり、酒の店などに一歩足を踏み込むと駄目《だめ》である。産業戦士たちは、焼酎でも何でも平気で飲むが、私は、なるべくならばビイルを飲みたい。産業戦士たちは元気がよい。

「ビイルなんか飲んで上品がっていたって、仕様がないじゃねえか。」と、あきらかに私にあてつけて大声で言っている。私は背中を丸くして、うつむいてビイルを飲んでいる。少しもビイルが、うまくない。幼少の頃の曲馬団のテントの中の、あのわびしさが思い出される。私は君たちの友だとばかり思って生きて来たのに。

友と思っているだけでは、足りないのかも知れない。尊敬しなければならぬのだ。厳粛に、わたしはそう思った。

その酒の店からの帰り道、井《い》の頭《かしら》公園の林の中で、私は二、三人の産業戦士に逢った。その中の一人が、すっと私の前に立ちふさがり、火を貸して下さい、と叮嚀《ていねい》な物腰で言った。私は恐縮した。私は自分の吸いかけの煙草《たばこ》を差し出した。私は咄嗟《とっさ》の間に、さまざまの事を考えた。私は挨拶の下手な男である。人から、お元気ですか、と問われても、へどもどとまごつくのである。何と答えたらいいのだろう。元気とは、どんな状態の事をさして言うのだろう。元気、あいまいな言葉だ。むずかしい質問だ。辞書をひいて見よう。元気とは、身体を支持するいきおい。精神の活動するちから。すべて物事の根本となる気力。すこやかなること。勢いよきこと。私は考える。自分にいま勢いがあるかどうか。それは神さまにおまかせしなければならぬ領域で、自分にはわからない事だ。お元気ですか、と何気なく問われても、私はそれに対して正確に御返事しようと思って、そうして口ごもってしまうのだ。ええ、まあ、こんなものですが、でも、まあ、こんなものでしょうねえ、そうじゃないでしょうか、などと自分ながら何が何やらわけのわからぬ挨拶をしてしまうような始末である。私には社交の辞令が苦手である。いまこの青年が私から煙草の火を借りて、いまに私に私の吸いかけ煙草をかえすだろう、その時、この産業戦士は、私に対して有難《ありがと》うと言うだろう。私だって、人から火を借りた時には、何のこだわりもなく、有難うという。それは当りまえの話だ。私の場合、ひとよりもっと叮嚀に、帽子をとり、腰をかがめて、有難うございました、とお礼を申し上げる事にしている。その人の煙草の火のおかげで、私は煙草を一服吸う事が出来るのだもの、謂《い》わば一宿一飯の恩人と同様である。けれども逆に、私が他人に煙草の火を貸した場合は、私はひどく挨拶の仕方に窮《きゅう》するのである。煙草の火を貸すという事くらい、世の中に易々たる事はない。それこそ、なんでもない事だ。貸すという言葉さえ大袈裟《おおげさ》なもののように思われる。自分の所有権が、みじんも損われないではないか。御不浄《ごふじょう》拝借よりも更に、手軽な依頼ではないか。私は人から煙草の火の借用を申し込まれる度毎《たびごと》に、いつもまごつく。殊《こと》にその人が帽子をとり、ていねいな口調でたのんだ時には、私の顔は赤くなる。はあ、どうぞ、と出来るだけ気軽に言って、そうして、私がベンチに腰かけたりしている時には、すぐに立ち上る事にしている。そうして、少し笑いながら相手の人の受け取り易いように私の煙草の端をつまんで差し出す。私の煙草が、あまり短い時には、どうぞ、それはお捨てになって下さい、と言う。マッチを二つ持ち合せている時には、一つ差し上げる事にしている。一つしか持っていない時でも、その自分のマッチ箱に軸木が一ぱい入っているならば、軸木を少しおわけして上げる。そんな時には、相手から、すみませんと言われても、私はまごつかず、いいえ、と挨拶をかえす事も出来るのであるが、マッチの軸木一本お上げしたわけでもなく、ただ自分の吸いかけの煙草の火を相手の人の煙草に移すという、まことに何でもない事実に対して、叮嚀にお礼を言われると、私は会釈の仕方に窮して、しどろもどろになってしまうのである。私は、いまこの井の頭公園の林の中で、一青年から頗《すこぶ》る慇懃《いんぎん》に煙草の火を求められた。しかもその青年は、あきらかに産業戦士である。私が、つい先刻、酒の店で、もっとこの人たちに対して尊敬の念を抱くべきであると厳粛に考えた、その当の産業戦士の一人である。その人から、私は数秒後には、ありがとう、すみません、という叮嚀なお礼を言われるにきまっているのだ。恐縮とか痛みいるなどの言葉もまだるっこい。私には、とても堪えられない事だ。この青年の、ありがとうというお礼に対して、私はなんと挨拶したらいいのか。さまざまの挨拶の言葉が小さいセルロイドの風車のように眼にもとまらぬ速さで、くるくると頭の中で廻転した。風車がぴたりと停止した時、

「ありがとう！」明朗な口調で青年が言った。

私もはっきり答えた。

「ハバカリサマ。」

それは、どんな意味なのか、私にはわからない。けれども私は、そう言って青年に会

釈して、五、六歩あるいて、実に気持がよかった。すっとからだが軽くなった思いであった。実に、せいせいした。家へ帰って、得意顔でそのことを家の者に知らせてやったら、家の者は私を、とんちんかんだと言った。

拙宅《せったく》の庭の生垣の陰に井戸が在る。裏の二軒の家が共同で使っている。裏の二軒は、いずれも産業戦士のお家である。両家の奥さんは、どっちも三十五、六歳くらいの年配であるが、一緒に井戸端で食器などを洗いながら、かん高い声で、いつまでも、いつまでも、よもやまの話にふける。私は仕事をやめて寝ころぶ。頭の痛くなる事もある。けれども、昨日の午後、片方の奥さんが、ひとりで井戸端でお洗濯をしていて、おんなじ歌を何べんも繰り返して唄うのである。

ワタシノ母サン、ヤサシイ母サン。

ワタシノ母サン、ヤサシイ母サン。

やたらに続けて唄うのである。私は奇妙に思った。まるで、自画自讃ではないか。この奥さんには三人の子供があるのだ。その三人の子供に慕われているわが身の仕合《しあわ》せを思って唄っているのか。或いはまた、この奥さんの故郷の御老母を思い出して。まさか、そんな事もあるまい。しばらく私は、その繰り返し唄う声に耳を傾けて、そうして、わかった。あの奥さんは、なにも思ってやしないのだ。謂《い》わば、ただ唄っているのだ。夏のお洗濯は、女の仕事のうちで、一ばん楽しいものだそうである。あの歌には、意味が無いのだ。ただ無心にお洗濯をたのしんでいるのだ。大戦争のまっさいちゅうなのに。

アメリカの女たちは、決してこんなに美しくのんきにしてはいないと思う。そろそろ、ぶつぶつ不平を言い出していると思う。鼠《ねずみ》を見てさえ気絶の真似をする気障《きざ》な女たちだ。女が、戦争の勝敗の鍵を握っている、というのは言い過ぎであろうか。私は戦争の将来に就《つ》いて楽観している。

散華

＊玉砕《ぎょくさい》という題にするつもりで原稿用紙に、玉砕と書いてみたが、それはあまりに美しい言葉で、私の下手な小説の題などには、もったいない気がして来て、玉砕の文字を消し、題を散華《さんげ》と改めた。

ことし、私は二人の友人と別れた。早春に三井君＊が死んだ。それから五月に三田君＊が、北方の孤島で玉砕した。三井君も、三田君も、まだ二十六、七歳くらいであった筈《はず》である。

三井君は、小説を書いていた。一つ書き上げる度毎《たびごと》に、それを持って、勢い込んで私のところへやって来る。がらがらがらっと、玄関の戸をひどく音高くあけてはいって来る。作品を持って来た時に限って、がらがらがらっと音高くあけてはいって来る。作品を携帯していない時には、玄関をそっとあけてはいって来る。だから、三井君が私の家の玄関の戸を、がらがらがらっと音高くあけてはいって来た時には、ああ三井が、また一つ小説を書き上げたな、とすぐにわかるのである。三井君の小説は、ところどころ澄んで美しかったけれども、全体がよろよろして、どうもいけなかった。脊骨を忘れている小説だった。それでも段々よくなって来ていたが、いつも私に悪口を言われ、死ぬまで一度もほめられなかった。肺がわるかったようである。けれども自分のその病気に就《つ》いては、あまり私に語らなかった。

「においませんか。」と或《あ》る日、ふいと言った事がある。「僕のからだ、くさいでしょう?」

その日、三井君が私の部屋にはいって来た時から、くさかった。

「いや、なんともない。」

「そうですか。においませんか。」

いや、お前はくさい。とは言えない。

「二、三日前から、にんにくを食べているんです。あんまり、くさいようだったら帰ります。」

「いや、なんともない。」相当からだが、弱って来ているのだな、とその時、私にわかった。

三井は、からだに気をつけなけりゃいかんな、いますぐ、いいものなんか書けやしないのだし、からだを丈夫にして、それから小説でも何でも、好きな事をはじめるように、君から強く言ってやったらどうだろう、と私は、三井君の親友にたのんだ事がある。そうして、三井君の親友は、私のその言葉を三井君に伝えたらしく、それ以来、三井君は私のところへ来なくなった。

私のところへ来なくなって、三箇月か四箇月目に三井君は死んだ。私は、三井君の親友から葉書でその逝去の知らせを受けたのである。このような時代に、からだが悪くて兵隊にもなれず、病床で息を引きとる若いひとは、あわれである。あとで三井君の親友から聞いたが、三井君には、疾患をなおす気がなかったようだ。御母堂と三井君と二人きりのわびしい御家庭のようであるが、病勢がよほどすすんでからでも、三井君は、御母堂の眼をぬすんで、病床から抜け出し、巷《ちまた》を歩き、おしるこなど食べて、夜おそく帰宅する事がしばしばあったようである。御母堂は、はらはらしながらも、また心の片隅では、そんなに平然と外出する三井君の元気に頼って、まだまだ大丈夫と思っていらっしゃったようでもある。三井君は、死ぬる二、三日前まで、そのように気軽な散歩を試みていたらしい。三井君の臨終の美しさは比類が無い。美しさ、などという無責任なお座なりめいた巧言は、あまり使いたくないのだが、でも、それは実際、美しいのだから仕様がない。三井君は寝ながら、枕頭のお針仕事をしていらっしゃる御母堂を相手に、しずかに世間話をしていた。ふと口を噤《つぐ》んだ。それきりだったのである。うらうらと晴れて、まったく少しも風の無い春の日に、それでも、桜の花が花自身の重さに堪えかねるのか、おのずから、ざっとこぼれるように散って、小さい花吹雪を現出させる事がある。机上のコップに投入れて置いた薔薇《ばら》の大輪が、深夜、くだけるように、ばらりと落ち散る事がある。風のせいではない。おのずから散るのである。天地の溜息《ためいき》と共に散るのである。空を飛ぶ神の白絹の御衣のお裾《すそ》に触れて散るのである。私は三井君を、神のよほどの寵児《ちょうじ》だったのではなかろうかと思った。私のような者には、とても理解できぬくらいに貴い品性を有《も》っていた人ではなかったろうかと思った。人間の最高の栄冠は、美しい臨終以外のものではないと思った。小説の上手下手など、まるで問題にも何もなるものではないと思った。

もうひとり、やはり私の年少の友人、三田循司《じゅんじ》君は、ことしの五月、ずば抜けて美しく玉砕した。三田君の場合は、散華という言葉もなお色あせて感ぜられる。北方の一孤島に於《お》いて見事に玉砕し、護国の神となられた。

三田君が、はじめて私のところへやって来たのは、昭和十五年の晩秋ではなかったろうか。夜、戸石君と二人で、*三鷹《みたか》の陋屋《ろうおく》に訪ねて来たのが、最初であったような気がする。戸石君に聞き合せると更《さら》にはっきりするのであるが、戸石君も已《すで》に立派な兵隊さん

になっていて、こないだも、

「三田さんの事は野営地で知り、何とも言えない気持でした。桔梗《ききょう》と女郎花《おみなえし》の一面に咲いている原で一しお淋しく思いました。あまり三田さんらしい死に方なので。自分も、いま暫《しばら》くで、三田さんの親友として恥かしからぬ働きをしてお目にかける事が出来るつもりでありますが。」

というようなお便りを私に寄こしている状態なので、いますぐ問い合せるわけにもゆかない。

私のところへ、はじめてやって来た頃は、ふたり共、東京帝大の国文科の学生であった。三田君は岩手県花巻町の生れで、戸石君は仙台、そうして共に*第二高等学校の出身者であった。四年も昔の事であるから、記憶は、はっきりしないのだが、晩秋の(ひょっとしたら初冬であったかも知れぬ)一夜、ふたり揃って三鷹の陋屋に訪ねて来て、戸石君は絣《かすり》の着物にセルの袴《はかま》、三田君は学生服で、そうして私たちは卓をかこんで、戸石君は床《とこ》の間《ま》をうしろにして坐《すわ》り、三田君は私の左側に坐ったように覚えている。

その夜の話題は何であったか。*ロマンチシズム、新体制、そんな事を戸石君は無邪気に質問したのではなかったかしら。その夜は、おもに私と戸石君と二人で話し合ったような形になって、三田君は傍で、微笑んで聞いていたが、時々かすかに首肯《うなず》き、その首肯き方が、私の話のたいへん大事な箇所だけを敏感にとらえているようだったので、私は戸石君の方を向いて話をしながら、左側の三田君によけい注意を払っていた。どちらがいいというわけではない。人間には、そのような二つの型があるようだ。二人づれで私のところにやって来ると、ひとりは、もっぱら華やかに愚問を連発して私にからかわれても恐悦の態で、そうして私の答弁は上の空で聞き流し、ただひたすら一座を気まずくしないように努力して、それからもうひとりは、少し暗いところに坐って黙って私の言葉に耳を澄ましている。愚問を連発する、とは言っても、その人が愚かしい人だから愚問を連発するというわけではない。その人だって、自分の問いが、たいへん月並みで、ぶざまだという事は百も承知である。質問というものは、たいてい愚問にきまっているものだし、また、先輩の家へ押しかけて行って、先輩を狼狽《ろうばい》赤面させるような賢明な鋭い質問をしてやろうと意気込んでいる奴は、それこそ本当の馬鹿《ばか》か、気違いである。気障《きざ》ったらしくて、見て居られないものである。愚問を発する人は、その一座の犠牲になるのを覚悟して、ぶざまの愚問を発し、恐悦がったりして見せているのである。尊い犠牲心の発露なのである、二人づれで来ると、たいていひとりは、みずからすすんで一座の犠牲になるようだ。そうしてその犠牲者は、妙なもので、必ず上座に坐っている。それから、これもきまったように、美男子である。そうして、きっと、おしゃれである。

扇子《せんす》を袴のうしろに差して来る人もある。まさか、戸石君は、扇子を袴のうしろに差して来たりなんかはしなかったけれども、陽気な美男子だった事は、やはり例に漏《も》れなかった。戸石君はいつか、しみじみ私に向って述懐した事がある。

「顔が綺麗《きれい》だって事は、一つの不幸ですね。」

私は噴き出した。とんでもない人だと思った。戸石君は剣道三段で、そうして、身の丈六尺《*しゃく》に近い人である。私は、戸石君の大きすぎる図体に、ひそかに同情していたのである。兵隊へ行っても、合う服が無かったり、いろいろ目立って、からかわれ、人一倍の苦労をするのではあるまいかと心配していたのであったが、戸石君からのお便りによると、

「隊には小生よりも脊の大きな兵隊が二三人居ります。しかしながら、スマートというものは八寸五分*迄《まで》に限るという事を発見いたしました。」

ということで、ご自分が、その八寸五分のスマートに他ならぬと固く信じて疑わぬ有様で、まことに春風駘蕩《*しゅんぷうたいとう》とでも申すべきであって、

「僕の顔にだって、欠点はあるんですよ。誰も気がついていないかも知れませんけど。」とさえ言った事などもあり、とにかく一座を賑《にぎ》やかに笑わせてくれたものである。

戸石君は、果して心の底から自惚《うぬぼ》れているのかどうか、それはわからない。少しも自

惚れてはいないのだけれども、一座を華やかにする為《ため》に、犠牲心を発揮して、道化役を演じてくれたのかも知れない。東北人のユウモアは、とかく、トンチンカンである。

そのように、快活で愛嬌《あいきょう》のよい戸石君に比べると、三田君は地味であった。その頃の文科の学生は、たいてい頭髪を長くしていたものだが、三田君は、はじめから丸坊主《まるぼうず》であった。眼鏡をかけていたが、鉄縁の眼鏡であったような気がする。頭が大きく、額が出張って、眼の光りも強くて、俗にいう「哲学者のような」風貌であった。自分からすすんで、あまりものを言わなかったけれども、人の言ったことを理解するのは素早かった。戸石君と二人でやって来る事もあったし、また、雨にびっしょり濡《ぬ》れてひとりでやって来た事もあった。また、他の二高出身の帝大生と一緒にやって来た事もあった。三鷹駅前のおでん屋、すし屋などで、実にしばしば酒を飲んだ。三田君は、酒を飲んでもおとなしかった。酒の席でも、戸石君が一ばん派手に騒いでいた。

けれども、戸石君にとっては、三田君は少々苦手であったらしい。三田君は、戸石君と二人きりになると、訥々《とつとつ》たる口調で、戸石君の精神の弛緩を指摘し、も少し真剣にやろうじゃないか、と攻めるのだそうで、剣道三段の戸石君も大いに閉口して、私にその事を訴えた。

「三田さんは、あんなに真面目な人ですからね、僕は、かなわないんですよ。三田さんの言う事は、いちいちもっともだと思うし、僕は、どうしたらいいのか、わからなくなってしまうのですよ。」

六尺ちかい偉丈夫も、ほとんど泣かんばかりである。理由はどうあろうとも、旗色の悪いほうに味方せずんばやまぬ性癖を私は有《も》っている。私は或る日、三田君に向ってこう言った。

「人間は真面目でなければいけないが、しかし、にやにや笑っているからといってその人を不真面目ときめてしまうのも間違いだ。」

敏感な三田君は、すべてを察したようであった。それから、あまり私のところへ来なくなった。そのうちに三田君は、からだの具合いを悪くして入院したようである。

「とても、苦しい。何か激励の言葉を送ってよこして下さい。」というような意味の葉書を再三、私は受け取った。

けれども私は、「激励の言葉を」などと真正面から要求せられると、てれて、しどろもどろになるたちなので、その時にも、「立派な言葉」を一つも送る事が出来ず、すこぶる微温的な返辞《へんじ》ばかり書いて出していた。

からだが丈夫になってから、三田君は、三田君の下宿のちかくの、山岸*さんのお宅へ行って、熱心に詩の勉強をはじめた様子であった。山岸さんは、私たちの先輩の篤実《とくじつ》な文学者であり、三田君だけでなく、他の四、五人の学生の小説や詩の勉強を、誠意を以《もっ》て指導しておられたようである。山岸さんに教えられて、やがて立派な詩集を出し、世の達識の士の*推頌《すいしょう》を得ている若い詩人が已《すで》に二、三人あるようだ。

「三田君は、どうです。」とその頃、私は山岸さんに尋《たず》ねた事がある。

山岸さんは、ちょっと考えてから、こう言った。

「いいほうだ。いちばんいいかも知れない。」

私は、へえ？ と思った。そうして赤面した。私には、三田君を見る眼が無かったのだと思った。私は俗人だから、詩の世界がよくわからんのだ、と間《ま》のわるい思いをした。三田君が私から離れて山岸さんのところへ行ったのは、三田君のためにも、とてもいい事だったと思った。

三田君は、私のところに来ていた時分にも、その作品を私に二つ三つ見せてくれた事があったのだけれども、私はそんなに感心しなかったのだ。戸石君は大いに感激して、

「こんどの三田さんの詩は傑作ですよ。どうか一つ、ゆっくり読んでみて下さい。」

と、まるで自分が傑作を書いたみたいに騒ぐのであるが、私には、それほどの傑作とも思えなかった。決して下品な詩ではなかった。いやしい匂いは、少しも無かった。けれども私には、不満だった。

私は、ほめなかった。

しかし、私には、詩というものがわからないのかも知れない。山岸さんの「いいほうだ」という判定を聞いて、私は三田君のその後の詩を、いちど読んでみたいと思った。三田君も山岸さんに教えられて、或《ある》いは、ぐんぐん上達したのかも知れないと思った。けれども、私がまだ三田君のその新しい作品に接しないうちに、三田君は大学を卒業してすぐに出征してしまったのである。

いま私の手許《てもと》に、出征後の三田君からのお便りが四通ある。もう二、三通もらったような気がするのだけれども、私は、ひとからもらった手紙を保存して置かない習慣なので、この四通が机の引出の中から出て来たのさえ不思議なくらいで、あとの二、三通は永遠に失われたものと、あきらめなければなるまい。

太宰さん、御元気ですか。

何も考え浮びません。

無心に流れて、

そうして、

軍人第一年生。

当分、

「詩」は、
頭の中に、
うごきませんようです。
東京の空は？

というのが、四通の中の、最初のお便りのようである。この頃、三田君はまだ、原隊に在って訓練を受けていた様子である。これは、たどたどしい、甘えているようなお便りである。正直無類のやわらかな心情が、あんまり、あらわに出ているので、私は、はらはらした。山岸さんから「いちばんいい」という折紙をつけられている人ではないか。も少し、どうにかならんかなあ、と不満であった。私は、年少の友に対して、年齢の事などちっとも斟酌《しんしゃく》せずに交際して来た。年少の故《ゆえ》に、その友人をいたわるとか、可愛がるとかいう事は私には出来なかった。可愛がる余裕など、私には無かった。私は、年少年長の区別なく、ことごとくの友人を尊敬したかった。尊敬の念を以て交際したかった。だから私は、年少の友人に対しても、手加減せずに何かと不満を言ったものだ。野暮《やぼ》な田舎者《いなかもの》の狭量かも知れない。私は三田君の、そのような、うぶなお便りを愛する事が出来なかった。それから、しばらくしてまた一通。これも原隊からのお便りである。

拝啓。

ながい間ごぶさた致しました。
御からだいかがですか。
全くといっていいほど、
何も持っていません。
泣きたくなるようでもあるし、
しかし、
信じて頑張っています。
前便にくらべると、苦しみが沈潜して、何か充実している感じである。私は、三田君に声援を送った。けれども、まだまだ三田君を第一等の日本男児だとは思っていなかった。まもなく、函館《はこだて》から一通、お便りをいただいた。
太宰さん、御元気ですか。
私は元気です。
もっともっと、
頑張らなければなりません。
御身体、大切に、
御奮闘祈ります。

あとは、ブランク。

こうして書き写していると、さすがに、おのずから溜息が出て来る。可憐《かれん》なお便りである。もっともっと、頑張らなければなりません、という言葉が、三田君ご自身に就《つ》いて言っているのであろうが、また、私の事を言っているようにも感ぜられて、こそばゆい。あとはブランク、とご自身で書いているのである。御元気ですか、私は元気です、という事のほかには、なんにも言いたい事が無かったのであろう。純粋な衝動が無ければ、一行の文章も書けない所謂《いわゆる》「詩人気質」が、はっきり出ている。

けれども、私は以上の三通のお便りを紹介したくて、この「散華」という小説に取りかかったのでは決してない。はじめから私の意図は、たった一つしか無かった。私は、最後の一通を受け取ったときの感動を書きたかったのである。それは、北海派遣××部隊から発せられたお便りであって、受け取った時には、私はその××部隊こそ、アッツ*島守備の尊い部隊だという事などは知る由も無いし、また、たといアッツ島とは知っていても、その後の玉砕を予感できるわけは無いのであるから、私はその××部隊の名に接しても、格別おどろきはしなかった。私は、三田君の葉書の文章に感動したのだ。

御元気ですか。

遠い空から御伺《おうかが》いします。

無事、任地に着きました。
大いなる文学のために、
死んで下さい。
自分も死にます、
この戦争のために。

死んで下さい、というその三田君の一言が、私には、なんとも尊く、ありがたく、うれしくて、たまらなかったのだ。これこそは、日本一の男児でなければ言えない言葉だと思った。

「三田君は、やっぱりいいやつだねえ。実に、いいところがある。」と私は、その頃、山岸さんにからりとした気持で言った事がある。いまは、心の底から、山岸さんに私の不明を謝したい気持であった。思いをあらたにして、山岸さんと握手したい気持だった。私には詩がわからぬ、とは言っても、私だって真実の文章を捜して朝夕を送っている男である。まるっきりの文盲とは、わけが違う。少しは、わかるつもりでいるのだ。山岸さんに「いいほうだ。いちばんいいかも知れない」と言われた時にも、私は自分の不明を恥かしく思う一方、なお胸の奥底で「そうかなあ」と頑固に渋って、首をひねっていたところも無いわけではなかったのである。私には、どうも*田五作《たごさく》の剛情な一面があるらしく、目前に明白の証拠を展開してくれぬうちは、人を信用しない傾向がある。キ*リストの復活を最後まで信じなかったトマスみたいなところがある。いけないことだ。「我はその手に釘《くぎ》の痕《あと》を見、わが指を釘の痕にさし入れ、わが手をその脅《わき》に差入るるにあらずば信ぜじ」などという剛情は、まったく、手がつけられない。私にも、人のよい、たわいない一面があって、まさかトマスほどの徹底した頑固者でもないようだけれども、でも、うっかりすると、としとってから妙な因業爺《いんごうじじ》になりかねない素質は少しあるらしいのである。私は山岸さんの判定を、素直に全部信じる事が出来なかったのである。「どうかなあ」という疑懼《ぎく》が、心の隅に残っていた。

けれども、あの「死んで下さい」というお便りに接して、胸の障子《しょうじ》が一斉にからりと取り払われ、一陣の涼風が颯《さ》っと吹き抜ける感じがした。

うれしかった。よく言ってくれたと思った。大出来の言葉だと思った。戦地へ行っているたくさんの友人たちから、いろいろと、もったいないお便りをいただくが、私に「死んで下さい」とためらわず自然に言ってくれたのは、三田君ひとりである。なかなか言えない言葉である。こんなに自然な調子で、それを言えるとは、三田君もついに一流の詩人の資格を得たと思った。私は、詩人というものを尊敬している。純粋の詩人とは、人間以上のもので、たしかに天使であると信じている。だから私は、世の中の詩人たちに対して期待も大きく、そうして、たいてい失望している。天使でもないのに詩人と自称して気取っているへんな人物が多いのである。けれども、三田君は、そうではない。たしかに、山岸さんの言うように「いちばんいい詩人」のひとりであると私は信じた。三田君に、このような美しい便りを書かせたものは、なんであったか。それを、はっきり知ったのは、よほどあとの事である。とにかく私は、山岸さんの説に、心から承服できたという事が、うれしくて、たまらなかった。

「三田君は、いい。たしかに、いい。」と私は山岸さんに言い、それは私ひとりだけが知っている、ささやかな和解の申込みであったのだが。けれども、この世に於《お》いて、和解にまさるよろこびは、そんなにたくさんは無い筈《はず》だ。私は、山岸さんと同様に、三田君を「いちばんよい」と信じ、今後の三田君の詩業に大いなる期待を抱いたのであるが、三田君の作品は、まったく別の形で、立派に完成せられた。アッツ島に於ける玉砕である。

御元気ですか。
遠い空から御伺いします。
無事、任地に着きました。
大いなる文学のために、

死んで下さい。
自分も死にます、
この戦争のために。

ふたたび、ここに三田君のお便りを書き写してみる。任地に第一歩を印した時から、すでに死ぬる覚悟をしておられたらしい。自己のために死ぬのではない。崇高な献身の覚悟である。そのような厳粛な決意を持っている人は、ややこしい理窟《りくつ》などは言わぬものだ。激した言い方などはしないものだ。つねに、このように明るく、単純な言い方をするものだ。そうして底に、ただならぬ厳正の決意を感じさせる文章を書くものだ。繰り返し繰り返し読んでいるうちに、私にはこの三田君の短いお便りが実に最高の詩のような気さえして来たのである。アッツ玉砕の報を聞かずとも、私はこのお便りだけで、この年少の友人を心から尊敬する事が出来たのである。純粋の献身を、人の世の最も美しいものとしてあこがれ努力している事に於《お》いては、兵士も、また詩人も、あるいは私のような巷の作家も、違ったところは無いのである。

ことしの五月の末に、私はアッツ島の玉砕をラジオで聞いたが、まさか三田君が、その玉砕の神の一柱であろうなどとは思い設けなかった。三田君が、どこで戦っているのか、それさえ私たちには、わかっていなかったのである。

あれは、*八月の末であったか、アッツ玉砕の二千有余柱の神々のお名前が新聞に出ていて、私は、その列記せられてあるお名前を順々に、ひどくていねいに見て行って、やがて三田循司という姓名を見つけた。決して、三田君の名前を捜していたわけではなかった。なぜだか、ただ私は新聞のその面を、ひどくていねいに見ていたのである。そうして、三田循司という名前を見つけて、はっと思ったが、同時にまた、非常に自然の事のようにも思われた。はじめから、この姓名を捜していたのだというような気さえして来た。家の者に知らせたら、家の者は顔色を変えて驚愕《きょうがく》していたが、私には「やっぱり、そうか」という首肯の気持のほうが強かった。

けれども、さすがにその日は、落ちつかなかった。私は山岸さんに葉書を出した。

「三田君がアッツ玉砕の神の一柱であった事を、ただいま新聞で知りました。三田君を偲《しの》ぶために、何かよい御計画でもありましたならば、お知らせ下さい。」というような意味の事を書いて出したように記憶している。

二、三日して山岸さんから御返事が来た。山岸さんも、三田君のアッツ玉砕は、あの日の新聞ではじめて知った様子で、自分は三田君の遺稿を整理して出版する計画を持っているが、それに就《つ》いて後日いろいろ相談したい、という意味の御返事であった。遺稿集の題は「北極星」としたい気持です、小生は三田と或る夜語り合った北極星の事に就いて何か書きたい気持です、ともそのお葉書にしたためられてあった。

それから間もなく、山岸さんは、眼の大きな脊の高い青年を連れて三鷹の陋屋にやって来た。

「三田の弟さんだ。」山岸さんに紹介せられて私たちは挨拶を交した。

やはり似ている。気弱そうな微笑が、兄さんにそっくりだと思った。

私は弟さんからお土産《みやげ》をいただいた。桐《きり》の駒下駄《こまげた》と、林檎《りんご》を一籠いただいた。山岸さんは註釈を加えて、

「僕のうちでも、林檎と駒下駄をもらった。林檎はまだ少しすっぱいようだから、二、三日置いてたべるといいかも知れない。駒下駄は僕と君とお揃いのを一足ずつ。気持のいいお土産だろう？」

弟さんは遺稿集に就《つ》いての相談もあり、また、兄さんの事を一夜、私たちと共に語り合いたい気持もあって、その前日、花巻から上京して来たのだという。

私の家で三人、遺稿集の事に就いて相談した。

「詩を全部、載せますか。」と私は山岸さんに尋ねた。

「まあ、そんな事になるだろうな。」

「初期のは、あんまりよくなかったようですが。」と私は、まだ少しこだわっていた。

れいの田五作の剛情である。因業爺の卵である。

「そんな事を言ったって。」と、山岸さんは苦笑して、それから、すぐに賢明に察したらしく、「こりゃどうも、太宰のさきには死なれないね。どんな事を言われるか、わかりゃしない。」

私は、開巻第一頁に、三田君のあのお便りを、大きい活字で組んで載せてもらいたかったのである。あとの詩は、小さい活字だって構わない。それほど私はあのお便りの言々句々が好きなのである。

御元気ですか。
遠い空から御伺いします。
無事、任地に着きました。
大いなる文学のために、
死んで下さい。
自分も死にます、
この戦争のために。

雪の夜の話

あの日、朝から、雪が降っていたわね。もうせんから、とりかかっていたおツルちゃん(姪)のモンペ*が出来あがったので、あの日、学校の帰り、それをとどけに中野の叔母《おば》さんのうちに寄ったの。そうして、スルメを二枚お土産《みやげ》にもらって、吉祥寺《きちじょうじ》駅に着いた時には、もう暗くなっていて、雪は一尺以上も積り、なおその上やまずひそひそと降っていました。私は長靴をはいていたので、かえって気持がはずんで、わざと雪の深く積っているところを選んで歩きました。おうちの近くのポストのところまで来て、小脇にかかえていたスルメの新聞包が無いのに気がつきました。私はのんき者の抜けさんだけれども、それでも、ものを落したりなどした事はあまり無かったのに、その夜は、降り積る雪に興奮してはしゃいで歩いていたせいでしょうか、落しちゃったの。私は、しょんぼりしてしまいました。スルメを落してがっかりするなんて、下品な事で恥ずかしいのですが、でも、私はそれをお嫂《ねえ》さんにあげようと思っていたの。うちのお嫂さんは、ことしの夏に赤ちゃんを生むのよ。おなかに赤ちゃんがいると、とてもおなかが空《す》くんだって。おなかの赤ちゃんと二人ぶん食べなければいけないのね。お嫂さんは私と違って身だしなみがよくてお上品なので、これまではそれこそ「カナリヤのお食事」みたいに軽く召上って、そうして間食なんて一度もなさった事は無いのに、このごろはおなかが空いて、恥ずかしいとおっしゃって、それからふっと妙なものを食べたくなるんですって。こないだもお嫂さんは私と一緒にお夕食の後片附けをしながら、ああ口がにがい、スルメか何かしゃぶりたいわ、と小さい声で言って溜息《ためいき》をついていらしたのを私は忘れていないので、その日偶然、中野の叔母さんからスルメを二枚もらって、これはお嫂さんにこっそり上げましょうとたのしみにして持って来たのに、落しちゃって、私はしょんぼりしてしまいました。

ご存じのように、私の家は兄さんとお嫂さんと私と三人暮しで、そうして兄さんは少しお変人の小説家で、もう四十ちかくになるのにちっとも有名でないし、そうしていつも貧乏で、からだ工合《ぐあい》が悪いと言って寝たり起きたり、そのくせ口だけは達者で、何だかんだとうるさく私たちに口こごとを言い、そうしてただ口で言うばかりでご自分はちっとも家の事に手助けしてくれないので、お嫂さんは男の力仕事までしなければならず、とても気の毒なんです。或《あ》る日、私は義憤を感じて、

「兄さん、たまにはリュックサックをしょって、野菜でも買って来て下さいな。よその旦那さまは、たいていそうしているらしいわよ。」

と言ったら、ぶっとふくれて、

「馬鹿野郎《ばかやろう》！　おれはそんな下品な男じゃない。いいかい、きみ子(お嫂さんの名前)もよく覚えて置け。おれたち一家が飢え死にしかけても、おれはあんな、あさましい買い出しなんかに出掛けやしないのだから、そのつもりでいてくれ。それはおれの最後の誇りなんだ。」

なるほど、御覚悟は御立派ですが、でも兄さんの場合、お国のためを思って買い出し部隊を憎んで居られるのか、ご自分の不精《ぶしょう》から買い出しをいやがって居られるのか、ちょっとわからないところがございます。私の父も母も東京の人間ですが、父は東北の山形のお役所に長くつとめていて、兄さんも私も山形で生れ、お父さんは山形でなくなられ、兄さんが二十《はたち》くらい、私がまだほんの子供でお母さんにおんぶされて、親子三人、また東京へ帰って来て、先年お母さんもなくなって、いまでは兄さんとお嫂さんと私と三人の家庭で、故郷というものもないのですから、他の御家庭のように、たべものを田舎《いなか》から送っていただくわけにも行かず、また兄さんはお変人で、よそとのお附合いもまるで無いので、思いがけなくめずらしいものが、「手にはいる」などという事は全然ありませんし、たかだかスルメ二枚でもお嫂さんに差上げたら、どんなにかお喜びなさる事かと思えば、下品な事でしょうけれども、スルメ二枚が惜しくて、私はくるりと廻れ右して、いま来た雪道をゆっくり歩いて捜しました。けれども、見つかるわけはありません。白い雪道に白い新聞包を見つける事はひどくむずかしい上に、雪がやまず降り積り、吉祥寺の駅ちかくまで引返して行ったのですが、石ころ一つ見あたりませんでした。溜息をついて傘を持ち直し、暗い夜空を見上げたら、雪が百万の蛍《ほたる》のように乱れ狂って舞っていました。きれいだなあ、と思いました。道の両側の樹々は、雪をかぶって重そうに枝を垂れ時々ためいきをつくように幽《かす》かに身動きをして、まるで、なんだか、おとぎばなしの世界にいるような気持になって私は、スルメの事をわすれました。はっと妙案が胸に浮びました。この美しい雪景色を、お嫂さんに持って行ってあげよう。スルメなんかより、どんなによいお土産か知れやしない。たべものなんかにこだわるのは、いやしい事だ。本当に、はずかしい事だ。

人間の眼玉は、風景をたくわえる事が出来ると、いつか兄さんが教えて下さった。電球をちょっとのあいだ見つめて、それから眼をつぶっても眼蓋《まぶた》の裏にありありと電球が見えるだろう。それが証拠だ、それに就《つ》いて、むかしデンマークに、こんな話があった、と兄さんが次のような短い*ロマンスを私に教えて下さったが、兄さんのお話は、いつもでたらめばっかりで、少しもあてにならないけれど、でもあの時のお話だけは、たとい兄さんの嘘《うそ》のつくり話であっても、ちょっといいお話だと思いました。

むかし、デンマークの或るお医者が、難破した若い水夫の死体を解剖して、その眼球を顕微鏡でもって調べその網膜に美しい一家団欒《いっかだんらん》の光景が写されているのを見つけて、友人の小説家にそれを報告したところが、その小説家はたちどころにその不思議の現象に対して次のような解説を与えた。その若い水夫は難破して怒濤《どとう》に巻き込まれ、岸にたたきつけられ、無我夢中でしがみついたところは、灯台の窓縁《まどぶち》であった、やれうれしや、たすけを求めて叫ぼうとして、ふと窓の中をのぞくと、いましも灯台守の一家がつつましくも楽しい夕食をはじめようとしている、ああ、いけない、おれがいま「たすけてえ！」と凄い声を出して叫ぶとこの一家の団欒が滅茶苦茶《めちゃくちゃ》になると思ったら、窓縁にしがみついた指先の力が抜けたとたんに、ざあっとまた大浪が来て、水夫のからだを沖に連れて行ってしまったのだ、たしかにそうだ、この水夫は世の中で一ばん優しくてそうして気高い人なのだ、という解釈を下し、お医者もそれに賛成して、二人でその水夫の死体をねんごろに葬ったというお話。

私はこのお話を信じたい。たとい科学の上では有り得ない話でも、それでも私は信じたい。私はあの雪の夜に、ふとこの物語を思い出し、私の眼の底にも美しい雪景色を写

して置いてお家へ帰り、

「お嫂さん、あたしの眼の中を覗《のぞ》いてごらん。おなかの赤ちゃんが綺麗《きれい》になってよ。」

と言おうと思ったのです。せんだってお嫂さんが、兄さんに、

「綺麗なひとの絵姿を私の部屋の壁に張って置いて下さいまし。私は毎日それを眺めて、綺麗な子供を産みとうございますから。」と笑いながらお願いしたら、兄さんは、まじめにうなずき、

「うむ、胎教か。それは大事だ。」

とおっしゃって、*孫次郎《まごじろう》というあでやかな能面の写真と、*雪の小面《こおもて》という可憐《かれん》な能面の写真と二枚ならべて壁に張りつけて下さったところまでは上出来でございましたが、それから、さらにまた、兄さんのしかめつらの写真をその二枚の能面の写真の間に、ぴたりと張りつけましたので、なんにもならなくなりました。

「お願いですから、その、あなたのお写真だけはよして下さい。それを眺めると、私、胸がわるくなって。」と、おとなしいお嫂さんも、さすがに我慢できなかったのでしょう、拝むようにして兄さんにたのんで、とにかくそれだけは撤回させてもらいましたが、兄さんのお写真なんか眺めていたら、*猿面冠者みたいな赤ちゃんが生れるに違いない。兄さんは、あんな妙ちきりんな顔をしていて、それでもご自身では少しは美男子だと思

っているのかしら。呆《あき》れたひとです。本当にお嫂さんはいま、おなかの赤ちゃんのために、この世で一ばん美しいものばかり眺めていたいと思っていらっしゃるのだ、きょうのこの雪景色を私の眼の底に写して、そうしてお嫂さんに見せてあげたら、お嫂さんはスルメなんかのお土産より、何倍も何十倍もよろこんで下さるに違いない。

私はスルメをあきらめてお家に帰る途々、できるだけ、どっさり周囲の美しい雪景色を眺めて、眼玉の底だけでなく、胸の底にまで、純白の美しい景色を宿した気持でお家へ帰り着くなり、

「お嫂さん、あたしの眼を見てよ、あたしの眼の底には、とっても美しい景色が一ぱい写っているのよ。」

「なあに？　どうなさったの？」お嫂さんは笑いながら立って私の肩に手を置き、「おめめを、いったい、どうなさったの？」

「ほら、いつか兄さんが教えて下さったじゃないの。人間の眼の底には、たったいま見た景色が消えずに残っているものだって。」

「とうさんのお話なんか、忘れたわ。たいてい嘘なんですもの。」

「でも、あのお話だけは本当よ。あたしは、あれだけは信じたいの、だから、ね、あたしの眼を見てよ。あたしはいま、とっても美しい雪景色をたくさんたくさん見て来た

んだから。ね、あたしの眼を見て。きっと、雪のように肌の綺麗な赤ちゃんが生れてよ。」

お嫂さんは、かなしそうな顔をして、黙って私の顔をみつめていました。

「おい。」

とその時、隣りの六畳間から兄さんが出て来て、「しゅん子(私の名前)のそんなつまらない眼を見るよりは、おれの眼を見たほうが百倍も効果があらあ。」

「なぜ? なぜ?」

ぶってやりたいくらい兄さんを憎く思いました。

「兄さんの眼なんか見ていると、お嫂さんは、胸がわるくなるって言っていらしたわ。」

「そうでもなかろう。おれの眼は、二十年間きれいな雪景色を見て来た眼なんだ。おれは、はたちの頃まで山形にいたんだ。しゅん子なんて、物心地のつかないうちに、もう東京へ来て山形の見事な雪景色を知らないから、こんな東京のちゃちな雪景色を見て騒いでいやがる。おれの眼なんかは、もっと見事な雪景色を、百倍も千倍もいやになるくらいどっさり見て来ているんだからね、何と言ったって、しゅん子の眼よりは上等さ。」

私はくやしくて泣いてやろうかしらと思いました。その時、お嫂さんが私を助けて下さった。お嫂さんは微笑んで静かにおっしゃいました。

「でも、とうさんのお眼は、綺麗な景色を百倍も千倍も見て来たかわりに、きたないものも百倍も千倍も見て来られたお眼ですものね。」

「そうよ、そうよ。プラスよりも、マイナスがずっと多いのよ。だからそんなに黄色く濁っているんだ。わあい、だ。」

「生意気を言ってやがる。」

兄さんは、ぶっとふくれて隣の六畳間に引込みました。

竹青

——新曲*聊斎志異《りょうさいしい》——

むかし*湖南《こなん》の何とやら郡邑《ぐんゆう》に、魚容という名の貧*書生がいた。どういうわけか、昔から書生は貧という事にきまっているようである。この魚容君など、氏育ち共に賤《いや》しくなく、眉目清秀《びもくせいしゅう》、容姿また閑雅の趣きがあって、*書を好むこと色を好むが如《ごと》しとは言えないまでも、とにかく幼少の頃より神妙に学に志して、これぞという道にはずれた振舞いも無かった人であるが、どういうわけか、福運には恵まれなかった。早く父母に死別し、親戚の家を転々して育って、自分の財産というものも、その間に綺麗《きれい》さっぱり無くなっていて、いまは親戚一同から厄介者の扱いを受け、ひとりの酒くらいの伯父《おじ》が、酔《すい》余《よ》の興にその家の色黒く痩《や》せこけた無学の下婢《かひ》をこの魚容に押しつけ、結婚せよ、よい縁だ、と傍若無人に勝手にきめて、魚容は大いに迷惑ではあったが、この伯父もまた育ての親のひとりであって、謂《い》わば海山の大恩人に違いないのであるから、その酔漢の無礼な思いつきに対して怒る事も出来ず、涙を怺《こら》え、うつろな気持で自分より二つ年上のその痩せてひからびた醜い女をめとったのである。女は酒くらいの伯父の妾であったという噂もあり、顔も醜いが、心もあまり結構でなかった。魚容の学問を頭から軽蔑《けいべつ》して、魚容が「*大学の道は至善《しぜん》に止るに在り」などと口ずさむのを聞いて、ふんと鼻で笑い、「そんな至善なんてものに止るよりは、お金に止って、おいしい御馳走に止る工夫でもする事だ」とにくにくしげに言って、「あなた、すみませんが、これをみな洗濯して下さいな。少しは家事の手助けもするものです」と魚容の顔をめがけて女のよごれ物を投げつける。魚容はそのよごれ物をかかえて裏の河原におもむき、「*馬嘶《いななき》て白日暮れ、剣鳴て秋気来る」と小声で吟じ、さて、何の面白い事もなく、わが故土《こど》にいながらも天涯の孤客の如《ごと》く、心は渺《びょう》として空しく河上を徘徊するという間の抜けた有様であった。

「いつまでもこのような惨めな暮しを続けていては、わが立派な祖先に対しても申しわけが無い。乃公《おれ》もそろそろ*三十、而立《じりつ》の秋だ。よし、ここは、一奮発して、大いなる声明を得なければならぬ」と決意して、まず女房を一つ殴って家を飛び出し、満々たる自信を以《もっ》て*郷試《きょうし》に応じたが、如何《いか》にせん永《なが》い貧乏暮しのために腹中に力無く、しどろもどろの答案しか書けなかったので、見事に落第。とぼとぼと、また故郷のあばら屋に帰る途中の、悲しさは比類が無い。おまけに腹がへって、どうにも足がすすまなくなって、洞庭湖《どうていこ》畔《はん》の*呉王廟《ごおうびょう》の廊下に這《は》い上って、ごろりと仰向に寝ころび、「ああ、この世とは、ただ人を無意味に苦しめるだけのところだ。乃公の如《ごと》きは幼少の頃より、もっぱら*其《そ》の独りを慎んで古聖賢の道を究め、*学んで而して時に之《これ》を習っても、遠方から福音の訪れ来る気配はさらに無く、毎日毎日、忍び難い侮辱《ぶじょく》ばかり受けて、大勇猛心を起して郷試に応じても無慙《むざん》の失敗をするし、この世には鉄面皮《てつめんぴ》の悪人ばかり栄えて、乃公の如き気の弱い貧書生は永遠の敗者として嘲笑《ちょうしょう》せられるだけのものか。女房をぶん殴って颯爽《さっそう》と家を出たところまではよかったが、試験に落第して帰ったのでは、どんなに強く女房に罵倒《ばとう》せられるかわからない。ああ、いっそ死にたい」と極度の疲労のため精神朦《もう》朧《ろう》となり、君子の道を学んだ者にも似合わず、しきりに世を呪《のろ》い、わが身の不幸を嘆いて、薄目をあいて空飛ぶ烏《からす》の大群を見上げ、「からすには、貧富が無くて、仕合《しあわ》せだなあ。」と小声で言って、眼を閉じた。

　この湖畔の呉王廟は、三国時代の呉の将軍甘寧《かんねい》を呉王と尊称し、之《これ》を水路の守護神としてあがめ祀《まつ》っているもので、霊験すこぶるあらたかの由、湖上往来の舟がこの廟前を過ぐる時には、*舟子《かこ》ども必ず礼拝し、廟の傍の林には数百の烏が棲息していて、舟を見つけると一斉に飛び立ち、啞々《ああ》とやかましく噪《さわ》いで舟の帆柱に戯れ舞い、舟子どもは之を王の使いの烏として敬愛し、羊の肉片など投げてやるとさっと飛んで来て口に咥《くわ》え、千に一つも受け損ずる事は無い。落第書生の魚容は、この使い烏の群が、嬉々として大空を飛び廻っている様をうらやましがり、烏は仕合せだなあ、と哀れな細い声で呟《つぶや》いて眠るともなく、うとうとしたが、その時、「もし、もし。」と黒衣の男にゆり起されたのである。

魚容は未だ夢心地で、

「ああ、すみません。叱らないで下さい。あやしい者ではありません。もう少しここに寝かせて置いて下さい。どうか、叱らないで下さい。」と小さい時からただ人に叱られて育って来たので、人を見ると自分を叱るのではないかと怯《おび》える卑屈《ひくつ》な癖が身についていて、この時も、譫言《うわごと》のように「すみません」を連発しながら寝返りを打って、また眼をつぶる。

「叱るのではない。」とその黒衣の男は、不思議な嗄れたる声で言って、「呉王さまのお言いつけだ。そんなに人の世がいやになって、からすの生涯がうらやましかったら、ちょうどよい。いま黒衣隊が一卒欠けているから、それの補充にお前を採用してあげるというお言葉だ。早くこの黒衣を着なさい。」ふわりと薄い黒衣を、寝ている魚容にかぶせた。

たちまち、魚容は雄の烏。眼をぱちぱちさせて起き上り、ちょんと廊下の欄干《らんかん》にとまって、嘴《くちばし》で羽をかいつくろい、翼をひろげて危げに飛び立ち、いましも斜陽を一ぱい帆に浴びて湖畔を通る舟の上に、むらがり噪いで肉片の饗応にあずかっている数百の神烏にまじって、右往左往し、舟子の投げ上げる肉片を上手に嘴に受けて、すぐにもう、生れてはじめてと思われるほどの満腹感を覚え、岸の林に引上げて来て、梢《こずえ》にとまり、林に嘴をこすって、水満々の洞庭の湖面の夕日に映えて黄金色に輝いている様を見渡し、「秋風翻す黄金浪花千片か」などと所謂《いわゆる》*君子蕩々然《くんしとうとうぜん》とうそぶいていると、

「あなた、」と艶なる女性の声がして、「お気に召しまして？」

見ると、自分と同じ枝に雌の烏が一羽とまっている。

「おそれいります。」魚容は*一揖《いちゆう》して、「何せどうも、身は軽くして泥滓《でいし》を離れたのですからなあ。叱らないで下さいよ。」とつい口癖になっているので、余計な一言を附加《つけくわ》えた。

「存じて居ります。」と雌の烏は落ちついて、「ずいぶんいままで、御苦労をなさいましたそうですからね。お察し申しますわ。でも、もう、これからは大丈夫。あたしがついていますわ。」

「失礼ですが、あなたは、どなたです。」

「あら、あたしは、ただ、あなたのお傍に。どんな用でも言いつけて下さいまし。あたしは、何でも致します。そう思っていらして下さい。おいや？」

「いやじゃないが、」魚容は狼狽《ろうばい》して、「乃公にはちゃんと女房があります。浮気は君子の慎しむところです。あなたは、乃公を邪道に誘惑しようとしている。」と無理に分別顔を装うて言った。

「ひどいわ。あたしが軽はずみの好色の念からあなたに言い寄ったとでもお思いなの？　ひどいわ。これはみな呉王さまの情深いお取りはからいですわ。あなたをお慰《なぐさ》め申すように、あたしは呉王さまから言いつかったのよ。あなたはもう、人間でないのですから、人間界の奥さんの事なんか忘れてしまってもいいのよ。あなたの奥さんはずいぶんお優しいお方かも知れないけれど、あたしだってそれに負けずに、一生懸命あなたのお世話をしますわ。烏の操《みさお》は、人間の操よりも、もっと正しいという事をお見せしてあげますから、おいやでしょうけれど、これから、あたしをお傍に置いて下さいな。あたしの名前は、竹青《ちくせい》というの。」

　魚容は情に感じて、

「ありがとう。乃公も実は人間界でさんざんの目に遭《あ》って来ているので、どうも疑い深くなって、あなたの御親切も素直に受取る事が出来なかったのです。ごめんなさい。」

「あら、そんなに改まった言い方をしては、おかしいわ。きょうから、あたしはあなたの召使いじゃないの。それでは旦那様、ちょっと食後の御散歩は、いかがでしょう。」

「うむ、」と魚容もいまは鷹揚《おうよう》にうなずき、「案内たのむ。」

「それでは、ついていらっしゃい。」とぱっと飛び立つ。

秋風*嫋々《じょうじょう》と翼を撫《な》で、洞庭の烟波《えんぱ》眼下にあり、はるかに望めば*岳陽《がくよう》の甍《いらか》、灼爛《しゃくらん》と落日に燃え、さらに眼を転ずれば、*君山《くんざん》、玉鏡に可憐《かれん》一点の翠黛《すいたい》を描いて湘君《しょうくん》の俤《おもかげ》をしのばしめ、黒衣の新夫婦は唖々と鳴きかわして先になり後になり憂えず惑わず懼《おそ》れず心のままに飛翔して、疲れると帰《き》帆《はん》の*檣上《しょうじょう》にならんで止って翼を休め、顔を見合わせて微笑み、やがて日が暮れると洞庭秋月皎々《こうこう》たるを賞しながら飄然《ひょうぜん》と塒《ねぐら》に帰り、互に羽をすり寄せて眠り、朝になると二羽そろって洞庭の湖水でぱちゃぱちゃとからだを洗い口を嗽《すす》ぎ、岸に近づく舟をめがけて飛び立てば、舟子どもから朝食の奉納があり、新婦の竹青は初い初いしく恥じらいながら影の形に添う如《ごと》くいつも傍にあって何かと優しく世話を焼き、落第書生の魚容も、その半生の不幸をここで一ぺんに吹き飛ばしたような思いであった。

その日の午後、いまは全く呉王廟の神烏の一羽になりすまして、往来の舟の帆檣《はんしょう》にたわむれ、折から兵士を満載した大舟が通り、仲間の烏どもは、あれは危いと逃げて、竹青もけたたましく鳴いて警告したのだけれども、魚容の神烏は何せ自由に飛翔できるのがうれしくてたまらず、得意げにその兵士の舟の上を旋回していたら、ひとりのいたずらっ児《こ》の兵士が、ひょうと矢を射てあやまたず魚容の胸をつらぬき、石のように落下する間一髪、竹青、稲妻の如《ごと》く迅速に飛んで来て魚容の翼を啞え、颯《さっ》と引上げて、呉王廟の廊下に、瀕死の魚容を寝かせ、涙を流しながら甲斐甲斐《かいがい》しく介抱した。けれども、かなりの重傷で、とても助からぬと見て竹青は、一声悲しく高く鳴いて数百羽の仲間の烏を集め、羽ばたきの音も物凄く一斉に飛び立ってかの舟を襲い、羽で湖面を煽《あお》って大浪を起し忽《たちま》ち舟を顚覆《てんぷく》させて見事に報讐し、大烏群は全湖面を震撼させるほどの騒然たる凱歌《がいか》を挙げた。竹青はいそいで魚容の許《もと》に引返し、その嘴を魚容の頰にすり寄せて、

「聞えますか。あの、仲間の凱歌が聞えますか。」と哀慟《あいどう》して言う。

魚容は傷の苦しさに、もはや息も絶える思いで、見えぬ眼をわずかに開いて、

「竹青。」と小声で呼んだ、と思ったら、ふと眼が醒《さ》めて、気がつくと自分は人間の、しかも昔のままの貧書生の姿で呉王廟の廊下に寝ている。斜陽あかあかと目前の楓《かえで》の林を照らして、そこには数百の烏が無心に啞々と鳴いて遊んでいる。

「気がつきましたか。」と農夫の身なりをした爺が傍に立っていて笑いながら尋《たず》ねる。

「あなたは、どなたです。」

「わしはこの辺の百姓だが、きのうの夕方ここを通ったら、お前さんが死んだように深く眠っていて、眠りながら時々微笑んだりして、わしは、ずいぶん大声を挙げてお前さんを呼んでも一向に眼を醒まさない。肩をつかんでゆすぶっても、ぐたりとしている。家へ帰ってからも気になるので、たびたびお前さんの様子を見に来て、眼の醒めるのを待っていたのだ。見れば、顔色もよくないが、どこか病気か。」

「いいえ、病気ではございません。」不思議におなかも今はちっとも空《す》いていない。「すみませんでした。」とれいのあやまり癖が出て、坐《すわ》り直《なお》して農夫に叮嚀《ていねい》にお辞儀《じぎ》をして、「お恥かしい話ですが、」と前置きをしてこの廟の廊下に行倒れるにいたった事情を正直に打明け、重ねて、「すみませんでした。」とお詫《わ》びを言った。

農夫は憐《あわ》れに思った様子で、懐《ふところ》から財布を取出しいくらかの金を与え、「*人間万事塞翁《にんげんばんじさいおう》の馬。元気を出して、再挙を図るさ。人生七十年、いろいろさまざまの事がある。人情は*飜覆《ほんぷく》して洞庭湖の波瀾《はらん》に似たり。」と洒落《しゃれ》た事を言って立ち去る。

魚容はまだ夢の続きを見ているような気持で、呆然と立って農夫を見送り、それから振りかえって楓の梢にむらがる烏を見上げ、

「竹青!」と叫んだ。一群の烏が驚いて飛び立ち、ひとしきりやかましく騒いで魚容

の頭の上を飛びまわり、それからまっすぐに湖の方へいそいで行って、それっきり、何の変った事も無い。

やっぱり、夢だったかなあ、と魚容は悲しげな顔をして首を振り、一つ大きい溜息《ためいき》をついて、力無く故土に向けて発足する。

故郷の人たちは、魚容が帰って来ても、格別うれしそうな顔もせず、冷酷の女房は、さっそく伯父の家の庭石の運搬を魚容に命じ、魚容は汗だくになって河原から大いなる岩石をいくつも伯父の庭先まで押したり曳《ひ》いたり担いだりして運び、「*貧して怨無きは難し」とつくづく嘆じ、「*朝に竹青の声を聞かば夕に死するも可なり矣」と何につけても洞庭一日の幸福な生活が燃えるほど劇《はげ》しく懐慕せられるのである。

*伯夷《はくい》叔斉《しゅくせい》は旧悪を念《おも》わず、怨是《うらみこれ》を用いて希《まれ》なり。わが魚容君もまた、君子の道に志している高邁《こうまい》の書生であるから、不人情の親戚をも努めて憎まず、無学の老妻にも逆わず、ひたすら古書に親しみ、閑雅の清趣を養っていたが、それでも、さすがに身辺の者から受ける蔑視《べっし》には堪えかねる事があって、それから三年目の春、またもや女房をぶん殴って、いまに見ろ、と青雲の志を抱いて家出して試験に応じ、やっぱり見事に落第した。よっぽど出来ない人だったと見える。帰途、また思い出の洞庭湖畔、呉王廟に立ち寄って、見るものみな懐しく、悲しみもまた千倍して、おいおい声を放って廟前で泣き、そ

れから懐中のわずかな金を全部はたいて羊肉を買い、それを廟前にばら撒いて神烏に供して樹上から降りて肉を啄《ついば》む群烏を眺めて、この中に竹青もいるのだろうなあ、と思っても、皆一様に真黒で、それこそ雌雄をさえ見わける事が出来ず、

「竹青はどれですか。」と尋ねても振りかえる烏は一羽も無く、みんなただ無心に肉を拾ってたべている。魚容はそれでも諦められず、

「この中に、竹青がいたら一番あとまで残っておいで。」と、千万の思慕の情をこめて言ってみた。そろそろ肉が無くなって、群烏は二羽立ち、五羽立ち、むらむらぱっと大部分飛び立ち、あとには三羽、まだ肉を捜して居残り、魚容はそれを見て胸をとどろかせ手に汗を握ったが、肉がもう全く無いと見てぱっと未練げも無く、その三羽も飛び立つ。魚容は気抜けの余りくらくら眩暈《めまい》して、それでも尚《なお》、この場所から立ち去る事が出来ず、廟の廊下に腰をおろして、春霞に煙る湖面を眺めてただやたらに溜息をつき、

「ええ、二度も続けて落第して、何の面目があっておめおめ故郷に帰られよう。生きて甲斐ない身の上だ、むかし春秋戦国の世にかの屈原《くつげん》*も衆人皆酔い、我独り醒めたり、と叫んでこの湖に身を投げて死んだとかいう話を聞いている、乃公もこの思い出なつかしい洞庭に身を投げて死ねば、或《ある》いは竹青がどこかで見ていて涙を流してくれるかも知れない、乃公を本当に愛してくれたのは、あの竹青だけだ、あとは皆、おそろしい我慾《がよく》の

鬼ばかりだった、人間万事塞翁の馬だと三年前にあのお爺さんが言ってはげましてくれたけれども、あれは嘘《うそ》だ、不仕合せに生れついた者は、いつまで経っても不仕合せのどん底であがいているばかりだ、これすなわち天命を知るという事か、あはは、死のう、竹青が泣いてくれたら、それでよい、他には何も望みは無い」と、古聖賢の道を究めた筈《はず》の魚容も失意の憂愁《ゆうしゅう》に堪えかね、今夜はこの湖で死ぬる覚悟。やがて夜になると、輪郭の滲《にじ》んだ満月が中空に浮び、洞庭湖はただ白く茫《ぼう》として空と水の境が無く、岸の平沙《へいさ》*は昼のように明るく柳の枝は湖水の靄《もや》を含んで重く垂れ、遠くに見える桃畑の万朶《ばんだ》の花は霰《あられ》に似て、微風が時折、天地の溜息の如《ごと》く通過し、いかにも静かな春の良夜、これがこの世の見おさめと思えば涙も袖《そで》にあまり、どこからともなく夜猿の悲しそうな鳴声が聞えて来て、愁思まさに絶頂に達した時、背後にははたはたと翼の音がして、

「別来、恙無《つつがな》きや。」

振り向いて見ると、月光を浴びて明眸皓歯《めいぼうこうし》*、二十《はたち》ばかりの麗人がにっこり笑っている。

「どなたです、すみません。」とにかく、あやまった。

「いやよ、」と軽く魚容の肩を打ち、「竹青をお忘れになったの？」

「竹青！」

魚容は仰天して立ち上り、それから少し躊躇《ちゅうちょ》したが、ええ、ままよ、といきなり美女

の細い肩を掻《か》き抱いた。

「離して。いきが、とまるわよ。」と竹青は笑いながら言って巧みに魚容の腕からのがれ、「あたしは、どこへも行かないわよ。もう、一生あなたのお傍に。」

「たのむ！　そうしておくれ。お前がいないので、乃公は今夜この湖に身を投げて死んでしまうつもりだった。お前は、いったい、どこにいたのだ。」

「あたしは遠い*漢陽《かんよう》に。あなたと別れてからここを立ち退き、いまは漢水の神烏になっているのです。さっき、この呉王廟にいる昔のお友達があなたのお見えになっている事を知らせにいらして下さったので、あたしは、漢陽からいそいで飛んで来たのです。あなたの好きな竹青が、ちゃんとこうして来たのですから、もう、死ぬなんておそろしい事をお考えになっては、いやよ。ちょっと、あなたも痩せたわねえ。」

「痩せる筈《はず》さ。二度も続けて落第しちゃったんだ。故郷に帰れば、またどんな目に遭うかわからない。つくづくこの世が、いやになった。」

「あなたは、ご自分の故郷にだけ人生があると思い込んでいらっしゃるから、そんなに苦しくおなりになるのよ。*人間到るところに青山《せいざん》があるとか書生さんたちがよく歌っているじゃありませんか。いちど、あたしと一緒に漢陽の家へいらっしゃい。生きているのも、いい事だと、きっとお思いになりますから。」

「漢陽は、遠いなあ。」いずれが誘うともなく二人ならんで廟の廊下から出て月下の湖畔を逍遥《しょうよう》しながら、「*父母在《いま》せば遠く遊ばず、遊ぶに必ず方有り、というからねえ。」魚容は、もっともらしい顔をして、れいの如《ごと》くその学徳の片鱗《へんりん》を示した。

「何をおっしゃるの。あなたには、お父さんもお母さんも無いくせに。」

「なんだ、知っているのか。しかし、故郷には父母同様の親戚の者たちが多勢いる。乃公は何とかして、あの人たちに、乃公の立派に出世した姿をいちど見せてやりたい。あの人たちは昔から乃公をまるで阿呆か何かみたいに思っているのだ。そうだ、漢陽へ行くよりは、これからお前と一緒に故郷に帰り、お前のその綺麗な顔をみんなに見せて、おどろかしてやりたい。ね、そうしようよ。乃公は、故郷の親戚の者たちの前で、いちど、思いきり、大いに威張ってみたいのだ。故郷の者たちに尊敬されるという事は、人間の最高の幸福で、また終極の勝利だ。」

「どうしてそんなに故郷の人たちの思惑ばかり気にするのでしょう。むやみに故郷の人たちの尊敬を得たくて努めている人を、郷原《きょうげん》というんじゃなかったかしら。*郷原は徳の賊《ぞく》なりと論語に書いてあったわね。」

魚容は、ぎゃふんとまいって、やぶれかぶれになり、

「よし、行こう。漢陽に行こう。連れて行ってくれ。*逝者《ゆくもの》は斯《かく》の如《ごと》き夫《かな》、昼夜を舍《す》て

ず。」てれ隠しに、甚《はなは》だ唐突な詩句を誦して、あははは、と自らを嘲《あざけ》った。

「まいりますか。」竹青はいそいそして、「ああ、うれしい。漢陽の家では、あなたをお迎えしようとして、ちゃんと仕度《したく》がしてあります。ちょっと、眼をつぶって。」

魚容は言われるままに眼を軽くつぶると、はたはたと翼の音がして、それから何か自分の肩に薄い衣のようなものがかかったと思うと、すっとからだが軽くなり、眼をひらいたら、すでに二人は雌雄の烏、月光を受けて漆黒の翼は美しく輝き、ちょんちょん平沙を歩いて、唖々と二羽、声をそろえて叫んで、ぱっと飛び立つ。

月下白光三千里の長江、洋々と東北方に流れて、魚容は酔えるが如《ごと》く、流れにしたがっておよそ二ときばかり飛翔して、ようよう夜も明けはなれて遥か前方に水の都、漢陽の家々の甍《いらか》が朝靄《あさもや》の底に静かに沈んで眠っているのが見えて来た。近づくにつれて、晴《せい》川歴々《せんれきれき》たり漢陽の樹、*芳草萋々《ほうそうせいせい》たり鸚鵡《おうむ》の洲、対岸には黄鶴楼《おうかくろう》の聳《そび》えるあり、長江をへだてて晴川閣と何事か昔を語り合い、帆影点々といそがしげに江上を往来し、更《さら》にすすめば大別山《たいべつさん》の高峰眼下にあり、麓《ふもと》には水漫々の月湖《げっこ》ひろがり、更に北方には漢水*蜿蜒《えんえん》と天際に流れ、*東洋のヴェニス一眸《いちぼう》の中に収《おさ》まり、「わが郷関《きょうかん》何《いず》れの処ぞ是《これ》なる、煙波《えんぱ》江上《こうじょう》、人をして愁えしむ」と魚容は、うっとり呟いた時、竹青は振りかえって、

「さあ、もう家へまいりました。」と漢水の小さな孤洲の上で悠然と輪を描きながら言

った。魚容も真似《まね》して大きく輪を描いて飛びながら、脚下の孤洲を見ると、緑楊水にひたり若草烟《けぶ》るが如《ごと》き一隅にお人形の住家みたいな可憐な美しい*楼舎《ろうしゃ》があって、いましもその家の中から召使いらしき者五、六人、走り出て空を仰ぎ、手を振って魚容たちを歓迎している様が豆人形のように小さく見えた。竹青は眼で魚容に合図して、翼をすぼめ、一直線にその家めがけて降りて行き、魚容もおくれじと後を追い、二羽、その洲の青草原に降り立ったとたんに、二人は貴公子と麗人、にっこり笑い合って寄り添い、迎えの者に囲まれながらその美しい楼舎にはいった。

竹青に手をひかれて奥の部屋へ行くと、その部屋は暗く、卓上の銀燭《ぎんしょく》は青烟《せいえん》を吐き、垂幕の金糸銀糸は鈍く光って、寝台には赤い小さな机が置かれ、その上に美酒佳肴《びしゅかこう》がならべられて、数刻前から客を待ち顔である。

「まだ、夜が明けぬのか。」魚容は間《ま》の抜けた質問を発した。

「あら、いやだわ。」と竹青は少し顔をあからめて、「暗いほうが、恥かしくなくていいと思って。」と小声で言った。

「*君子の道は闇然《あんぜん》たり、か。」魚容は苦笑して、つまらぬ洒落を言い、「しかし*隠《いん》に素《むか》いて怪を行う、という言葉も古書にある。よろしく窓を開くべしだ。漢陽の春の景色を満喫しよう。」

て躍っている。

魚容は、垂幕を排して部屋の窓を押しひらいた。朝の黄金の光が颯《さ》っと射し込み、庭園の桃花は繚乱《りょうらん》たり、鶯の百囀《ひゃくてん》が耳朶をくすぐり、かなたには漢水の小波が朝日を受けて躍っている。

「ああ、いい景色だ。くにの女房にも、いちど見せたいなあ。」魚容は思わずそう言ってしまって、愕然《がくぜん》とした。乃公は未だあの醜い女房を愛しているのか、とわが胸に尋ねた。そうして、急になぜだか、泣きたくなった。

「やっぱり、奥さんの事は、お忘れでないと見える。」竹青は傍で、しみじみ言い、幽《かす》かな溜息をもらした。

「いや、そんな事は無い。あれは乃公の学問を一向に敬重せず、よごれ物を洗濯させたり、庭石を運ばせたりしやがって、その上あれは、伯父の妾であったという評判だ。一つとして、いいところが無いのだ。」

「その、一つとしていいところの無いのが、あなたにとって尊くなつかしく思われているのじゃないの？　あなたの御心底は、きっと、そうなのよ。*惻隠《そくいん》の心は、どんな人にもあるというじゃありませんか。奥さんを憎まず怨まず呪わず、一生涯、労苦をわかち合って共に暮して行くのが、やっぱり、あなたの本心の理想ではなかったのかしら。あなたは、すぐにお帰りなさい。」竹青は、一変して厳粛な顔つきになり、きっぱりと言い放つ。

　魚容は大いに狼狽して、

「それは、ひどい。あんなに乃公を誘惑して、いまさら帰れとはひどい。郷原だの何だのと言って乃公を攻撃して故郷を捨てさせたのは、お前じゃないか。まるでお前は乃公を、なぶりものにしているようなものだ。」と抗弁した。

「あたしは神女です。」と竹青は、きらきら光る漢水の流れをまっすぐに見つめたまま、更にきびしい口調で言った。「あなたは、郷試には落第いたしましたが、神の試験には及第しました。あなたが本当に烏の身の上を羨望《せんぼう》しているのかどうか、よく調べてみるように、あたしは呉王廟の神様から内々に言いつけられていたのです。禽獣に化して真の幸福を感ずるような人間は、神に最も倦厭《けんえん》*せられます。いちどは、こらしめのため、あなたを弓矢で傷つけて、人間界にかえしてあげましたが、あなたは再び烏の世界に帰る事を乞いました。神は、こんどはあなたに遠い旅をさせて、さまざまの楽しみを与え、あなたがその快楽に酔い痴れて全く人間の世界を忘却するかどうか、試みたのです。忘却したら、あなたに与えられる刑罰は、恐しすぎて口に出して言う事さえ出来ないほどのものです。お帰りなさい。あなたは、神の試験には見事に及第なさいました。人間は一生、人間の愛憎の中で苦しまなければならぬものです。のがれ出る事は出来ません。

忍んで、努力を積むだけです。学問も結構ですが、やたらに脱俗を衒《てら》うのは卑怯《ひきょう》です。もっと、むきになって、この俗世間を愛惜し、愁殺し、一生そこに没頭してみて下さい。神は、そのような人間の姿を一ばん愛しています。ただいま召使いの者たちに、舟の仕度をさせて居ります。あれに乗って、故郷へまっすぐにお帰りなさい。さようなら。」と言い終ると、竹青の姿はもとより、楼舎も庭園も忽然《こつぜん》と消えて、魚容は川の中の孤洲に呆然と独り立っている。

帆も楫《かじ》も無い丸木舟が一艘するすると岸に近寄り、魚容は吸われるようにそれに乗ると、その舟は、飄然と自行して漢水を下り、長江を溯《さかのぼ》り、洞庭を横切り、魚容の故郷ちかくの漁村の岸畔に突き当り、魚容が上陸すると無人の小舟は、またするすると自《おのずか》ら引返して行って洞庭の烟波の間に没し去った。

頗《すこぶ》るしょげて、おっかなびっくり、わが家の裏口から薄暗い内部を覗《のぞ》くと、

「あら、おかえり。」と艶然《えんぜん》と笑って出迎えたのは、ああ、驚くべし、竹青ではないか。

「やあ！　竹青！」

「何をおっしゃるの。あなたは、まあ、どこへいらしていたの？　あたしはあなたの留守に大病して、ひどい熱を出して、誰もあたしを看病してくれる人がなくて、しみじみあなたが恋いしくなって、あたしが今まであなたを馬鹿《ばか》にしていたのは本当に間違っ

た事だったと後悔して、あなたのお帰りを、どんなにお待ちしていたかわかりません。熱がなかなかさがらなくて、そのうちに全身が紫色に腫《は》れて来て、これもあなたのようないいお方を粗末にした罰で、当然の報いだとあきらめて、もう死ぬのを静かに待っていたら、腫れた皮膚《ひふ》が破れて青い水がどっさり出て、すっとからだが軽くなり、けさ鏡を覗いてみたら、あたしの顔は、すっかり変って、こんな綺麗な顔になっているので嬉しくて、病気も何も忘れてしまい、寝床《ねどこ》から飛び出て、さっそく家の中のお掃除などはじめていたら、あなたのお帰りでしょう？　あたしは、うれしいわ。ゆるしてね。あたしは顔ばかりでなく、からだ全体変ったのよ。それから、心も変ったのよ。あたしは悪かったわ。でも、過去のあたしの悪事は、あの青い水と一緒にみんな流れ出てしまったのですから、あなたも昔の事は忘れて、あたしをゆるして、あなたのお傍に一生置いて下さいな。」

一年後に、玉のような美しい男子が生れた。魚容はその子に「漢産」という名をつけた。その名の由来は最愛の女房にも明さなかった。神烏の思い出と共に、それは魚容の胸中の尊い秘密として一生、誰にも語らず、また、れいの御自慢の「君子の道」も以後はいっさい口にせず、ただ黙々と相変らずの貧しいその日暮しを続け、親戚の者たちにはやはり一向に敬せられなかったが、格別それを気にするふうも無く、極めて平凡な一田夫として俗塵《ぞくじん》に埋もれた。

自註。これは、創作である。支那《しな》のひとたちに読んでもらいたくて書いた。漢訳せられる筈《はず》である。

庭

＊東京の家は爆弾でこわされ、甲府市《こうふし》の妻の実家に移転したが、この家が、こんどは焼夷弾《しょういだん》でまるやけになったので、私と妻と五歳の女児と二歳の男児と四人が、津軽の私の生れた家に行かざるを得なくなった。津軽の生家では父も母も既になくなり、私より十以上も年上の長兄が家を守っている。そんなに、二度も罹災《りさい》する前に、もっと早く故郷へ行っておればよかったのにと仰言《おっしゃ》るお方もあるかも知れないが、私は、どうも、二十代に於《お》いて肉親たちのつらよごしの行為をさまざましで来たので、いまさら図々しく長兄の厄介になりに行けない状態であったのである。しかし、二度も罹災して二人の幼児をかかえ、もうどこにも行くところが無くなったので、まあ、当ってくだけろという気持で、ヨロシクタノムという電報を発し、七月の末に甲府を立った。そうして途中かなりの難儀《なんぎ》をして、たっぷり四昼夜かかって、やっと津軽の生家に着いた。生家では皆、笑顔を以《もっ》て迎えてくれた。私のお膳には、お酒もついた。

しかし、この本州の北端の町にも、*艦載機《かんさいき》が飛んで来て、さかんに爆弾を落して行く。私は生家に着いた翌《あく》る日から、野原に避難小屋を作る手伝いなどした。

そうして、ほどなくあの、*ラジオの御放送である。

長兄はその翌る日から、庭の草むしりをはじめた。私も手伝った。

「わかい頃には、」と兄は草をむしりながら、「庭に草のぼうぼうと生えているのも趣きがあるとも思ったものだが、としをとって来ると、一本の草でも気になっていけない。」

それでは私なども、まだこれでも、若いのであろうか。草ぼうぼうの廃園は、きらいでない。

「しかし、これくらいの庭でも、」と兄は、ひとりごとのように低く言いつづける。「いつも綺麗《きれい》にして置こうと思えば、庭師を一日もかかさず入れていなければならない。それにまた、庭木の雪がこいが、たいへんだ。」

「やっかいなものですね。」と居候の弟は、おっかなびっくり合槌を打つ。

兄は真面目に、

「昔は出来たのだが、いまは人手も無いし、何せ爆弾騒ぎで、庭師どころじゃなかった。この庭もこれで、出鱈目《でたらめ》の庭ではないのだ。」

「そうでしょうね。」弟には、庭の趣味があまりない。何せ草ぼうぼうの廃園なんかを、美しいと思って眺める野蛮人《やばんじん》だ。

兄はそれからこの庭の何流に属しているのか、その流儀はどこから起って、そうしてどこに伝って、それからどうして津軽の国にはいって来たかを説明して聞かせて、自然に話は*利休《りきゅう》の事に移って行った。

「どうして、お前たちは、利休のことを書かないのだろう。いい小説が出来ると思うのだが。」

「はあ。」と私は、あいまいの返辞《へんじ》をする。居候の弟も、話が小説の事になると、いくらか専門家の気むずかしさを見せる。

「あれは、なかなかの人物だよ。」と兄は、かまわず話をつづける。「さすがの太閤《たいこう》も、いつも一本やられているのだ。*柚子味噌《ゆずみそ》の話くらいは知っているだろう。」

「はあ。」と弟は、いよいよあいまいな返辞をする。

「不勉強の先生だからな。」と兄は、私が何も知らないと見きわめをつけてしまったらしく、顔をしかめてそう言った。顔をしかめた時の兄の顔は、ぎょっとするほどこわい。兄は、私をひどく不勉強の、ちっとも本を読まない男だと思っているらしく、そうして、それが兄にとって何よりも不満な点のようであった。

これは、しくじったと居候はまごつき、

「しかし、私は、どうも利休をあまり、好きでないんです。」と笑いながら言う。

「複雑な男だからな。」

「そうです。わからないところがあるんです。太閤を軽蔑《けいべつ》しているようでいながら、思い切って太閤から離れる事も出来なかったというところに、何か、濁りがあるように思われるのです。」

「そりゃ、太閤に魅力があったからさ。」といつのまにやら機嫌を直して、「人間として、どっちが上か、それはわからない。両方が必死に闘ったのだ。何から何まで対蹠《たいしょ》的な存在だからな。一方は下賤《げせん》から身を起して、人品あがらず、それこそ猿面の痩《や》せた小男で、学問も何も無くて、そのくせ豪放絢爛《ごうほうけんらん》たる建築美術を興して桃山時代の栄華を現出させた人だが、一方はかなり裕福の家から出て、かっぷくも堂々たる美丈夫で、学問も充分、そのひとが草の庵のわびの世界で対抗したのだから面白いのだよ。」

「でも、やっぱり利休は秀吉の家来でしょう? まあ、茶坊主《ちゃぼうず》でしょう? 勝負はもう、ついているじゃありませんか。」私は、やはり笑いながら言う。

けれども兄は少しも笑わず、

「太閤と利休の関係は、そんなものじゃないよ。利休は、ほとんど諸侯をしのぐ実力を持っていたし、また、当時のまあインテリ大名とでもいうべきものは、無学の太閤より風雅の利休を慕っていたのだ。だから太閤も、やきもきせざるを得なかったのだ。」

男ってへんなものだ、と私は黙って草をむしりながら考える。大政治家の秀吉が、風流の点で利休に負けたって、笑ってすませないものかしら。男というものは、そんなに、何もかも勝ちつくさなければ気がすまぬものかしら。また利休だって、自分の奉公している主人に対して、何もそう一本まいらせなくともいいじゃないか。どうせ太閤などには、風流の虚無などわかりっこないのだから、飄然《ひょうぜん》と立ち去って芭蕉《ばしょう》などのように旅の生活でもしたら、どんなものだろう。それを、太閤から離れるでもなく、またその権力をまんざらきらいでもないらしく、いつも太閤の身辺にいて、そうして、一本まいらせたり、まいったり、両方必死に闘っている図は、どうも私には不透明なもののように感ぜられる。太閤が、そんなに魅力のある人物だったら、いっそ利休が、太閤と生死を共にするくらいの初心《うぶ》な愛情の表現でも見せてくれたらよさそうなものだとも思われる。

「人を感激させてくれるような美しい場面がありませんね。」私はまだ若いせいか、そんな場面の無い小説を書くのは、どうも、おっくうなのである。

兄は笑った。相変らずあまい、とでも思ったようである。

「それは無い。お前には、書けそうも無いな。おとなの世界を、もっと研究しなさい。

なにせ、不勉強な先生だから。」

兄は、あきらめたように立ち上り、庭を眺める。私も立って庭を眺める。

「綺麗になりましたね。」

「ああ。」

私は利休は、ごめんだ。兄の居候になっていながら、兄を一本まいらせようなんて事はしたくない。張り合うなんて、恥ずべき事だ。居候でなくったって、私はいままで兄と競争しようと思った事はいちども無い。勝負はもう、生れた時から、ついているのだ。兄は、このごろ、ひどく痩せた。病気なのである。それでも、代議士に出るとか、民選の知事になるとかの噂がもっぱらである。家の者たちは、兄のからだを心配している。いろいろの客が来る。兄はいちいちその人たちを二階の応接間にあげて話して、疲れたとは言わない。きのうは、*新内《しんない》の女師匠が来た。*富士太夫《ふじたゆう》の第一の門弟だという。二階の金襖《きんぶすま》の部屋で、その師匠が兄に新内を語って聞かせた。私もお附合いに、聞かせてもらう事になった。*明烏《あけがらす》と累《かさね》身売りの段を語った。私は聞いていて、膝《ひざ》がしびれてかなりの苦痛を味《あじわ》い、かぜをひいたような気持になったが、病身の兄は、一向に平気で、さらに所望し、*後正夢《のちのまさゆめ》と蘭蝶《らんちょう》を語ってもらい、それがすんでから、皆は応接間のほうに席を移し、その時に兄は、

「こんな時代ですから、田舎《いなか》に疎開なさって畑を作らなければならぬというのも、お気の毒な身の上ですが、しかし、芸事というものは、心掛けさえしっかりして居れば、一年や二年、さみせんと離れていても、決して芸が下るものではありません。あなたも、これからです。これからだと思います。」

と、東京でも有名なその女師匠に、全くの素人でいながら、悪びれもせず堂々と言ってのけている。

「大きい！」と大向うから声がかかりそうな有様であった。

兄がいま尊敬している文人は、日本では*荷風《かふう》と潤一郎《じゅんいちろう》らしい。それから、支那《しな》のエッセイストたちの作品を愛読している。あすは、*呉清源《ごせいげん》が、この家へ兄を訪ねてやって来るという。碁《ご》の話ではなく、いろいろ世相の事など、ゆっくり語り合う事になるらしい。

兄は、けさは早く起きて、庭の草むしりをはじめているようだ。野蛮人の弟は、きのうの新内で、かぜをひいたらしく、離れの奥の間で火鉢《ひばち》をかかえて坐《すわ》って、兄の草むしりの手伝いをしようかどうしようかと思い迷っている形である。呉清源という人も、案外、草ぼうぼうの廃園も悪くないと感じる組であるまいか、など自分に都合のいいような勝手な想像をめぐらしながら。

貨幣

異国語に於《お》ては、名詞にそれぞれ男女の性別あり。然《しか》して、貨幣を女性名詞とす。

私は、七七八五一号の百円紙幣です。*あなたの財布の中の百円紙幣をちょっと調べてみて下さいまし。或《あ》いは私はその中に、はいっているかも知れません。もう私は、くたくたに疲れて、自分がいま誰の懐《ふところ》の中にいるのやら、或いは屑籠《くずかご》の中にでもほうり込まれているのやら、さっぱり見当も附かなくなりました。ちかいうちには、モダンな型の紙幣が出て、私たち旧式*の紙幣は皆焼かれてしまうのだとかいう噂も聞きましたが、もうこんな、生きているのだか、死んでいるのだか、わからないような気持でいるよりは、いっそさっぱり焼かれてしまって昇天しとうございます。焼かれた後で、天国へ行くか地獄へ行くか、それは神様まかせだけれども、ひょっとしたら、私は地獄へ落ちるかも知れないわ。

生れた時には、今みたいに、こんな賤《いや》しいていたらくではなかったのです。後になったらもう二百円紙幣やら千円紙幣やら、私よりも有難《ありがた》がられる紙幣がたくさん出て来ましたけれども、私の生れた頃には、百円紙幣が、お金の女王で、はじめて私が東京の大銀行の窓口から或《あ》る人の手に渡された時には、その人の手は少し震《ふる》えていましたわ。あら、本当ですわよ。その人は、若い大工さんでした。その人は、腹掛《はらが》けのどんぶりに、私を折《お》り畳《たた》まずにそのままそっといれて、おなかが痛いみたいに左の手のひらを腹掛けに軽く押し当て、道を歩く時にも、電車に乗っている時にも、つまり銀行から家へ帰りつくまで、左の手のひらでどんぶりをおさえきりにおさえていました。そうして家へ帰ると、その人はさっそく私を神棚にあげて拝みました。私の人生への門出は、このように幸福でした。私はその大工さんのお宅にいつまでもいたいと思ったのです。けれども私は、その大工さんのお宅には、一晩しかいる事が出来ませんでした。その夜は大工さんはたいへん御機嫌がよろしくて、晩酌などやらかして、そうして若い小柄なおかみさんに向い、「馬鹿《ばか》にしちゃいけねえ。おれにだって、男の働きというものがある。」などといって威張り、時々立ち上って私を神棚からおろして、両手でいただくような恰好《かっこう》で拝んで見せて、若いおかみさんを笑わせていましたが、そのうちに夫婦の間に喧嘩《けんか》が起り、とうとう私は四つに畳まれておかみさんの小さい財布の中にいれられてしまいました。そうしてその翌《あく》る朝、おかみさんに質屋に連れて行かれて、おかみさんの着物十枚とかえられ、私は質屋の冷たくしめっぽい金庫の中にいれられました。妙に底冷えがして、おなかが痛くて困っていたら、私はまた外に出されて日の目を見る事が出来ました。こんどは私は、医学生の顕微鏡一つとかえられたのでした。私はその医学生に連れられて、ずいぶん遠くへ旅行しました。そうしてとうとう、瀬戸内海の或る小さい島の旅館で、私はその医学生に捨てられました。それから一箇月近く私はその旅館の、帳場の小箪笥《こだんす》の引出しにいれられていましたが、何だかその医学生は、私を捨てて旅館を出てから間もなく瀬戸内海に身を投じて死んだという、女中たちの取沙汰をちらと小耳にはさみました。「ひとりで死ぬなんて阿呆らしい。あんな綺麗《きれい》な男となら、わたしはいつでも一緒に死んであげるのにさ。」とでっぷり太った四十くらいの、吹出物だらけの女中がいって、皆を笑わせていました。それから私は五年間四国、九州と渡り歩き、めっきり老け込んでしまいました。そうして次第に私は軽んぜられ、六年振りでまた東京へ舞い戻った時には、あまり変り果てた自分の身のなりゆきに、つい自己嫌悪しちゃいましたわ。東京へ帰って来てからは私はただもう*闇屋の使い走りを勧める女になってしまったのですもの。五、六年東京から離れているうちに私も変りましたけれども、まあ、東京の変りようったら。夜の八時ごろ、ほろ酔いのブローカー*に連れられて、東京駅から日本橋、それから京橋へ出て銀座を歩き新橋まで、その間、ただもうまっくらで、深い森の中を歩いているような気持で人ひとり通らないのは勿論《もちろん》、路を横切る猫の子一匹見当りませんでした。おそろしい死の街の不吉な形相を呈《てい》していました。それからまもなく、れいのドカンドカン、シュウシュウがはじまりましたけれども、あの毎日毎夜の大混乱の中でも、私はやはり休むひまもなく、あの人の手から、この人の手と、まるでリレー競走のバトンみたいに目まぐるしく渡り歩き、おかげでこのような皺《しわ》くちゃの姿になったばかりでなく、いろいろなものの臭気がからだに附いて、もう、恥かしくて、やぶれかぶれになってしまいました。あのころは、もう日本も、やぶれかぶれになっていた時期でしょうね。私がどんな人の手から、どんな人の手に、何の目的で、そうしてどんなむごい会話をもって手渡されていたか、それはもう皆さんも、十二分にご存じの筈《はず》で、聞き飽き見飽きていらっしゃることでしょうから、くわしくは申し上げませんが、けだものみたいになっていたのは、軍閥《ぐんばつ》とやらいうものだけではなかったように私には思われました。それはまた日本の人に限ったことでなく、人間性一般の大問題であろうと思いますが、今宵死ぬかも知れぬという事になったら、物慾《ぶつよく》も、色慾も綺麗に忘れてしまうのではないかしらとも考えられるのに、どうしてなかなかそのようなものでもないらしく、人間は命の袋小路に落ち込むと、笑い合わずに、むさぼりくらい合うものらしゅうございます。この世の中にひとりでも不幸な人のいる限り、自分も幸福にはなれないと思う事こそ、本当の人間らしい感情でしょうに、自分だけ、或いは自分の家だけの束《つか》の間《ま》の安楽を得るために、隣人を罵《ののし》り、あざむき、押し倒し、（いいえ、あなただって、いちどはそれをなさいました。無意識でなさって、ご自身それに気がつかないなんてのは、さらに恐るべき事です。恥じて下さい。人間ならば恥じて下さい。恥じるというのは人間だけにある感情ですから。）まるでもう地獄の亡者がつかみ合いの喧嘩をしているような滑稽《こっけい》で悲惨な図ばかり見せつけられてまいりました。けれども、私のこのように下等な使い走りの生活においても、いちどや二度は、ああ、生れて来てよかったと思ったこともないわけではございませんでした。いまはもうこのように疲れ切って、自分がどこにいるのやら、それさえ見当がつかなくなってしまったほど、まるで、もうろくの形ですが、それでもいまもって忘れられぬほのかに楽しい思い出もあるのです。その一つは、私が東京から汽車で、三、四時間で行き着ける或る小都会に闇屋の婆さんに連れられてまいりました時のことですが、ただいまは、それをちょっとお知らせ致しましょう。私はこれまで、いろんな闇屋から闇屋へ渡り歩いて来ましたが、どうも女の闇屋のほうが、男の闇屋よりも私を二倍にも有効に使うようでございました。女の慾というものは、男の慾よりもさらに徹底してあさましく、凄《すさま》じいところがあるようでございます。私をその小都会に連れて行った婆さんも、ただものではないらしく、或る男にビールを一本渡してそのかわりに私を受け取り、そうしてこんどは、その小都会に葡萄酒《ぶどうしゅ》の買出しに来て、ふつう闇値の相場は葡萄酒一升五十円とか六十円とかであったらしいのに、婆さんは膝《ひざ》をすすめてひそひそひそひそいって永《なが》い事ねばり、時々いやらしく笑ったり何かしてとうとう私一枚で四升を手に入れ重そうな顔もせず背負って帰りましたが、つまり、この闇婆さんの手腕一つでビール一本が葡萄酒四升、少し水を割ってビール瓶《びん》につめかえると二十本ちかくにもなるのでしょう、とにかく、女の慾は程度を越えています。それでも、その婆さんは、少しもうれしいような顔をせず、どうもまったくひどい世の中になったものだ、と大真面目で愚痴《ぐち》をいって帰って行きました。私は葡萄酒の闇屋の大きい財布の中にいれられ、うとうと眠りかけたら、すぐにまたひっぱり出されて、こんどは四十ちかい陸軍大尉に手渡されました。この大尉もまた闇屋の仲間のようでした。「ほまれ」*という軍人専用の煙草《たばこ》を百本(とその大尉はいっていたのだそうですが、あとで葡萄酒の闇屋が勘定してみましたら八十六本しかなかったそうで、あのインチキ野郎めが、とその葡萄酒の闇屋が大いに憤慨していました)とにかく、百本在中という紙包とかえられて、私はその大尉のズボンのポケットに無雑作にねじ込まれ、その夜、まちはずれの薄汚い小料理屋の二階へお供をするという事になりました。大尉はひどい酒飲みでした。葡萄酒のブランデーとかいう珍しい飲物をチビチビやって、そうして酒癖もよくないようで、お酌《しゃく》の女をずいぶんしつこく罵るのでした。

「お前の顔は、どう見たって狐《きつね》以外のものではないんだ。(狐をケツネと発音するのです。どこの方言かしら)よく覚えて置くがええぞ。ケツネのつらは、口がとがって髭《ひげ》がある。あの髭は右が三本、左が四本。ケツネの屁《へ》というものは、たまらねえ。そこらちめん黄色い煙がもうもうとあがってな、犬はそれを嗅《か》ぐとくるくるっとまわって、ぱたりとたおれる。いや、嘘《うそ》でねえ。お前の顔は黄色いな。妙に黄色い。われとわが屁で黄色く染まったに違いない。や、臭い。さては、お前、やったな。いや、やらかした。どだいお前は失敬じゃないか。いやしくも帝国軍人の鼻先きで、屁をたれるとは非常識きわまるじゃないか。おれはこれでも神経質なんだ。鼻先きでケツネの屁などやらかされて、とても平気では居られねえ。」などそれは下劣な事ばかり、大まじめでいって罵り、階下で赤子の泣き声がしたら耳ざとくそれを聞きとがめて、「うるさい餓鬼《がき》だ、興がさめる。おれは神経質なんだ。馬鹿にするな、あれはお前の子か。これは妙だ。ケツネの子でも人間の子みたいな泣き方をするとは、おどろいた。どだいお前は、けしからんじゃないか、子供を抱えてこんな商売をするとは、虫がよすぎるよ。お前のような身のほど知らずのさもしい女ばかりいるから日本は苦戦するのだ。お前なんかは薄のろの馬鹿だから、日本は勝つとでも思っているんだろう。ばか、ばか。どだい、もうこの戦争は話にならねえのだ。ケツネと犬さ。くるくるっとまわって、ぱたりとたおれるやつさ。勝てるもんかい。だから、おれは毎晩こうして、酒を飲んで女を買うのだ。悪いか。」

「悪い。」とお酌の女のひとは、顔を蒼《あお》くしていいました。

「狐がどうしたっていうんだい。いやなら来なければいいじゃないか。いまの日本で、こうして酒を飲んで女にふざけているのは、お前たちだけだよ。お前の給料は、どこから出てるんだ。考えても見ろ。あたしたちの稼ぎの大半は、おかみに差上げているんだ。おかみはその金をお前たちにやって、こうして料理屋で飲ませているんだ。馬鹿にするな。女だもの、子供だって出来るさ。いま乳吞児《ちのみご》をかかえている女は、どんなにつらい思いをしているか、お前たちにはわかるまい。あたしたちの乳房からはもう、一滴の乳も出ないんだよ。からの乳房をピチャピチャ吸って、いや、もうこのごろは吸う力さえないんだ。ああ、そうだよ、狐の子だよ。顎《あご》がとがって、皺だらけの顔で一日中ヒイヒイ泣いているんだ。見せてあげましょうかね。それでも、あたしたちは我慢しているんだ。勝ってもらいたくてこらえているんだ。それをお前たちは、なんだい。」といいかけた時、空襲警報が出て、それとほとんど同時に爆音が聞え、れいのドカンドカンシュウシュウがはじまり、部屋の障子《しょうじ》がまっかに染まりました。

「やあ、来た。とうとう来やがった。」と叫んで大尉は立ち上りましたが、ブランデーがひどくきいたらしく、よろよろです。

お酌のひとは、鳥のように素早く階下に駆け降り、やがて赤ちゃんをおんぶして、二階にあがって来て、

「さあ、逃げましょう、早く。それ、危い、しっかり、できそこないでもお国のためには大事な兵隊さんのはしくれだ。」といって、ほとんど骨がないみたいにぐにゃぐにゃしている大尉を、うしろから抱き上げるようにして歩かせ、階下へおろして靴をはかせ、それから大尉の手を取ってすぐ近くの神社の境内まで逃げ、大尉はそこでもう大の字に仰向に寝ころがってしまって、そうして、空の爆音にむかってさかんに何やら悪口をいっていました。ばらばらばら、火の雨が降って来ます。神社も燃えはじめました。

「たのむわ、兵隊さん。も少し向うのほうへ逃げましょうよ。ここで犬死にしてはつまらない。逃げられるだけは逃げましょうよ。」

人間の職業の中で、最も下等な商売をしているといわれているこの蒼黒《あおぐろ》く痩《や》せこけた婦人が、私の暗い一生涯において一ばん尊く輝かしく見えました。ああ、慾望よ、去れ。

虚栄よ、去れ。日本はこの二つのために敗れたのだ。お酌の女は何の慾もなく、また見栄もなく、ただもう眼前の酔いどれの客を救おうとして、渾身《こんしん》の力で大尉を引き起し、わきにかかえてよろめきながら田圃《たんぼ》のほうに避難します。避難した直後にはもう、神社の境内は火の海になっていました。

麦を刈り取ったばかりの畑に、その酔いどれの大尉をひきずり込み、小高い土手の陰に寝かせ、お酌の女自身もその傍にくたりと坐《すわ》り込《こ》んで荒い息を吐いていました。大尉は、既にぐうぐう高鼾《たかいびき》です。

その夜は、その小都会の隅から隅まで焼けました。夜明けちかく、大尉は眼をさまし、起き上って、なお燃えつづけている大火事をぼんやり眺め、ふと、自分の傍でこくりこくり居眠りをしているお酌の女のひとに気づき、なぜだかひどく狼狽《ろうばい》の気味で立ち上り、逃げるように五、六歩あるきかけて、また引返し、上衣の内ポケットから私の仲間の百円紙幣を五枚取り出し、それからズボンのポケットから私を引き出して六枚重ねて二つに折り、それを赤ちゃんの一ばん下の肌着のその下の地肌の背中に押し込んで、荒々しく走って逃げて行きました。私が自身に幸福を感じたのは、この時でございました。貨幣がこのような役目ばかりに使われるんだったらまあ、どんなに私たちは幸福だろうと思いました。赤ちゃんの背中は、かさかさ乾いて、そうして痩せていました。けれども私は仲間の紙幣にいいました。

「こんないいところは他にないわ。あたしたちは仕合《しあわ》せだわ。いつまでもここにいて、この赤ちゃんの背中をあたため、ふとらせてあげたいわ。」

仲間はみんな一様に黙って首肯《うなず》きました。

十五年間

れいの戦災をこうむり、自分ひとりなら、またべつだが、五歳と二歳の子供をかかえているので窮《きゅう》し、とうとう津軽の生家にもぐり込んで、親子四人、居候という身分になった。

たいていの人は、知っているかと思うが、私は生家の人たちと永《なが》いこと、具合いの悪い間柄になっていた。げびた言い方をすれば、私は二十代のふしだらのために勘当されていたのである。

それが、二度も罹災《りさい》して、行くところが無くなり、ヨロシクタノムと電報を発し、のこのこ生家に乗り込んだ。

そうして間もなく戦いが終り、私は和服の*着《き》流《なが》しで故郷の野原を、五歳の女児を連れて歩きまわったりなど出来るようになった。

まことに、妙な気持のものであった。私はもう十五年間も故郷から離れていたのだが、故郷はべつだん変っていない。そうしてまた、その故郷の野原を歩きまわっている私も、ただの津軽人である。十五年間も東京で暮していながら、一向に都会人らしく無いのである。首筋太く鈍重な、私はやはり百姓である。いったい私は東京で、どんな生活をして来たのだろう。ちっとも、あか抜けてやしないじゃないか。私は不思議な気がした。

　そうして、或《あ》る眠られぬ一夜、自分の十五年間の都会生活に就《つ》いて考え、この際もういちど、私の回想記を書いて見ようかと思い立った。もういちど、というわけは、五年くらい前に、私は*「東京八景」という題で私のそれまでの東京生活をいつわらずに書いて発表した事があるからである。しかし、それから五年経ち、大戦の辛苦を嘗《な》めるに及んで、あの「東京八景」だけでは、何か足りないような気がして、こんどは一つ方向をかえ、私がこれまで東京に於《お》いて発表して来た作品を主軸にして、私という津軽の土百姓の血統の男が、どんな都会生活をして来たかを書きしたため、また「東京八景」以後の大戦時の生活をも補足し、そうして、私の田舎臭《いなかくさ》い本質を窮《きわ》めたいと思った。

　私が東京に於いてはじめて発表した作品は、*「魚服記」という十八枚の短篇小説で、その翌月から*「思い出」という百枚の小説を三回にわけて発表した。いずれも、*「海《かい》豹《ひょう》」という同人雑誌に発表したのである。昭和八年である。私が*弘前《ひろさき》の高等学校を卒業し、*東京帝大の仏蘭西《フランス》文科に入学したのは昭和五年の春であるから、つまり、東京へ出て三年目に小説を発表したわけである。けれども私が、それらの小説を本気で書きはじめたのは、その前年からの事であった。その頃の事情を、「東京八景」には次のように記されてある。

「けれども私は、少しずつ、どうやら阿呆から眼ざめていた。遺書を綴《つづ》った。『思い出』百枚である。今では、この『思い出』が私の処女作という事になっている。自分の幼時からの悪を、飾らずに書いて置きたいと思ったのである。二十四歳の秋の事である。草蓬々《ほうほう》の広い廃園を眺めながら、私は離れの一室に坐《すわ》って、めっきり笑いを失っていた。私は、再び死ぬつもりでいた。きざと言えば、きざである。いい気なものであった。私は、やはり、人生をドラマと見做《みな》していた。いや、ドラマを人生と見做していた。（中略）けれども人生は、ドラマでなかった。二幕目は誰も知らない。『滅び』の役割を以《もっ》て登場しながら、最後まで退場しない男もいる。小さい遺書のつもりで、こんな穢《きたな》い子供もいましたという幼年及び少年時代の私の告白を、書き綴ったのであるが、その遺書が、逆に猛烈に気がかりになって、私の虚無に幽《かす》かな燭燈《ともし》がともった。死に切れなかった。その『思い出』一篇だけでは、なんとしても、不満になって来たのである。どうせ、ここまで書いたのだ。全部を、書いて置きたい。きょう迄《まで》の生活の全部を、ぶちまけてみたい。あれも、これも。書いて置きたい事が一ぱい出て来た。まず、鎌倉*の事件を書いて、駄目《だめ》。どこかに手落ちが在る。さらにまた、一作書いて、やはり不満である。溜息《ためいき》ついて、また次の一作にとりかかる。ピリオドを打ち得ず、小さいコンマの連続だけである。永遠においでおいでの、あの悪魔《デモン》に、私はそろそろ食われかけていた。*蟷螂《とうろう》の斧《おの》である。

私は二十五歳になっていた。昭和八年である。私は、このとしの三月に大学を卒業しなければならなかった。けれども私は、卒業どころか、てんで試験にさえ出ていない。故郷の兄たちは、それを知らない。ばかな事ばかり、やらかしたがそのお詫《わ》びに、学校だけは卒業して見せてくれるだろう。それくらいの誠実は持っている奴だと、ひそかに期待していた様子であった。私は見事に裏切った。卒業する気は無いのである。信頼している者を欺《あざむ》くことは、狂せんばかりの地獄である。それからの二年間、私は、その地獄の中に住んでいた。来年は、必ず卒業します。どうか、もう一年、おゆるし下さい、と長兄に泣訴《きゅうそ》しては裏切る。そのとしも、そうであった。その翌《あく》るとしも、そうであった。死ぬるばかりの猛省と自嘲《じちょう》と恐怖の中で、死にもせず私は、身勝手な、遺書と称する一聯《いちれん》の作品に凝《こ》っていた。これが出来たならば。そいつは所詮《しょせん》、青くさい気取った感傷に過ぎなかったのかも知れない。けれども私は、その感傷に、命を懸《か》けていた。私は書き上げた作品を、大きい紙袋に、三つ四つと貯蔵した。次第に作品の数も殖《ふ》えて来た。

私は、その紙袋に毛筆で、『晩年』と書いた。その一聯の遺書の、銘題《めいだい》のつもりであった。もう、これで、おしまいだという意味なのである。」

こんなところがまあ、当時の私の作品の所謂《いわゆる》、「楽屋裏」であった。この紙袋の中の作品を、昭和八、九、十、十一と、それから四箇年のあいだに全部発表してしまったが、書いたのは、おもに昭和七、八の両年であった。ほとんど二十四歳と二十五歳の間の作品なのである。私はそれからの二、三年間は、人から言われる度《たび》に、ただその紙袋の中から、一篇ずつ取り出して与えると、それでよかった。

昭和八年、私が二十五歳の時に、その「海豹」という同人雑誌の創刊号に発表した「魚服記」という十八枚の短篇小説は、私の作家生活の出発になったのであるが、それが意外の反響を呼んだので、それまで私の津軽訛りの泥臭い文章をていねいに直して下さっていた井伏*さんは驚き、

「そんな、評判なんかになる筈《はず》は無いんだがね。いい気になっちゃいけないよ、何かの間違いかもわからない。」

と実に不安そうな顔をしておっしゃった。

そうして井伏さんはその後も、また、いつまでも、或《あ》るいは何かの間違いかもわからない、とハラハラしていらっしゃる。永遠に私の文章に就《つ》いて不安を懐いてくれる人は、

この井伏さんと、それから、津軽の生家の兄かも知れない。このお二人は、共にことし四十八歳。私より十一、年上であって、兄の頭は既に禿《は》げて光り、井伏さんも近年めっきり白髪が殖えた。いずれもなかなか稽古《けいこ》がきびしかった。性格も互にどこやら似たところがある。私は、しかし、この人たちに育てられたのだ。この二人に死なれたら、私はひどく泣くだろうと思われる。

「魚服記」を発表し、井伏さんは、「何かの間違いかもわからない」と言って心配してくれているのに、私は田舎者の図々しさで、さらにそのとし「思い出」という作品を発表し、もはや文壇の新人という事になった。そうしてその翌《あく》る年には、他のかなり有名な文芸雑誌などから原稿の依頼を受けたりしていたが、原稿料は、あったり無かったり、あっても一枚三十銭とか五十銭とか、ひどく安いもので、当時最も親しく附合っていた学友などと一緒におでんやでお酒を飲みたくても、とても足りない金額であった。「晩年」という創作集なども出版せられ、太宰という私の筆名だけは世に高くなったが、私は少しも幸福にならなかった。私のこれまでの生涯を追想して、幽かにでも休養のゆとりを感じた一時期は、私が三十歳の時、＊いまの女房を井伏さんの媒酌《ばいしゃく》でもらって、甲府《こうふ》市《し》の郊外に一箇月六円五十銭の家賃の、最小の家を借りて住み、二百円ばかりの印税を貯金して誰とも逢《あ》わず、午後の四時頃から湯豆腐でお酒を悠々と飲んでいたあの頃である。誰に気がねも要《い》らなかった。しかし、それも、たった三、四箇月で駄目になった。二百円の貯金なんて、そんなにいつまでもあるわけは無い。私はまた東京へ出て来て、荒っぽいすさんだ生活に、身を投じなければならなかった。私の半生は、ヤケ酒の歴史である。

　秩序ある生活と、アルコールやニコチンを抜いた清潔なからだを純白のシーツに横たえる事とを、いつも念頭にしていながら、私は薄汚い泥酔者として場末の露路《ろじ》をうろつきまわっていたのである。なぜ、そのような結果になってしまうのだろう。それを今ここで、二言か三言で説明し去るのも、あんまりいい気なもののように思われる。それは私たちの年代の、日本の知識人全部の問題かも知れない。私のこれまでの作品ことごとくを挙げて答えてもなお足りずとする大きい問題かも知れない。

　私はサロン*芸術を否定した。サロン思想を嫌悪した。要するに私は、サロンなるものに居たたまらなかったのである。

　それは、知識の淫売店である。いや、しかし、淫売店にだって時たま真実の宝玉が発見できるだろう。それは、知識のどろぼう市である。いや、しかし、どろぼう市にだってほんものの金の指環がころがっていない事もない。サロンは、ほとんど比較を絶したものである。いっそ、こうでも言おうかしら。それは、知識の「大本営発表」である。

それは、知識の「戦時日本の新聞」である。

戦時日本の新聞の全紙面に於《お》いて、一つとして信じられるような記事は無かったが、(しかし、私たちはそれを無理に信じて、死ぬつもりでいた。親が破産しかかって、せっぱつまり、見えすいたつらい嘘《うそ》をついている時、子供がそれをすっぱ抜けるか。運命窮まると観じて黙って共に討死《うちじに》さ。)たしかに全部、苦しい言いつくろいの記事ばかりであったが、しかし、それでも、嘘でない記事が毎日、紙面の片隅に小さく載っていた。曰く、死亡広告である。*羽左衛門《うざえもん》が疎開先で死んだという小さい記事は嘘でなかった。サロンは、その戦時日本の新聞よりもまだ悪い。そこでは、人の生死さえ出鱈目《でたらめ》である。太宰などは、サロンに於いて幾度か死亡、あるいは転身あるいは没落を広告せられたかわからない。

私はサロンの偽善と戦って来たと、せめてそれだけは言わせてくれ。そうして私は、いつまでも薄汚いのんだくれだ。本棚に私の著書を並べているサロンは、どこにも無い。けれども、私がこうしてサロンがどうのこうのと、おそろしくむきになって書いても、それはいったい何の事だか、一向にわからない人が多いだろうと思われる。サロンは、諸外国に於いて文芸の発祥地だったではないか、などと言って私に食ってかかる半可通《はんかつう》も出て来るかも知れないが、そのような半可通が、私のいうサロンなのだ。世に、半可通ほどおそろしいものは無い。こいつらは、十年前に覚えた定義を、そのまま暗記しているだけだ。そうして新しい現実をその一つ覚えの定義に押し込めようと試みる。無理だよ、婆さん。所詮、合いませぬて。

自分を駄目だと思い得る人は、それだけでも既に尊敬するに足る人物である。半可通は永遠に、洒々然たるものである。天才の誠実を誤り伝えるのは、この人たちである。そうしてかえって、俗物の偽善に支持を与えるのはこの人たちである。日本には、半可通ばかりうようよいて、国土を埋めたといっても過言ではあるまい。

もっと気弱くなれ！　偉いのはお前じゃないんだ！　学問なんて、そんなものは捨てちまえ！

＊おのれを愛するが如《ごと》く、汝《なんじ》の隣人を愛せよ。それからでなければ、どうにもこうにもなりやしないのだよ。

とこう言うとまた、れいのサロンの半可通どもは、その思想は云々と、ばかな議論をはじめるだろう。かえるのつらに水である。やり切れねえ。

いったい私の言っているサロンとは何の事か。諸外国の文芸の発祥地と言われているサロンと、日本のサロンとは、どんな根本的な差異があるか。皇室または王室と直接のつながりのあるサロンと、企業家または官吏につながっているサロンと、どう違うか。

君たちのサロンは、猿芝居だというのはどういうわけか。いまここで、いちいち諸君に噛《か》んでふくめるように説明してお聞かせすればいいのかも知れないが、そんな事に努力を傾注していると、君たちからイヤな色気を示されたりして、太宰もサロンに迎えられ、むざんやミイラにされてしまうおそれが多分にあるので、私はこれ以上の奉仕はごめんこうむる。なあに、いいやつには、言わなくたってちゃんとわかっているのだから。

私はいま、自分の*創作年表とでも称すべき焼け残りの薄汚い手帳のペエジを繰りながら、さまざまの回想にふける。私がはじめて東京で作品を発表した昭和八年から、二十年まで、その十二箇年間、私はあのサロンの連中とはまるっきり違った歩調であるいて来た。これではあの者たちと永遠に溶け合わないのも無理がない。あれは昭和二、三年の頃であったろうか、私がまだ弘前高等学校の文科生であって、しばしば*東京の兄(この兄はからだの弱い彫刻家で、二十七歳で病死した)のところへ遊びに行ったが、この兄に連れられて喫茶店なるものにはいってみると、そこにはたいていキザに気取った色の白いやさ男がいて、兄は小声で、あれは新進作家の何の誰だ、と私に教え、私はなんてまあ浅墓《あさはか》な軽薄そうな男だろうと呆《あき》れ、つくづく芸術家という種族の人間を嫌悪した。

私は上品な芸術家に疑惑を抱き、「うつくしい」芸術家を否定した。田舎者の私には、どうもあんなものは、キザで仕様が無かったのである。

＊ベックリンという海の妖怪などを好んでかく画家の事は、どなたもご存じの事と思う。あの人の画は、それこそ少し青くさくて、決していいものでないけれども、たしか「芸術家」と題する一枚の画があった。それは大海の孤島に緑の葉の繁ったふとい樹木が一本生えていて、その樹の陰にからだをかくして小さい笛を吹いているまことにどうも汚ならしいへんな生き物がいる。かれは自分の汚いからだをかくして笛を吹いている。孤島の波打際に、美しい人魚があつまり、うっとりとその笛の音に耳を傾けている。もし彼女らが、ひとめその笛の音の主の姿を見たならば、きゃっと叫んで悶絶《もんぜつ》するに違いない。芸術家はそれゆえ、自分のからだをひた隠しに隠して、ただその笛の音だけを吹き送る。

ここに芸術家の悲惨な孤独の宿命もあるのだし、芸術の身を切られるような真の美しさ、気高さ、えい何と言ったらいいのか、つまり芸術さ、そいつが在るのだ。

私は断言する。真の芸術家は醜いものだ。喫茶店のあの気取った色男は、にせものだ。＊アンデルセンの「あひるの子」という話を知っているだろう。小さな可愛いあひるの雛《ひな》の中に一匹、ひどくぶざまで醜い雛がまじっていて、皆の虐待《ぎゃくたい》と嘲笑《ちょうしょう》の的になる。意外にもそれは、スワンの雛であった。巨匠の青年時代は、例外なく醜い。それは決してサロン向きの可愛げのあるものでは無かった。

お上品なサロンは、人間の最も恐るべき堕落《だらく》だ。しからば、どこの誰をまずまっさきに糾弾すべきか。自分である。私である。太宰治とか称する、この妙に気取った男である。生活は秩序正しく、まっ白なシーツに眠るというのは、たいへん結構な事だが、(それは何としても否定できない魅力である!)しかし、自分ひとり大いに努力してその境地を獲得した途端に、急に人が変って様子ぶった男になり、かねてあんなに憎悪していたサロンにも出入し、いや出入どころか、自分からチャチなサロンを開設して半可通どもの先生になりはしないか。何せどうも、気が弱くてだらしない癖《くせ》に、相当虚栄心も強くて、ひとにおだてられるとわくわくして何をやり出すかわかったもんじゃない男なのだから。

私はそのような成り行きに対して、極度におびえていた。私がもしサロン的なお上品の家庭生活を獲得したならば、それは明らかに誰かを裏切った事になると考えていた。私は、いやらしいくらいに小心な債務家のようなものであった。

私は私の家庭生活を、つぎつぎと破壊した。破壊しようとする強い意志が無くとも、おのずから、つぎつぎと崩壊した。私が昭和五年に弘前の高等学校を卒業して大学へはいり、東京に住むようになってから今まで、いったい何度、転居したろう。その転居も、決して普通の形式ではなかった。私はたいてい全部を失い、身一つでのがれ去り、あらたにまた別の土地で、少しずつ身のまわりの品を都合するというような有様であった。戸塚《とつか》。本所《ほんじょ》。鎌倉の病室。五反田《ごたんだ》。同朋町《どうぼうちょう》。和泉町《いずみちょう》。柏木《かしわぎ》。新富町《しんとみちょう》。八丁堀《はっちょうぼり》。白金三光町《しろかねさんこうちょう》。この白金三光町の大きい空家の、離れの一室で私は「思い出」などを書いていた。天沼《あまぬま》三丁目。天沼一丁目。阿佐ケ谷《あさがや》の病室。経堂《きょうどう》の病室。千葉県船橋。板橋の病室。天沼のアパート。天沼の下宿。甲州御坂峠《こうしゅうみさかとうげ》。甲府市の下宿。甲府市郊外の家。東京都下三鷹町《みたかちょう》。甲府水門町《すいもんちょう》。甲府新柳町。津軽。

　忘れているところもあるかも知れないが、これだけでも既に二十五回の転居である。いや、二十五回の破産である。私は、一年に二回ずつ破産してはまた出発し直して生きて来ていたわけである。そうしてこれから私の家庭生活は、どういう事になるのか、まるっきり見当もつかない。

　以上挙げた二十五箇所の中で、私には千葉県船橋町の家が最も愛着が深かった。私はそこで、*「ダス・ゲマイネ」というのや、また「虚構の春」などという作品を書いた。どうしてもその家から引上げなければならなくなった日に、私は、たのむ！　もう一晩この家に寝かせて下さい、玄関の夾竹桃《きょうちくとう》も僕が植えたのだ、庭の青桐《あおぎり》も僕が植えたのだ、と或る人にたのんで手放しで泣いてしまったのを忘れていない。一ばん永く住んでいたのは、三鷹町下連雀《しもれんじゃく》の家であろう。大戦の前から住んでいたのだが、ことしの春に爆弾でこわされたので、甲府市水門町の妻の実家へ移転した。しかるに、移転して三月目にその家が焼夷弾《しょういだん》で丸焼けになったので、まちはずれの新柳町の或る家へ一時立退き、それからどうせ死ぬなら故郷で、という気持から子供二人を抱えて津軽の生家へ来たのであるが、来て二週間目に、あの御放送があった、というのが、私のこれまでの浪々生活の、あらましの経緯である。

　私は既に三十七歳になっている。そうしてまたもや無一物の再出発をしなければならなくなった。やっぱり、サロン思想嫌悪の情を以て。

　創作年表とでも称すべき手帳を繰ってみると、まあ、過去十何年間、どのとしも、どの年も、ひでえみじめな思いばかりして来たのが、よくわかる。いったい私たちの年代の者は、過去二十年間、ひでえめにばかり遭《あ》って来た。それこそ怒濤《どとう》の葉っぱだった。めちゃ苦茶《くちゃ》だった。はたちになるやならずの頃に、既に私たちの殆《ほと》んど全部が、*れいの階級闘争に参加し、或る者は投獄され、或る者は学校を追われ、或る者は自殺した。東京に出てみると、ネオンの森である。*曰く、フネノフネ。曰く、クロネコ。曰く、美人座。何が何やら、あの頃の銀座、新宿のまあ賑《にぎわ》い。絶望の乱舞である。遊ばなければ損だとばかりに眼つきをかえて酒をくらっている。つづいて*満洲事変。*五・一五だの、*二・二六だの、何の面白くもないような事ばかり起って、いよいよ支那事変《しなじへん》になり、私たちの年頃の者は皆戦争に行かなければならなくなった。事変はいつまでも愚図々々《ぐずぐず》づいて、*蔣介石《しょうかいせき》を相手にするのしないのと騒ぎ、結局どうにも形がつかず、こんどは敵は米英という事になり、日本の老若男女すべてが死ぬ覚悟を極めた。

実に悪い時代であった。その期間に、愛情の問題だの、信仰だの、芸術だのと言って、自分の旗を守りとおすのは、実に至難の事業であった。この後だって楽じゃない。こんな具合いじゃ仕様が無い。また十何年か前のフネノフネ時代にかえったんでは意味が無い。戦争時代がまだよかったなんて事になると、みじめなものだ。うっかりすると、そうなりますよ。どさくさまぎれに一もうけなんて事は、もうこれからは、よすんだね。なんにもならんじゃないか。

昭和十七年、昭和十八年、昭和十九年、昭和二十年、いやもう私たちにとっては、ひどい時代であった。私は三度も*点呼《てんこ》を受けさせられ、そのたんびに竹槍突撃の猛訓練などがあり、暁天動員《ぎょうてんどういん》だの何だの、そのひまひまに小説を書いて発表すると、それが情報局に、にらまれているとかいうデマが飛んで、昭和十八年に「右大臣実朝」という三百枚の小説を発表したら、「*右大臣実朝《ユダヤジン》」というふざけ切った読み方をして、太宰は実朝をユダヤ人として取扱っている、などと何が何やら、ただ意地悪く私を非国民あつかいにして弾劾《だんがい》しようとしている卑劣《ひれつ》な「忠臣」もあった。私の或る四十枚の小説は発表直後、はじめから終りまで全文削除を命じられた。*また或る二百枚以上の新作の小説は出版不許可になった事もあった。*しかし、私は小説を書く事は、やめなかった。もうこうなったら、最後までねばって小説を書いて行かなければ、ウソだと思った。それはもう理窟《りくつ》でなかった。百姓の糞意地である。しかし、私は何もここで、誰かのように、*「余はもともと戦争を欲せざりき。余は日本軍閥《ぐんばつ》の敵なりき。余は自由主義者なり」などと、戦争がすんだら急に、東条*の悪口を言い、戦争責任云々と騒ぎまわるような新型の便乗主義を発揮するつもりはない。いまではもう、社会主義さえ、サロン思想に堕落している。私はこの時流にもまたついて行けない。

私は戦争中に、東条に呆れ、ヒトラアを軽蔑《けいべつ》し、それを皆に言いふらしていた。けれどもまた私はこの戦争に於《お》いて、大いに日本に味方しようと思った。私など味方になっても、まるでちっともお役にも何も立たなかったかと思うが、しかし、日本に味方するつもりでいた。この点を明確にして置きたい。この戦争には、もちろんはじめから何の希望も持てなかったが、しかし、日本は、やっちゃったのだ。

昭和十四年に書いた私の「火の鳥」*という未完の長篇小説に、次のような一節がある。これを読んでくれると、私がさきにもちょっと言って置いたような「親が破産しかかって、せっぱつまり、見えすいたつらい嘘をついている時、子供がそれをすっぱ抜けるか。

われる。

運命窮ると観じて、黙って共に討死さ」という事の意味がさらにはっきりして来ると思われる。

すなわち、

(前略)長火鉢《ながひばち》をへだてて、老母は瀬戸の置物のように綺麗《きれい》に、ちんまり坐《すわ》って、伏目がち、やがて物語ることには、――あれは、わたくしの一人息子で、あんな化け物みたいな男ですが、でも、わたくしは信じている。あれの父親は、ことしで、あけて、七年まえに死にました。まあ、昔自慢してあわれなことでございますが、父の達者な頃は、前橋で、ええ、国は上州《じょうしゅう》でございます、前橋でも一流中の一流の割烹店《かっぽうてん》でございました。大臣でも、師団長*でも、知事でも、前橋でお遊びのときには、必ず、わたくしの家に、きまっていました。あのころは、よかった。わたくしも、毎日毎日、張り合いあって、身を粉にして働きました。ところが、あれの父は、五十のときに、わるい遊びを覚えましてな、相場ですよ。崩れるとなったら、早いものでした。ふっと気のついた朝には、すっからかん。きれい、さっぱり。可笑《おか》しいようですよ。父は、みんなに面目ないのですね。そうなっても、まだ見栄張っていて、なあに、おれには、内緒でかくしている山がある。金の出る山ひとつ持っている、とまるで、子供みたいな、とんでもない嘘を言い出しましてな、男は、つらいものですね、ながねん連れ添うて来た婆にまで、何かと苦しく見栄張らなければいけないのですからね、わたくしたちに、それはくわしく細々とその金の山のこと真顔になって教えるのです。嘘とわかっているだけに、聞いているほうが、情ないやら、あさましいやら、いじらしいやら、涙が出て来て困りました。父は、わたくしたち、あまり身を入れて聞いていないのに感附いて、いよいよ、むきになって、こまかく、ほんとうらしく、地図やら何やらたくさん出して、一生懸命にひそひそ説明して、とうとう、これから皆でその山に行こうではないか、とまで言い出し、これには、わたくし、当惑してしまいました。まちの誰かれ見さかいなくつかまえて来ては、その金山のこと言って、わたくしは恥ずかしくて死ぬるほどでございました。まちの人たちの笑い草にはなるし、朝太郎は、そのころまだ東京の大学にはいったばかりのところでございましたが、わたくしは、あまり困って、朝太郎に手紙で事情全部を知らせてやってしまいました。そのときに、朝太郎は偉かった。すぐに東京から駈けつけ、大喜びのふりして、お父さん、そんないい山を持っていながら、なぜ僕にいままで隠していたのです、そんないい事あるんだったら、僕は、学校なんか、ばかばかしい、どうか学校よさせて下さい、こんな家、売りとばして、これからすぐに、その山の金鉱しらべに行こう、と、もう父の手をひっぱるようにしてせきたて、また、わたくしを、こっそりものかげに呼んで、お母さん、いいか、お父さんは、もうさきが長くないのだ、おちぶれた人に、恥をかかせちゃいけない、とわたくしを、きつく叱りました。わたくしも、そう言われて、はじめて、ああそうだったと気がついて、お恥かしい、わが子ながら、両手合せて拝みたいほどでございました。嘘、とはっきり知りながら、汽車に乗り、馬車に乗り、雪道歩いて、わたくしたち親子三人、信濃《しなの》の奥まで、まいりました。いま思い出しても、せつなくなります。信濃の山奥の温泉に宿をとり、それからまる一年間、あの子は、降っても照っても父のお伴して山を歩きまわり、日が暮れて宿へかえっては、父の言うこと、それは芝居と思えないほど、熱心に聞いて、ふたりで何かと研究し、相談し、あしたは大丈夫だ、あしたは大丈夫だと、お互い元気をつけ合って、そうして寝て、また朝早く、山へ出かけて、ほうぼう父に引っぱりまわされ、さんざ出鱈目の説明聞かされて、それでも、いちいち深くうなずいて、へとへとになって帰って来ました。何もかも、朝太郎のおかげです。父は、山宿で一年、張り合いのある日をつづけることができて、女房、子供にも、立派に体面保って、恥を見せずに安楽な死に方を致しました。ええ、信濃の、その山宿で死にました。わしの山は見込みがある、どうだい、身代二十倍になるのだぞ、と威張って、死んでゆきました。まえから、心臓が、ひどく悪かったのです。木枯《こがら》しのおそろしく強い朝でしてな。あわれな話ですね。けれども、あの子は、見どころあります。それから母子ふたりで、東京へ出て、苦労しました。わたくしは、どんぶり持って豆腐いっちょう買いに行くのが、一ばんつらかった。いまでは、どうやら、朝太郎も、皆様のおかげで、もの書いてお金いただけるようになって、わたくしは、朝太郎が、もう、どんな、ばかをしても、信じている。むかし、あれの父をあんなに大事にかばって呉《く》れたこと思えば、あの子が、ありがたくて、もったいなくて、あの子のことだったら、どんなことがあっても、たとえあれが、人殺ししたって、わたくしは、あれを信じている。あれは、情の深い子です。（後略）

このような思想を、古い人情主義さ、とか言って、へへンと笑って片づける、自称「科学精神の持主」とは、私は永遠に仕事を一緒にやって行けない。私は戦争中、もしこんなていたらくで日本が勝ったら、日本は神の国ではなくて、魔の国だと思っていた。けれども私は、日本必勝を口にし、日本に味方するつもりでいた。負けるにきまっているものを、陰でこそこそ、負けるぞ負けるぞ、と自分ひとり知ってるような顔で囁《ささや》いて歩いている人の顔も、あんまり高潔でない。

私はそのように「日本の味方」のつもりでいたのであるが、しかし時の政府には、やっぱりどうも信用が無かったようである。＊情報局の注意人物というデマが飛び、私に、原稿を依頼する出版社が無くなってしまった。しみったれた事を言うようであるが、生活費はどんどんあがるし、子供は殖えるし、それに収入がまるで無いんだから、心細いこと限りない。当時は私だけでなく、所謂純文芸の人たち全部、火宅の形相を呈していたらしい。しかし、他の人たちにはたいてい書画骨董などという財産もあり、それを売り払ってどうにかやっていたらしいが、私にはそんな財産らしいものは何も無かった。これで私が出征でもしたら、家族はひどい事になるだろうと思ったが、どういうわけか、とうとう私には召集令状が来なかった。安易にこんな事は口にしたくないが、神の配慮、という事を思わずにはいられない。私はねばって、とにかく小説を書きとおした。

戦争成金のほかは、誰しも今は苦しいのだから、自分ひとりの生活苦は言うまいと思って努めて快活のふうを装っていたが、それでも、あまりに心細くて、或る先輩にあててこんな意味の手紙を書いて出した事がある。

拝啓。この手紙は、あなたに何かお願いする手紙でもないし、また訴えの手紙でもありませんし、また誰かを非難しようとする手紙でも無いのです。私は家の者にも、打ち明けていない事実を、せめて、あなたひとりに知って置いてもらいたくてこの手紙を書くのです。あなたがしかしこの事実を知ったからとて、何をなさって下さるにも及びません。私には、そんな期待は無いのです。ただ、この事実を知って置いて下さったらそれでいいのです。そうしてこの手紙を御一読なさったら、黙って破《やぶ》り棄《す》てて下さい。お願いします。他の人にもおっしゃらないように。

私は、いま、自殺という事を考えています。しかし、こらえています。妻子がふびん、というよりは、私も日本国民として、私の自殺が外国の宣伝材料などになってはたまらぬ、また、戦地へ行っている私の若い友人たちが、私の自殺を聞いてどんな気がするか、それを考えて、こらえています。なぜ、自殺の他に途が無いか。それは、あなたもご存じの筈《はず》です。ただ、私には財産が無いので、他の人よりも苦しみが強く来ました。私のことしの収入は、××円です。そうして、いま手許《てもと》に残っているお金は、××円です。しかし、私は誰からもお金を借りないつもりです。故郷の兄に、よっぽど借金申込みの手紙を出そうかと、思った夜もございましたが、やめにしました。こうなると、糞意地です。私は死ぬる前夜まで、大いに景気のいい顔をしてはしゃいでいるつもりです。そうして、あくまでも小説だけを書いて行きます。しかし、まさか、戦争礼讃の小説などは書く気はしません。

たったこれだけの事ですが、あなたに知って置いていただきたいと思います。私の身にも、いつ、どのような事があるかわかりませんから。この手紙には、御返事も何も要りません。御一読後は、ただちに破棄して下さい。以上。

だいたい、こんな意味の手紙を、その先輩にこっそり出した事がある。愚痴《ぐち》をこぼしてさえ、非国民あつかいを受けなければならなかったのだから、思えば、ひどい時代だった。

そんな手紙を出して、一箇月ばかり経った頃、私はその先輩と偶然、新宿で出逢った。私たちは何も言わずに黙って一緒に歩いた。しばらくして、その先輩が言った。

「君のあの手紙を読んだ。」

「そう。すぐ破ってくれましたか。」

「ああ、破った。」

それだけだった。その先輩もまた、その頃は私以上につらい立場に置かれていたらしい。

とにもかくにも、そんな生活をいつまでも続けているわけにはいかなかった。何とかして窮迫した生計の血路をひらかなければいけない。

私は或る出版社から旅費をもらい、津軽旅行を企てた。*その頃日本では、南方へ南方へと、皆の関心がもっぱらその方面にばかり集中せられていたのであるが、私はその正反対の本州の北端に向って旅立った。自分の身も、いつどのような事になるかわからぬ。いまのうちに自分の生れて育った津軽を、よく見て置こうと思い立ったのである。

私は所謂《いわゆる》純粋の津軽の百姓として生れ、小学、中学、高等学校と二十年間も津軽で育ちながら、津軽の五つ六つの小都市、町村を知っているに過ぎなかった。中学時代の夏冬の休暇には、自分の生家でごろごろしていて、兄たちの蔵書を手当り次第読みちらし、どこへ旅行しようともしなかったし、また高等学校時代の休暇には、東京にいる彫刻家の、兄のところへ遊びに行き、ほとんど生家に帰らず、東京の大学へはいるようになったら、もうそれっきり、十数年間帰郷しなかったのであるから、津軽という国に就《つ》いてはまるで知らないと言ってよかった。私は*ゲートルを着け、生れてはじめて津軽の国の隅々まで歩きまわってみた。蟹田《かにた》から青森まで、小さい蒸気船の屋根の上に、みすぼらしい服装で仰向に寝ころがり、小雨が降って来て濡《ぬ》れてもじっとしていて、蟹田の土産《みやげ》の蟹の脚をポリポリかじりながら、暗鬱《あんうつ》な低い空を見上げていた時の、淋しさなどは忘れ難い。結局、私がこの旅行で見つけたものは「津軽のつたなさ」というものであった。拙劣さである。不器用さである。文化の表現方法の無い戸惑いである。私はまた、自身にもそれを感じた。けれども同時に私は、それに健康を感じた。ここから、何かしら全然あたらしい文化(私は、文化という言葉に、ぞっとする。むかしは文花と書いたようである)そんなものが、生れるのではなかろうか。愛情のあたらしい表現が生れるのではなかろうか。私は、自分の血の中の純粋の津軽気質に、自信に似たものを感じて帰京したのである。つまり私は、津軽には文化なんてものは無く、したがって、津軽人の私も少しも文化人では無かったという事を発見してせいせいしたのである。それ以後の私の作品は、少し変ったような気がする。私は「津軽」という旅行記みたいな長篇小説を発表した。その次には「*新釈諸国噺《しょこくばなし》」という短篇集を出版した。そうして、その次に、「*惜別」という魯迅《ろじん》の日本留学時代の事を題材にした長篇と、「*お伽草紙《とぎぞうし》」という短篇集を作り上げた。その時に死んでも、私は日本の作家としてかなりの仕事を残したと言われてもいいと思った。他の人たちは、だらしなかった。

　その間に私は二度も罹災していた。「お伽草紙」を書き上げて、その印税の前借をして私たちはとうとう津軽の生家へ来てしまった。甲府で二度目の災害を被り、行くところが無くなって、私たち親子四人は津軽に向って出発したのだが、それからたっぷり四昼夜かかって、ようやくの事で津軽の生家にたどりついたのである。

　その途中の困難は、かなりのものであった。七月の二十八日朝に甲府を出発して、大《おお》月《つき》附近で警戒警報、午後二時半頃上野駅に着き、すぐ長い列の中にはいって、八時間待ち、午後十時十分発の奥羽《おうう》線《せん》まわり青森行きに乗ろうとしたが、折あしく改札直前に警報が出て構内は一瞬のうちに真暗になり、もう列も順番もあったものでなく、異様な大叫喚と共に群集が改札口に殺到し、私たちはそれぞれ幼児をひとりずつ抱えているのでたちまち負けて、どうやら列車にたどり着いた時には既に満員で、窓からもどこからもはいり込むすきが無かった。プラットホームに呆然と立っているうちに、列車は溜息のような汽笛を鳴らして、たいぎそうにごとりと動いた。私たちはその夜は、上野駅の改札口の前にごろ寝をした。拡声器は夜明けちかくまで、青森方面の焼夷弾攻撃の模様を告げていた。しかし、とにかく私たちは青森方面へ行かなければならぬ。どんな列車でもいいから、少しでも北へ行く列車に乗ろうと考えて、翌朝五時十分、白河行きの汽車に乗った。十時半、白河着。そこで降りて、二時間プラットホームで待って、午後一時半、さらに少し北の小牛田《こごた》行きの汽車に乗った。窓から乗った。途中、郡山《こおりやま》駅爆撃。午後九時半、小牛田駅着。また駅の改札口の前で一泊。三日分くらいの食料を持参して来たのだが、何せ夏の暑いさいちゅうなので、にぎりめしが皆くさりかけて、めし粒が納豆のように糸をひいて、口にいれてもにちゃにちゃしてとても嚥下《えんげ》することが出来ぬ。小牛田駅で夜を明し、お米は一升くらい持っていたので、そのお米をおむすびと交換してもらいに、女房は薄暗いうちから駅の附近の家をたたき起してまわった。やっと一軒かえてくれた。かなり大きいおむすびが四つである。私はおむすびに食らいついた。がりりと口中で音がした。吐き出して見ると、梅干である。私はその種を噛みくだいてしまっていた。歯の悪い私が、梅干のあの固い種を噛みくだいたのである。ぞっとした。

しかし、これでもまだ、故郷までの全旅程の三分の一くらいしか来ていないのである。

読者も、うんざりするだろう。あとまたいろいろ悲惨な思いをしたのであるが、もう書かない。とにかく、そんな思いをして故郷にたどりついてみると、故郷はまた艦載機《かんさいき》の爆撃で大騒動の最中であった。

　けれども、もう死んだって、故郷で死ぬのだから仕《し》合《あわ》せなほうかも知れないと思っていた。そうしてまもなく日本の無条件降伏である。

　それから、既に、五箇月ちかく経っている。私は新聞連載の長編一つと、短篇小説をいくつか書いた。短篇小説には、独自の技法があるように思われる。短かければ短篇というものではない。外国でも遠くは*デカメロンあたりから発して、近世では、*メリメ、*モオパスサン、*ドオデエ、*チェホフなんて、まあいろいろあるだろうが、日本では殊《こと》にこの技術が昔から発達していた国で、何々物語というもののほとんど全部がそれであったし、また近世では西鶴《さいかく》なんて大物も出て、明治では*鷗外《おうがい》がうまかったし、大正では、*直哉だの*善蔵だの*龍之介だの*菊池寛だの、短篇小説の技法を知っている人も少くなかったが、昭和のはじめでは、井伏さんが抜群のように思われたくらいのもので、最近に到ってまるでもう駄目になった。皆ただ、枚数が短いというだけのものである。戦争が終って、こんどは好きなものを書いてもいいという事であったので、私は、この短篇小説のすたれた技法を復活させてやれと考えて、三つ四つ書いて雑誌社に送ったりなどしているうちに、何だかひどく憂鬱《ゆううつ》になって来た。

またもや、八つ当りしてヤケ酒を飲みたくなって来たのである。日本の文化がさらにまた一つ堕落しそうな気配を見たのだ。このごろの所謂《いわゆる》「文化人」の叫ぶ何々主義、何々主義、すべて私には、れいのサロン思想のにおいがしてならない。何食わぬ顔をして、これに便乗すれば、私も或いは「成功者」になれるのかも知れないが、田舎者の私にはてれくさくて、だめである。私は、自分の感覚をいつわる事が出来ない。それらの主義が発明された当初の真実を失い、まるで、この世界の新現実と遊離して空転しているようにしか思われないのである。

新現実。

まったく新しい現実。ああ、これをもっともっと高く強く言いたい！　そこから逃げ出してはだめである。ごまかしてはいけない。容易ならぬ苦悩である。先日、或る青年が私を訪れて、食物の不足の憂鬱を語った。私は言った。

「嘘をつけ。君の憂鬱は食料不足よりも、道徳の煩悶《はんもん》だろう。」

青年は首肯した。

私たちのいま最も気がかりな事、最もうしろめたいもの、それをいまの日本の「新文化」は、素通りして走り去りそうな気がしてならない。

私は、やはり、「文化」というものを全然知らない、頭の悪い津軽の百姓でしか無いのかも知れない。雪靴をはいて、雪路を歩いている私の姿は、まさに田舎者そのものである。しかし、私はこれからこそ、この田舎者の要領の悪さ、拙劣さ、のみ込みの鈍さ、単純な疑問でもって、押し通してみたいと思っている。いまの私が、自身にたよるところがありとすれば、ただその「津軽の百姓」の一点である。

十五年間、私は故郷から離れていたが、故郷も変らないし、また、私も一向に都会人らしく垢抜《あかぬ》けていないし、いや、いよいよ田舎臭く野暮《やぼ》ったくなるばかりである。「サロン思想」は、いよいよ私と遠くなる。

このごろ私は、仙台の新聞に「パンドラの匣《はこ》」*という長篇小説を書いているが、その一節を左に披露して、この悪夢に似た十五年間の追憶の手記を結ぶ事にする。

（前略）嵐のせいであろうか、或いは、貧しいともしびのせいであろうか、その夜は僕たち同室の者四人が、越後獅子《えちごじし》の蠟燭の火を中心にして集《あつま》り、久し振りで打解けた話を交した。

「自由主義者ってのは、あれは、いったい何ですかね？」と、かっぽれは如何《いか》なる理由からか、ひどく声をひそめて尋《たず》ねる。

「フランスでは、」と固パンは、英語のほうでこりたからであろうか、こんどはフランスの方面の知識を披露する。「リベルタンってやつがあって、これがまあ自由思想を謳歌してずいぶんあばれ廻ったものです。十七世紀と言いますから、いまから三百年ほど前の事ですがね。」と、眉をはね上げてもったいぶる。「こいつらは主として宗教の自由を叫んであばれていたらしいです。」

「なんだ、あばれんぼうか。」とかっぽれは案外だというような顔で言う。

「ええ、まあ、そんなものです。たいていは、無頼漢《ぶらいかん》みたいな生活をしていたのです。芝居なんかで有名な、あの、*鼻の大きいシラノ、ね、あの人なんかも当時のリベルタンのひとりだと言えるでしょう。時の権力に反抗して、弱きを助ける。当時のフランスの詩人なんてのも、たいていもうそんなものだったのでしょう。日本の江戸時代の男伊達《おとこだて》とかいうものに、ちょっと似ているところがあったようです。」

「なんて事だい。」とかっぽれは噴き出して、「それじゃあ、*幡随院《ばんずいいん》の長兵衛《ちょうべえ》なんかも自由主義者だったわけですかねえ。」

しかし、固パンはにこりともせず、

「そりゃ、そう言ってもかまわないと思います。もっとも、いまの自由主義者というのは、タイプが少し違っているようですが、フランスの十七世紀頃のリベルタンってやつは、まあたいていそんなものだったのです。*花川戸《はなかわど》の助六《すけろく》も鼠小僧《ねずみこぞう》の次《じ》郎《ろ》吉《きち》も、或いはそうだったのかも知れませんね。」

「へえ、そんなわけの事になりますかねえ。」とかっぽれは、大喜びである。

越後獅子も、スリッパの破れを縫《ぬ》いながら、にやりと笑う。

「いったいこの自由思想というのは、」と固パンはいよいよまじめに、「その本来の姿は、反抗精神です。破壊思想といっていいかも知れない。圧制や束縛が取りのぞかれたところにはじめて芽生える思想ではなくて、圧制や束縛のリアクションとしてそれらと同時に発生し闘争すべき性質の思想です。よく挙げられる例ですけれども、鳩が或る日、神様にお願いした、『私が飛ぶ時、どうも空気というものが邪魔になって早く前方に進行できない。どうか空気というものを無くして欲しい』神様はその願いを聞き容れてやった。然《しか》るに鳩は、いくらはばたいても飛び上る事が出来なかった。つまりこの鳩が、自由思想です。空気の抵抗があってはじめて鳩が飛び上る事が出来るのです。闘争の対象の無い自由思想は、まるでそれこそ真空管の中ではばたいている鳩のようなもので、全く飛翔が出来ません。」

「似たような名前の男がいるじゃないか。」と越後獅子はスリッパを縫う手を休めて言った。*

「あ、」と固パンは頭のうしろを掻《か》き、「そんな意味で言ったのではありません。これは、＊カントの例証です。僕は、現代の日本の政治界の事はちっとも知らないのです。」

「しかし、多少は知っていなくちゃいけないね。これから、若い人みんなに選挙権も被選挙権も与えられるそうだから。」と越後は、一座の長老らしく落ちつき払った態度で言い、「自由思想の内容は、その時、その時で全く違うものだと言っていいだろう。真理を追及して闘った天才たちは、ことごとく自由思想家だと言える。わしなんかは、自由思想の本家本元は、キリストだとさえ考えている。＊思い煩うな、空飛ぶ鳥を見よ、播《ま》かず、刈らず、蔵に収めず、なんてのは素晴しい自由思想じゃないか。わしは西洋の思想は、すべてキリストの精神を基底にして、或いはそれを敷衍し、或いはそれを卑近にし、或いはそれを懐疑し、人さまざまの諸説があっても結局、聖書一巻にむすびついていると思う。科学でさえ、それと、無関係ではないのだ。科学の基礎をなすものは、物理界に於《お》いても、化学界に於いても、すべて仮説だ。肉眼で見とどける事の出来ない仮説から出発している。この仮説を信仰するところから、すべての科学が発生するのだ。日本人は、西洋の哲学、科学を研究するよりさきに、まず聖書一巻の研究をしなければならぬ筈《はず》だったのだ。わしは別にクリスチャンではないが、しかし、日本が聖書の研究もせずに、ただやたらに西洋文明の表面だけを勉強したところに、日本の大敗北の真因があったと思う。自由思想でも何でも、キリストの精神を知らなくては、半分も理解できない。」

（中略）

「十年一日の如《ごと》き、不変の政治思想などは迷夢に過ぎない。キリストも、いっさい誓うな、と言っている。明日の事を思うな、とも言っている。実に、自由思想の大先輩ではないか。＊狐《きつね》には穴あり、鳥には巣あり、されど人の子には枕するところ無し、とはまた、自由思想家の嘆きといっていいだろう。一日も安住をゆるされない。その主張は、日々にあらたに、また日にあらたでなければならぬ。日本に於《お》いて今さら昨日の軍閥官僚を罵倒《ばとう》してみたって、それはもう自由思想ではない。それこそ真空管の中の鳩である。真の勇気ある自由思想家なら、いまこそ何を措いても叫ばなければならぬ事がある。天皇陛下万歳！　この叫びだ。昨日までは古かった。古いどころか詐欺《さぎ》だった。しかし、今日に於いては最も新しい自由思想だ。十年前の自由と、今日の自由とその内容が違うとはこの事だ。それはもはや、神秘主義ではない。人間の本然の愛だ。アメリカは自由の国だと聞いている。必ずや、日本のこの真の自由の叫びを認めてくれるに違いない。」

（後略）

苦悩の年鑑

時代は少しも変らないと思う。一種の、あほらしい感じである。こんなのを、馬の脊中に狐《きつね》が乗ってるみたいと言うのではなかろうか。

いまは私の処女作という事になっている「思い出」という百枚ほどの小説の冒頭は、次のようになっている。

「黄昏《たそがれ》のころ私は叔母《おば》と並んで門口に立っていた。叔母は誰かをおんぶしているらしく、ねんねこを着ていた。その時のほのぐらい街路の静けさを私は忘れずにいる。叔母は、てんしさまがお隠れになったのだ、と私に教えて、いきがみさま、と言い添えた。いきがみさま、と私も興深げに呟《つぶや》いたような気がする。それから、私は何か不敬なことを言ったらしい。叔母は、そんなことを言うものでない、お隠れになったと言え、と私をたしなめた。どこへお隠れになったのだろう、と私は知っていながら、わざとそう尋《たず》ねて叔母を笑わせたのを思い出す。」

これは明治天皇崩御《ほうぎょ》の時の思い出である。私は明治四十二年の夏の生れであるから、この時は、かぞえどしの四歳であった筈《はず》である。

またその「思い出」という小説の中には、こんなのもある。

「もし戦争が起ったなら。という題を与えられて、地震雷火事親爺《おやじ》、それ以上に怖い戦争が起ったなら先《ま》ず山の中へでも逃げ込もう、逃げるついでに先生をも誘おう、先生も人間、僕も人間、いくさの怖いのは同じであろう、と書いた。此《こ》の時には校長と次席訓導《くんどう》*とが二人がかりで私を調べた。どういう気持で之《これ》を書いたか、と聞かれたので、私はただ面白半分に書きました、といい加減なごまかしを言った。次席訓導は手帖へ、『好奇心』と書き込んだ。それから私と次席訓導とが少し議論を始めた。先生も人間、僕も人間、と書いてあるが、人間というものは皆おなじものか、と彼は尋ねた。そう思う、と私はもじもじしながら答えた。私はいったいに口が重い方であった。それでは僕と此《こ》の校長先生とは同じ人間でありながら、どうして給料が違うのだ、と彼に問われて私は暫《しば》く考えた。そして、それは仕事がちがうからでないか、と答えた。鉄縁の眼鏡をかけ、顔の細い次席訓導は、私のその言葉をすぐ手帖に書きとった。私はかねてから此の先生に好意を持っていた。それから彼は私にこんな質問をした。君のお父さんと僕たちとは同じ人間か。私は困って何とも答えなかった。」

これは私の十歳か十一歳の頃の事であるから、大正七、八年である。いまから三十年ちかく前の話である。

それからまた、こんなところもある。

「小学校四五年のころ、末の兄からデモクラシイという思想を聞き、母まで、デモクラシイのため税金がめっきり高くなって作米の殆《ほとん》どみんなを税金に取られる、と客たちにこぼしているのを耳にして、私はその思想に心弱くうろたえた。そして、夏は下男たちの庭の草刈《くさかり》に手つだいしたり、冬は屋根の雪おろしに手を貸したりなどしながら、下男たちにデモクラシイの思想を教えた。そうして、下男たちは私の手助けを余りよろこばなかったのをやがて知った。私の刈った草などは後からまた彼等《かれら》が刈り直さなければいけなかったらしいのである。

これも同時代、大正七、八年の頃の事である。

してみると、いまから三十年ちかく前に、日本の本州の北端の寒村の一童児にまで浸《しん》潤《じゅん》していた思想と、いまのこの昭和二十一年の新聞雑誌に於《お》いて称えられている「新思想」と、あまり違っていないのではないかと思われる。一種のあほらしい感じ、とはこれを言うのである。

その大正七、八年の社会状勢はどうであったか、そうしてその後のデモクラシイの思潮は日本に於《お》いてどうなったか、それはいずれ然るべき文献を調べたらわかるであろうが、しかし、いまそれを報告するのは、私のこの手記の目的ではない。私は市井の作家である。私の物語るところのものは、いつも私という小さな個人の歴史の範囲内にとどまる。之《これ》をもどかしがり、或《ある》いは怠惰と罵《ののし》り、或いは卑俗《ひぞく》と嘲笑《ちょうしょう》するひともあるかも知れないが、しかし、後世に於いて、私たちのこの時代の思潮を探るに当り、所謂《いわゆる》「歴史家」の書よりも、私たちのいつも書いているような一個人の片々たる生活描写のほうが、たよりになる場合があるかも知れない。馬鹿《ばか》にならないものである。それゆえ私は、色さまざまの社会思想家たちの、追究や断案にこだわらず、私一個人の思想の歴史を、ここに書いて置きたいと考える。

所謂《いわゆる》「思想家」たちの書く「私はなぜ何々主義者になったか」などという思想発展の回想録或いは宣言書を読んでも、私には空々《そらぞら》しくてかなわない。彼等がその何々主義者になったのには、何やら必ず一つの転機というものがある。そうしてその転機は、たいていドラマチックである。感激的である。

私にはそれが嘘《うそ》のような気がしてならないのである。信じたいとあがいても、私の感覚が承知しないのである。実際、あのドラマチックな転機には閉口するのである。鳥肌立つ思いなのである。

下手なこじつけに過ぎないような気がするのである。それで私は、自分の思想の歴史をこれから書くに当って、そんな見えすいたこじつけだけはよそうと思っている。

私は「思想」という言葉にさえ反撥《はんぱつ》を感じる。まして「思想の発展」などという事になると、さらにいらいらする。猿芝居みたいな気がして来るのである。

いっそこう言ってやりたい。

「私には思想なんてものはありませんよ。すき、きらいだけですよ。」

私は左に、私の忘れ得ぬ事実だけを、断片的に記そうと思う。断片と断片の間をつなごうとして、あの思想家たちは、嘘の白々しい説明に憂身をやつしているが、俗物どもには、あの間隙を埋めている悪質の虚偽の説明がまた、こたえられずうれしいらしく、俗物の讃歎と喝采は、たいていあの辺で起るようだ。全くこちらは、いらいらせざるを得ない。

「ところで、」と俗物は尋ねる。「あなたのその幼時のデモクラシイは、その後、どんな形で発展しましたか。」

私は間《ま》の抜けた顔で答える。

「さあ、どうなりましたか、わかりません。」

×

私の生れた家には、誇るべき系図も何も無い。どこからか流れて来て、その津軽の北端に土着した百姓が、私たちの祖先なのに違いない。

私は、無智の、食うや食わずの貧農の子孫である。私の家が多少でも青森県下に、名を知られはじめたのは、*曽祖父《そうそふ》惣助の時代からであった。その頃、れいの*多額納税の貴族院議員有資格者は、一県に四五人くらいのものであったらしい。曽祖父は、そのひとりであった。昨年、私は甲府市《こうふし》のお城の傍の古本屋で明治初年の紳士録をひらいて見たら、その曽祖父の実に田舎《いなか》くさいまさしく百姓姿の写真が掲載せられていた。この曽祖父は養子であった。祖父も養子であった。父も養子であった。女が勢いのある家系であった。曽祖母も祖母も母も、みなそれぞれの夫よりも長命である。曽祖母は、私の十になる頃まで生きていた。祖母は、九十歳で未だに達者である。母は七十歳まで生きて、先年なくなった。女たちは、みなたいへんにお寺が好きであった。殊《こと》にも祖母の信仰は異常といっていいくらいで、家族の笑い話の種にさえなっている。お寺は、浄土真宗《じょうどしんしゅう》である。親鸞上人《しんらんしょうにん》のひらいた宗派である。私たちも幼時から、イヤになるくらいお寺まいりをさせられた。お経も覚えさせられた。

×

私の家系には、ひとりの思想家もいない。ひとりの学者もいない。ひとりの芸術家もいない。役人、将軍さえいない。実に凡俗の、ただの田舎の大地主というだけのものであった。父は代議士にいちど、それから貴族院にも出たが、べつだん中央の政界に於《お》いて活躍したという話も聞かない。この父は、ひどく大きい家を建てた。風情も何も無い、ただ大きいのである。間数《まかず》が三十ちかくもあるであろう。それも十畳二十畳という部屋が多い。おそろしく頑丈なつくりの家ではあるが、しかし、何の趣きも無い。

書画骨董で、重要美術級のものは、一つも無かった。

この父は、芝居が好きなようであったが、しかし、小説は何も読まなかった。「死線*を越えて」という長編を読み、とんだ時間つぶしをしたと愚痴《ぐち》を言っていたのを、私は幼い時に聞いて覚えている。

しかし、その家系には、複雑な暗いところは一つも無かった。財産争いなどという事は無かった。要するに誰も、醜態を演じなかった。津軽地方で最も上品な家の一つに数えられていたようである。この家系で、人からうしろ指を差されるような愚行を演じたのは私ひとりであった。

×

余の幼少の折、(というような書出しは、れいの思想家たちの回想録にしばしば見受けられるものであって、私が以下に書き記そうとしている事も、下手をすると、思想家の回想録めいた、へんに思わせぶりのものになりはせぬかと心配のあまり、えい、いっそ、そのような気取った書出しを用いてやれ、とつまり毒を以《もっ》て毒を制する形にしてしまったのであるが、しかし、以下に書き記す事は、決して虚飾《きょしょく》の記事ではない。本当に、それは、事実なのである）朝、眼がさめてから、夜、眠るまで、私の傍に本の無かった事は無いと言っても、少しも誇張でないような気がする。手当り次第、実によく読んだ。そうして私は、二度繰り返して読むという事はめったに無かった。一日に四冊も五冊も、次々と読みっ放しである。日本のお伽噺《とぎばなし》よりも、外国の童話が好きであった。「三つの予言」というのであったか、「四つの予言」というのであったかいまは忘れたが、お前は何歳で獅子《しし》に救われ、何歳で強敵に逢《あ》い、何歳で乞食《こじき》になり、などという予言を受けて、ちっともそれを信じなかったけれども、果してその予言のとおりになって行く男の生涯を描写した童話は、たいへん気にいって二、三度読みかえしたのを記憶している。*それからもう一つ、私の幼時の読書のうちで、最も奇妙に心にしみた物語は、金の船というのであったか、赤い星というのであったか、とにかくそんな名前の童話雑誌に出ていた、何の面白味も無いお話で、或《あ》る少女が病気で入院していて深夜、やたらに喉がかわいて、枕もとのコップに少し残っていた砂糖水を飲もうとしたら、同室のおじいさんの患者が、みず、みず、と呻《うめ》いている。少女は、ベッドから降りて、自分の砂糖水を、そのおじいさんに全部飲ませてやる、というだけのものであったが、私はその挿画さえ、いまでもぼんやり覚えている。実にそれは心にしみた。そうして、その物語の題の傍に、こう書かれていた。汝等《なんじら》おのれを愛するが如《ごと》く、汝の隣人を愛せ。

しかし私は、このような回想を以て私の思想にこじつけようとは思わぬ。私のこんな思い出話を以て、私の家の宗派の親鸞の教えにこじつけ、そうしてまた後の、れいのデモクラシイにこじつけようとしたら、それはまるで何某先生の「余は如何《いか》にして何々主義者になりしか」と同様の白々しいものになってしまうであろう。この私の読書の回想は、あくまでも断片である。どこにこじつけようとしても、無理がある。嘘が出る。

×

さて、それでは、いよいよ、私のれいのデモクラシイは、それからどうなったか。どうもこうもなりやしない。あれは、あのまま立消えになったようである。まえにも言って置いたように、私はいまここで当時の社会状勢を報告しようとしているのではない。私の肉体感覚の断片を書きならべて見ようと思っているだけである。

×

博愛主義。雪の四つ辻に、ひとりは提燈《ちょうちん》を持ってうずくまり、ひとりは胸を張って、おお神様、を連発する。提燈持ちは、アアメンと呻く。私は噴き出した。

*救世軍。あの音楽隊のやかましさ。慈善鍋。なぜ、鍋でなければいけないのだろう。鍋にきたない紙幣や銅貨をいれて、不潔じゃないか。あの女たちの図々しさ。服装がどうにかならぬものだろうか。趣味が悪いよ。

人道主義。*ルパシカというものが流行して、*カチュウシャ可愛いや、という歌がはやって、ひどく、きざになってしまった。

私はこれらの風潮を、ただ見送った。

×

*プロレタリヤ独裁。

それには、たしかに、新しい感覚があった。協調ではないのである。独裁である。相手を例外なくたたきつけるのである。金持は皆わるい。貴族は皆わるい。金の無い一賤《せん》民《みん》だけが正しい。私は武装蜂起に賛成した。ギロチンの無い革命は意味が無い。

しかし、私は賤民でなかった。ギロチンにかかる役のほうであった。私は十九歳の、高等学校の生徒であった。クラスでは私ひとり、目立って華美な服装をしていた。いよいよこれは死ぬより他は無いと思った。

私は*カルモチンをたくさん嚥下《えんげ》したが、死ななかった。

「死ぬには、及ばない。君は、同志だ。」と或る学友は、私を「見込みのある男」としてあちこちに引っぱり廻した。

私は金を出す役目になった。東京の大学へ来てからも、私は金を出し、そうして、同志の宿や食事の世話を引受けさせられた。所謂《いわゆる》「大物」と言われていた人たちは、たいていまともな人間だった。しかし、小物には閉口であった。ほらばかり吹いて、そうして、やたらに人を攻撃して凄がっていた。人をだまして、そうしてそれを「戦略」と称していた。

プロレタリヤ文学というものがあった。私はそれを読むと、鳥肌立って、眼がしらが熱くなった。無理な、ひどい文章に接すると、私はどういうわけか、鳥肌立って、そうして眼がしらが熱くなるのである。君には文才があるようだから、プロレタリヤ文学をやって、原稿料を取り党の資金にするようにしてみないか、と同志に言われて、*匿名で書いてみた事もあったが、書きながら眼がしらが熱くなって来て、ものにならなかった。(この頃、*ジャズ文学というのがあって、これと対抗していたが、これはまた眼がしらが熱くなるどころか、チンプンカンプンであった。可笑《おか》しくもなかった。私はとうとう、*レヴュウというものを理解できずに終った。モダン精神が、わからなかったのである。してみると、当時の日本の風潮は、アメリカ風とソヴィエト風との交錯であった。大正末期から昭和初年にかけての頃である。いまから二十年前である。ダンスホールとストライキ。*煙突男《えんとつおとこ》などという派手な事件もあった。）

結局私は、生家をあざむき、つまり「戦略」を用いて、お金やら着物やらいろいろのものを送らせて、之《これ》を同志とわけ合うだけの能しか無い男であった。

×

満洲事変が起った。*爆弾三勇士。私はその美談に少しも感心しなかった。

私はたびたび留置場にいれられ、取調べの刑事が、私のおとなしすぎる態度に呆《あき》れて、「おめえみたいなブルジョアの坊ちゃんに革命なんて出来るものか。本当の革命は、おれたちがやるんだ。」と言った。

その言葉には妙な現実感があった。

のちに到り、所謂《いわゆる》青年将校と組んで、イヤな、無教養の、不吉な、変態革命を兇暴《きょうぼう》に遂行した人の中に、あのひとも混っていたような気がしてならぬ。

同志たちは次々と投獄せられた。ほとんど全部、投獄せられた。

中国を相手の戦争は継続している。

×

私は、純粋というものにあこがれた。無報酬の行為。まったく利己の心の無い生活。けれども、それは、至難の業であった。私はただ、やけ酒を飲むばかりであった。

私の最も憎悪したものは、偽善であった。

×

キリスト。私はそのひとの苦悩だけを思った。

×

関東地方一帯に珍らしい大雪が降った。その日に、二・二六事件というものが起った。私は、ムッとした。どうしようと言うんだ。何をしようと言うんだ。

実に不愉快であった。馬鹿野郎だと思った。激怒に似た気持であった。

プランがあるのか。組織があるのか。何も無かった。

狂人の発作に近かった。

組織の無いテロリズムは、最も悪質の犯罪である。馬鹿とも何とも言いようがない。

このいい気な愚行のにおいが、所謂大東亜戦争《いわゆるだいとうあせんそう》の終りまでただよっていた。

東条の背後に、何かあるのかと思ったら、格別のものもなかった。からっぽであった。

怪談に似ている。

その二・二六事件の反面に於《お》いて、日本では、同じ頃に、オサダ事件*というものがあった。オサダは眼帯をして変装した。更衣の季節で、オサダは逃げながら袷《あわせ》をセルに着換えた。

どうなるのだ。私はそれまで既に、四度も自殺未遂を行っていた。そうしてやはり、三日に一度は死ぬ事を考えた。

×

中国との戦争はいつまでも長びく。たいていの人は、この戦争は無意味だと考えるようになった。転換。敵は米英という事になった。

×

ジリ貧《ヒン》という言葉を、大本営の将軍たちは、大まじめで教えていた。ユウモアのつもりでもないらしい。しかし私はその言葉を、笑いを伴わずに言う事が出来なかった。＊この一戦なにがなんでもやり抜くぞ、という歌を将軍たちは奨励したが、少しもはやらなかった。さすがに民衆も、はずかしくて歌えなかったようである。将軍たちはまた、＊鉄《てっ》桶《とう》という言葉をやたらに新聞人たちに使用させた。しかし、それは棺桶《かんおけ》を聯想《れんそう》させた。＊転進という、何かころころ転げ廻るボールを聯想させるような言葉も発明された。敵わが腹中にはいる、と言ってにやりと薄気味わるく笑う将軍も出て来た。私たちなら蜂一匹だって、ふところへはいったら、七転八倒の大騒ぎを演ぜざるを得ないのに、この将軍は、敵の大部隊を全部ふところにいれて、これでよし、と言っている。もみつぶしてしまうつもりであったろうか。*天王山は諸所方々に移転した。何だってまた天王山を持ち出したのだろう。関ケ原だってよさそうなものだ。天王山を間違えたのかどうだか、*天目山などと言う将軍も出て来た。天目山なら話にならない。実にそれは不可解な譬《たと》えであった。或る参謀将校は、この度《たび》のわが作戦は、敵の*意表の外に出ず、と語った。それがそのまま新聞に出た。参謀も新聞社も、ユウモアのつもりではなかったようだ。大まじめであった。意表の外に出たなら、ころげ落ちるより他はあるまい。あまりの飛躍である。

指導者は全部、無学であった。常識のレベルにさえ達していなかった。

×

しかし彼等は脅迫した。天皇の名を騙《かた》って脅迫した。私は天皇を好きである。大好きである。しかし、一夜ひそかにその天皇を、おうらみ申した事さえあった。

×

日本は無条件降伏をした。私はただ、恥ずかしかった。ものも言えないくらいに恥ずかしかった。

×

天皇の悪口を言うものが激増して来た。しかし、そうなって見ると私は、これまでどんなに深く天皇を愛して来たのかを知った。私は、保守派を友人たちに宣言した。

×

十歳の民主派、二十歳の共産派、三十歳の純粋派、四十歳の保守派。そうして、やはり歴史は繰り返すのであろうか。私は、歴史は繰り返してはならぬものだと思っている。

×

まったく新しい思潮の擡頭《たいとう》を待望する。それを言い出すには、何よりもまず、「勇気」を要する。私のいま夢想する境涯は、フランスの*モラリストたちの感覚を基調とし、その倫理の*儀表《ぎひょう》を天皇に置き、我等《われら》の生活は自給自足のアナキズム風の*桃源《とうげん》である。

注（作品名の下に初出を示す）

十二月八日（「婦人公論」一九四二〈昭和一七〉年二月）

九頁　昭和十六年の十二月八日　この日の午前三時一九分、日本はハワイ真珠湾《しんじゅわん》を急襲。午前七時のラジオでは「臨時ニュース」として「大本営陸海軍部、一二月八日午前六時発表。帝国陸海軍は、本八日未明、西太平洋においてアメリカ、イギリス軍と戦闘状態に入れり」と報じられた。一一時四五分には、アメリカ・イギリスに対して戦線の詔書が発せられ、正午のラジオで報じられた。午後七時には陸軍、午後九時には海軍の戦果が相次いで報じられた。太宰は短篇「新郎」(「新潮」一九四二年一月)の末尾に「昭和十六年十二月八日之《これ》を記せり。／この朝、英米と戦端ひらくの報を聞けり」(「／」は改行を示す。以下同じ)と記している。

九頁　紀元二千七百年　皇紀《こうき》による、作品内の時間から九九年後。一九四〇年は、初代天皇である神武《じんむ》天皇《てんのう》の即位から二六〇〇年目にあたるとされ、多くの記念行事が営まれていた。

一〇頁　伊馬《いま》さん　伊馬鵜平《うへい》（一九〇八～八四）がモデル。劇作家、ユーモア小説家。戦後は伊馬春部《はるべ》と名乗った。太宰とは井伏鱒二《いぶせますじ》（二九二頁「井伏さん」の項参照、以下同）宅で出会い、デビュー前から終生変わらぬ友人であった。

一一頁　園子《そのこ》　津島《つしま》園子（一九四一～二〇二〇）がモデル。一九四一年六月七日に生まれた太宰の長女。『お伽草紙《とぎぞうし》』（筑摩書房、一九四五年）や『薄明』（新紀元社、一九四六年）などの作品に登場する少女のモデルにもなっている。母である津島美知子の没後、遺族を代表する役割を担った。夫は政治家の津島雄二（一九三〇～二〇二三）。

一一頁　大本営陸海軍部発表　大本営は陸海軍が統一的な戦略や作戦を遂行するための組織。大本営発表は、陸海軍それぞれの報道部が、軍の行動や戦況に関して行った公式発表。

一三頁　佐渡《さど》　新潟県西部にある佐渡島《さどがしま》。太宰は一九四〇年一一月、新潟高校で講演をした後に訪れ、二泊した。その体験は短篇「佐渡」（「公論」一九四一年一月）に活かされている。

一三頁　満洲　中国の東北部（遼寧省、吉林省、黒竜江省）付近を指す。一九三二年、満洲国という日本による傀儡《かいらい》国家が作られていた（一九四五年に消滅）。

一四頁　隣組長《となりぐみちょう》　地域の住民組織の長。隣組は、全国的には一九四〇年九月、内務省によって町内会・部落会の整備拡充がはかられ、その下位組織として作られた（東京市では一九三八年から組織されていた）。一〇～一五戸程度のグループで作られ、行政の指示を受けて、常会を開いたり、回覧板を回したりして、配給切符の割り当てや防空活動など、さまざまな活動に取り組んだ。

一四頁　国民服　戦時下に制定された、日本人男子用の標準服。すべての男性国民が、すべての場所で着用できるようにと考案され、一九四〇年一一月二日、国民服令が公布即日施行された。カーキ色の布地で作られ、軍服に似ていた。当初は普及しなかったが、政府の宣伝の結果、戦争末期にはほとんどの男性が着用していた。女性の標準服も、一九四二年に制定されることになる。

一五頁　支那《しな》を相手の時　一九三七年七月七日夜に起こった盧溝橋《ろこうきょう》事件に端を発した、日本と中国との戦争。当初は北支事変《ほくしじへん》、支那事変などと呼ばれたが、全面戦争へと拡大した。

一六頁　敵は幾万ありとても　軍歌「敵は幾万」。一八九一年に発表された。山田美妙斎作詞、小山作之助作曲。「敵は幾万ありとても／すべて烏合《うごう》の勢《せい》なるぞ／烏合の勢にあらずとも／味方に正しき道理あり／邪《じゃ》はそれ正《せい》に勝難《かちがた》く／直《ちょく》は曲《きょく》にぞ勝栗《かちぐり》の／堅き心の一徹は／石に矢の立つ例《ためし》あり／石に矢の立つ例あり／などて恐るる事やある／などてたゆたう事やあると続く。

一七頁　亀井さん　文芸評論家の亀井勝一郎(一九〇七〜六六)がモデル。亀井は太宰と同じく、雑誌「日本浪漫派」(一九三五年三月〜三八年八月)に所属していた。三九年に太宰が三鷹に移住してから親交が深まった。太宰は、徒歩一五分ほどの距離にあった吉祥寺の亀井の家をしばしば訪れ、鷗外全集や鏡花全集を借りて読み、酒にも誘ったという。

一七頁　悠乃《ゆの》ちゃん　亀井勝一郎の長女がモデル。一九三七年生まれで、夫人の亀井斐子《あやこ》によれば、「久留米絣《くるめがすり》のお対をさっぱりと着た太宰さんに悠乃もよくなついていた」という。

一九頁　今月からは三円以上二割の税　戦時下の当時は、多額の軍事費が必要とされていた。その財源として、間接税を中心にした消費生活全般にわたる増税案が閣議決定された。一九四一年一一月一四日の各種新聞で報道され、同年一二月一日から施行されていた。

二〇頁　早大の佐藤さん　佐藤安人《さとうあんじん》がモデル。井伏鱒二宅に出入りしていた早稲田大学文学部学生の一人。太宰とは一九四〇年四月に、井伏や伊馬や他の学生と共に、群馬県四万《しま》温泉を訪れている。戦争中に病死。井伏の随筆「仲人」にその名前が見える。

二〇頁　帝大の堤さん　堤重久(一九一七〜九九)がモデル。東京帝国大学在学中の一九四〇年一二月に初めて太宰の家を訪ねて以来、四日か五日に一度は会いに行く愛弟子となった。一九四一年一二月、三か月繰り上げで卒業となり、臨時徴兵検査を受けた。弟の堤康久の日記を太宰に貸し、長篇『正義と微笑』(錦城出版社、一九四二年)に活用される。戦後、京都産業大学教授。『太宰治との七年間』(筑摩書房、一九六九年)、『恋と革命　評伝・太宰治』(講談社、一九七三年)などの著作がある。

二〇頁　第三乙　徴兵検査での判定区分。「陸軍関係諸条規」には、甲種は「身長一・五二メートル以上の身体強健なる者」、乙種は「身長一・五〇メートル以上で身体甲種に亜《つ》ぐ者、此《こ》の間その体格が比較的良好なる者を第一乙種とし、之に亜ぐ者を第二乙種、更に之に亜ぐ者を第三乙種とする」とある。一九四〇年一月から改正された規則によって、従来であれば第二乙より劣る者は丙種として徴兵免除であったが、乙種合格として繰り上げられた。

二〇頁　今《こん》さん　小説家の今官一《かんいち》（一九〇九〜八三）がモデル。太宰とは同郷で、同人雑誌「海《かい》豹《ひょう》」（一九三三年三月〜一一月）以降、生涯親しい友人であった。第一作品集の表題作になった「海鷗《かいおう》の章」（「作品」一九三五年一二月）を、太宰は随想「もの思う葦」で高く評価している。一九五六年、直木賞を受賞。

二一頁　珍しく四ペエジ　一九四一年一二月九日付の夕刊（当時の夕刊には翌日の日付が記載されていた）。戦時下の物資不足で用紙が不足し、「朝日新聞」は一九四〇年七月七日から朝刊六頁、夕刊二頁の計八頁を基本にした。一〇月三一日から朝刊も四頁になっていた。

二一頁　ぶんまわし　コンパス。円を描くための文房具。

二二頁　燈火管制　夜間、空襲などに備えて、消灯や遮光をすること。一九四一年一二月八日午後五時に、警視庁告示によって、東京府一円で灯火の光が漏れないように規制された。

二二頁　我が大君に召されえたあるう　「出征兵士を送る歌」（生田大三郎作詞、林伊佐緒作曲）の冒頭。一九三九年、大日本雄弁会講談社が陸軍省の後援を受けて「支那事変満二周年を記念」して募集し、応募総数一二万八五九二篇の中から一等当選した。「わが大君に召されたる／生命光栄ある　朝ぼらけ／讃《たた》えて送る　一億の／歓呼は高く　天を衝《つ》く／いざ征

け　つわもの　日本男児！」と続く。

水仙（「改造」一九四二〈昭和一七〉年五月）

二四頁「忠直卿行状記《ただなおきょうぎょうじょうき》」　菊池寛（三〇一頁「菊池寛」の項参照、以下同）が「中央公論」一九一八年九月号に発表した小説。若く自尊心の高い大名が、家来の噂話を偶然耳にしたことをきっかけに、自分の実力を信じられなくなり、横暴な暗君となっていく過程が描かれる。太宰が中学三年のときに発表した「地図」（「蜃気楼」一九二五年一二月）にも、この小説の影響が認められる。

二六頁　東京帝国大学　現在の東京大学の主たる前身。帝国大学は、戦前にあった旧制の国立総合大学。一八七七年に創設された東京大学が、八六年に公布された帝国大学令に基づいて帝国大学となり、一八九七年に京都帝国大学の創設に伴って、東京帝国大学と改称した。

二八頁　ドガの競馬の画　エドガー・ドガ（一八三四〜一九一七）はフランスの画家。印象派の巨匠として知られる。競馬場を描いた作品を多く残した。

二九頁　高等学校　戦前の旧制高等学校。旧制中学（五年制）の四年を修了すると入学資格があった。多くは三年制。大半の学生は帝国大学に進学した。現在の大学の教養課程にあたる。

三二頁　井《い》の頭《かしら》公園　井の頭恩賜《おんし》公園。一九一七年五月一日、東京府北多摩郡武蔵野町（当時）

に、日本で最初の郊外公園として開園。当時の面積は七万二六〇〇坪。中央に大きな池があり、ボートを漕ぐこともできる（本書後掲の「花火」参照）。西側には御殿山と呼ばれる丘が連なり、雑木林がある。太宰は随筆「貪婪禍《どんらんか》」（「京都帝国大学新聞」一九四〇年八月五日）で、「私の住居は東京の、井の頭公園の裏にある」と説明し、「日曜毎《ごと》に、沢山のハイキングの客が、興奮して、あの辺を歩き廻っている」さまを描いている。

三四頁　五千円　物によって価格の上昇率は変わるため、単純な比較は困難であるが、中等の白米一〇キロが一九三七年では約二円六五銭だったのが、二〇二五年現在は約四五〇〇円。同年の公務員の初任給が七五円で、現在が約一八万五〇〇〇円。そのため約二〇〇〇倍とすると、当時の五〇〇〇円は現在の一〇〇〇万円に相当することになる。

三五頁　菜葉《なっぱ》服《ふく》　主に労働者が着る作業用の服。太宰の小説「彼は昔の彼ならず」（「世紀」一九三四年一〇月）の語り手である大家は、以前の店子の一人である技師を「服装に無頓着な男で、いつも青い菜葉服を着ていて、しかもよい市民であったようである」と語っている。

待つ（『女性』博文館、一九四二〈昭和一七〉年六月）

四七頁　省線《しょうせん》　日本政府が運営した鉄道路線。今のＪＲの母体である国鉄（日本国有鉄道）の前身。作品が発表された当時は、鉄道省の管理に属した。

花火（「文藝」一九四二〈昭和一七〉年一〇月、『薄明』新紀元社、一九四六〈昭和二一〉年一一月）

五一頁　花火　もともと「文藝」に「花火」として発表されたが、雑誌が発行された後、全文が削除された（詳細は二九六頁「全文削除」の項参照）。一九四六年に「日の出前」と改題されて単行本『薄明』に収録された。

五一頁　昭和のはじめ…　一九三五年一一月に東京本郷区の医師の家で、大学生の息子が殺され、現金を奪われた事件が起こった。当初は強盗殺人かと思われたが、捜査の結果、犯行は肉親の父・母・妹が保険金目的で行ったことがわかり、「日大生殺し」事件として新聞等のマスメディアで大々的に報道された。後には妹の手記も公開された。

五一頁　ルノアル　ピエール＝オーギュスト・ルノアール（一八四一〜一九一九）。フランスの画家。印象派を代表する存在。

五三頁　チベット　ヒマラヤ山脈の北、崑崙《こんろん》山脈の南にあるチベット高原を中心とする地域。一九〇一年、仏教の源流を求めて、日本人として初めてチベットの都ラサに入った僧、河《かわ》口慧《ぐちえ》海《かい》（一八六六〜一九四五）が有名。河口には『西蔵旅行記』上下巻（博文館、一九〇四年）などの著作がある。

二五三頁　牢固《ろうこ》として抜くべからざる　固くしっかりとして動かせない、ゆるぎない様子を表す。

二五四頁　十万億土《じゅうまんおくど》　この世から極楽浄土《ごくらくじょうど》に至るまでにあるという無数の仏土。

二五四頁　風馬牛《ふうばぎゅう》　自分とは関係がないこと。あるいは、無関係であるような態度をとること。

二五七頁　タップ・ダンス　つま先や踵《かかと》を使って床をたたくリズムに合わせて踊るモダンダンス。一九三〇年代に、軽演劇やレビューなどの舞台で流行した。

二五八頁　矢絣《やがすり》の銘仙《めいせん》　矢羽根を図案化した、幾何学模様のような柄《がら》の、平織《ひらお》りの絹織物。銘仙は安価かつ丈夫で、華やかな色や柄が工夫されており、大正から昭和にかけて、女性の実用的な和服として全国的に流行した。

二五九頁　うたはトチチリチン　歌劇「ボッカチオ」の中で歌われた唄。浅草オペラの舞台から世間に広まった、榎本健一が歌った「ベアトリ姉ちゃん」(作詞は小林愛雄・清水金太郎)の一節。「ベアトリ姉ちゃん　まだねんねかい／鼻からちょうちん出して／ベアトリ姉ちゃん　なに言ってるの／むにゃむにゃ寝ごとなんか言って／歌はトチチリチン　トチチリチンツン／歌はトチチリチン／トチチリチンツン／こだまするまでは」と続く。

二六〇頁　予科　旧制大学において、学部に入学する前の学生に二～三年、前段階となる教育を行った課程。

二六〇頁　勅撰議員《ちょくせんぎいん》　明治憲法下において、満三〇歳以上の男子で国家に勲功がある者、もしくは学識のある者の中から勅任された貴族院議員。官僚経験者、司法関係者、軍人、学者などが、基本的に内閣によって推薦された。

六〇頁　**チルチル**　モーリス・メーテルリンク（一八六二〜一九四九）の戯曲「青い鳥」に登場する少年。妖婆に頼まれて、妹のミチルと共に幸福の青い鳥を探しに行く。チルチルは、妖婆からもらった帽子に付いたダイヤモンドを回すことで、不思議な世界を見られる。

六二頁　**T大学の夜間部**　夕方以降に授業が開かれる課程。当時の私立大学には夜間部（第二部）を持つものが多くあった。イニシャル「T」のものとしては拓殖大学専門部、東洋大学専門部第二部などがあった。

六三頁　**マルキシスト**　マルクス主義を信奉し、労働者階級の解放運動に従事する人。

六四頁　**ダンケ**　Danke（ドイツ語）。ありがとうの意。

六五頁　**ピタゴラスの定理**　三平方の定理。直角三角形において、直角を挟む二辺をそれぞれaとb、斜辺の長さをcとしたとき、aの二乗とbの二乗との和はcの二乗に等しくなる。そのため三辺の長さの内の二つがわかれば、残りの一辺の長さもわかる。現在では、この定理の発見者はピタゴラスではないという説が有力である。

六五頁　**本牧《ほんもく》**　横浜市中区南東部の地名。当時は国際的な歓楽街があった。太宰の作品では、「狂言の神」（「東陽」一九三六年一〇月）にも登場する。

六六頁　**始末のわるい病気**　ここでは性感染症のこと。

七三頁　**杯盤狼藉《はいばんろうぜき》**　酒宴が済んだ後に、杯や皿などの食器が席上に散乱している様子。

七三頁　メッチェン　Mädchen(ドイツ語)。女の子の意。

七五頁　昔コイシイ銀座ノ柳イ　一九二九年に公開された映画「東京行進曲」の同名の主題歌として大ヒットした歌の冒頭。作詞は西条八十《やそ》。

七六頁　コールタール　coal tar(英語)。石炭を強く加熱することで得られる、黒または茶褐色で油状の液体。腐食を防ぐための塗料など、さまざまな用途がある。

七六頁　騎虎《きこ》の勢い　虎に乗った者は簡単には降りられないことから、物事に取り掛かった以上、途中でやめるわけにはいかなくなること。

七六頁　トトサン、御無事デ、エエ、マタア、カカサンモ　明治大正期の流行歌「どんどん節」の一節。「駕籠《かご》で行くのは　お軽じゃないか／私しゃ売られて行くわいな／父さんご無事でまた母さんも／お前もお無事で折々の／便り聞いたり聞かせたり／ドンドン」と続く。太宰は短篇「酒の追憶」(「地上」一九四八年一月)でもこの歌を引用している。

七六頁　七度《ななたび》の七十倍　新約聖書の「マタイによる福音書」一八章二一節にあるイエスの言葉。人の罪を何回許してやればよいのかと問うた弟子のペテロに対する、イエスの答え。

七八頁　無辜《むこ》　罪がないこと。あるいは、罪のない人。

七八頁　眼を挙げて答えた　旧約聖書詩篇一二一篇一、二節「われ山にむかいて目をあぐ、わが扶助《たすけ》はいずこよりきたるや　わがたすけは天地《あめつち》をつくりたまえるエホバよりきたる」(文語訳)を踏まえた表現。

故郷（「新潮」一九四三〈昭和一八〉年一月）

八〇頁　**十年振りで故郷を見た**　一九四二年一〇月二〇日、北芳四郎《きたよししろう》と中畑慶吉《なかはたけいきち》（後述）が三鷹の太宰の家を訪れ、母夕子《たね》重態のため、妻子を伴って帰郷することを勧めた。太宰の妻、津島美知子は「初めて金木に行ったとき」（『回想の太宰治』所収）で、このときの様子を妻の立場からつづっている。

八〇頁　**「帰去来《ききょらい》」**　本書後掲の「帰去来」は「八雲」第二輯に掲載された。この第二輯の附録である「八雲雑記」に掲載された川端康成「編輯記その二」には、「この輯は編輯を始めてから発行を見るまでにまる一年かかっている。正宗《まさむね》さんやその他の方の原稿をいただいたのも、去年の夏であった」と記されている。つまり、雑誌の発行が遅延したために、「帰去来」の後日談である「故郷」が先に発表されたのである。

八〇頁　**北さんと中畑さん**　北芳四郎（一八九一～一九七五）と中畑慶吉（一八九五～一九七五）がモデル。北は佐賀県出身で、一九一五年から東京で洋服裁縫業を営んでいた。中畑は青森県五所川原《ごしょがわら》の呉服商であった。二人は太宰の父の代から津島家に出入りし、厚い信頼を寄せられ、津島家から太宰の後見人を委任されたような立場で、心中事件の後始末、入院、結婚など、さまざまな局面において実務的なサポートを行った。

八〇頁　長兄　津島文治《ぶんじ》(一八九八〜一九七三)がモデル。文治は早稲田大学卒。父源右衛門(一八七一〜一九二三)の死後、津島家の家長となる。政治家として金木町長、青森県議会議員、衆議院議員、参議院議員、青森県知事などを歴任した。太宰の作品にはしばしば文治をモデルとした人物が登場する。本書に収録された「庭」の他に「一燈」(「文芸世紀」一九四〇年一〇月)、『津軽』(小山書店、一九四四年)などがある。自伝的な短篇「兄たち」(「婦人画報」一九四〇年一月)で「長兄は、二十五歳で町長さんになり、少し政治の実際を練習して、それから三十一歳で、県会議員になりました。全国で一ばん若年の県会議員だったそうで、新聞には、A県の近衛公《このえこう》とされて、漫画なども出てたいへん人気がありました」としつつ、戯曲にも関心を持っていた人物として描かれている。

八〇頁　次兄の英治さん　津島英治《えいじ》(一九〇一〜七〇)がモデル。東京の商業学校を卒業後、金木銀行、第五十九銀行金木支店、青森銀行金木支店などに勤務。のちに金木町長も務める。太宰は「兄たち」で「次兄は、酒にも強く、親分気質の豪快な心を持っていて、けれども、決して酒に負けず、いつでも長兄の相談相手になって」いたとしている。

八五頁　蕩児《とうじ》の帰宅　新約聖書「ルカによる福音書」一五章一一〜三二節で語られている話。父と二人の息子がいた。弟は父に頼んで財産を分与してもらい、遠い国へ行く。しかし放蕩して財産を使い果たした。困窮した弟は悔い改め、父のもとへ帰る。父は息子を迎え入れ、祝宴を開く。兄は父の対応に不満を抱く。父は兄に、弟が生きて見つかったことを喜ぶべきだと教える。

八六頁　岩木山　青森県西部、津軽平野の南西部にある円錐形の火山。標高一六二五メートル。太宰は『津軽』でも岩木山をたびたび取りあげ、さまざまな場所から見える印象の違いについて触れている。

八七頁　梅川忠兵衛　近松門左衛門作の浄瑠璃《じょうるり》「冥途《めいど》の飛脚《ひきゃく》」の通称。大坂の飛脚問屋の養子である忠兵衛は、遊女の梅川と深い仲になる。やがて金に困った忠兵衛は、梅川を身請けするため、公金に手をつけ、梅川と共に故郷の大和新口村《やまとにのくちむら》に逃げるが、捕らえられる。

九三頁　検束《けんそく》　救護を要する者や公安を害する者に対して、身体の自由を拘束し、警察署などに引き連れ、一時的に留置すること。

帰去来（「八雲」一九四三〈昭和一八〉年六月）

一〇三頁　北さんと中畑さん　二七二頁の同項参照。

一〇五頁　或《あ》る女の人　小山初代《おやまはつよ》（一九一二～四四）のこと。元は青森市の芸妓であったが出奔し、一九三一年から太宰と所帯を持った。一九三七年に離別。

一〇五頁「虚構の春」「文学界」一九三六年七月号に発表された小説。「太宰治」宛に届いた一か月間のさまざまな手紙の引用によって構成される。

一〇五頁　塩引《しおびき》　塩漬けにして乾燥させた、鮭などの魚のこと。

一〇六頁　貴族院議員、勲二等の御家柄　太宰の父・源右衛門は一九二二年一二月に貴族院議員となる。しかし翌年三月に逝去。正四位勲四等に叙せられ、旭日章を贈られた。

一〇七頁　菊子姉上様　太宰が最も親しみ、成人後も支えを受け続けた三つ上の姉である四姉・きやう(一九〇六〜四五)がモデルと思われる。津島美知子は「成人後、太宰が著書を贈り、私信を交わしたのは、肉親中、京姉ひとりである。さんざん心配させられながらなお、この弟に、何か期待するものがあったのか、終始、見捨てず、蔭の力として支持してくれたのがこの姉である」と述べている。

一〇七頁　政岡《まさおか》　伊達騒動をモデルにした歌舞伎「伽羅先代萩《めいぼくせんだいはぎ》」の登場人物。わが子を犠牲にしてまで、幼い主君を悪人たちから守ろうとする。

一〇七頁　はじめての創作集　一九三六年六月に砂子屋書房から刊行された『晩年』を指す。

一〇七頁　上野の精養軒　不忍池《しのばずのいけ》畔にある洋食料理店。一九三六年七月一一日に『晩年』の出版記念会が行われた。

一〇九頁　富貴《ふうき》も淫する能《あた》わず　『孟子《もうし》』滕文公《とうぶんこう》章句下にある、立派な人物(大丈夫)の条件について語られた一節。富や地位などで誘惑されても、心を動かさないということ。

一一〇頁　その結婚式の日　一九三九年一月八日、東京杉並の井伏鱒二宅で結婚式が行われた。中畑慶吉、北芳四郎も同席した。

二四頁　十年前に、或る事件を起して　一九三〇年に、小山初代との結婚の際に分家除籍され、直後に鎌倉で心中事件を起こした太宰の体験がモデルになっている。

二五頁　柳生十兵衛《やぎゅうじゅうべえ》　江戸時代初期の剣術の達人。柳生宗矩《むねのり》の長男。講談などに虚構化され、隻眼《せきがん》の剣豪という設定で庶民に愛された。

二五頁　大久《おおく》保《ぼ》彦左《ひこざ》衛《え》門《もん》　一五六〇～一六三九。徳川三代に仕えた旗本。『三河物語』の著者。没後、将軍や大名にも物怖じせずに苦言を呈する「天下のご意見番」としてのイメージが作られ、講談などで流通した。ここでは講談「柳生二《やぎゅうに》蓋笠《かいがさ》」において彦左衛門が、酒色に溺れて父である柳生但馬守《たじまのかみ》に勘当された後、修行に励んだ柳生又十郎を、再び但馬守に引き合わせる役目を果たしたことを踏まえていると思われる。

二五頁　但馬守《たじまのかみ》　柳生但馬守宗矩（一五七一～一六四六）。江戸時代前期の大和柳生藩主。徳川秀忠に新陰流《しんかげりゅう》兵法を伝え、家光の兵法師範を務めた。剣術の達人として、講談などにしばしば登場し、「柳生二蓋笠」では勘当した息子を許す役目を演じる。

二六頁　癇癖《かんぺき》　ささいなことにも激しやすく、怒りっぽい性質。

二六頁　カフェ　大正末期から昭和初期にかけて流行した飲食店。現在のカフェとは業態が異なり、女給が酌《しゃく》をして洋酒を飲ませた。

三〇頁　ジョルジュ・シメノン　ジョルジュ・シムノン（一九〇三～八九）。ベルギー出身のフランス語作家。メグレ警部を登場させた推理小説で有名。堤重久「太宰治百選Ｉ」によれば、太宰は「なにもしたくない、なにもよみたくないといった退屈なときに」読んでいたらしい。堤は太宰との散歩中に、古書店でシムノンの『水門』という作品を買い与えられたことがあったという。

二三〇頁　プロレゴーメナ　ドイツの哲学者イマヌエル・カントによって一七八三年に刊行された著作。『純粋理性批判』に対する誤解を解くために、自らの主張を要約している。

二三〇頁「新ハムレット」という長編小説の書評　一九四一年八月一八日付「都新聞」に、井伏鱒二による「太宰治著　新ハムレット」という書評が掲載されている。

二三三頁　ガソリンカア　ガソリンを燃料にして動く気動車。一九三〇年代に盛んに用いられ、津軽鉄道でも使われていた。

作家の手帖　(「文庫」一九四三〈昭和一八〉年一〇月)

二三一頁　私は上州《じょうしゅう》の谷川温泉へ行き　太宰は一九三六年八月七日、パビナール中毒と肺病とを癒すために、群馬県の谷川温泉に行き、同県利根郡水上村《みなかみむら》の川久保屋に投宿した。短篇「俗天使」(「新潮」一九四〇年一月)でも「五年まえに盲腸を病んで腹膜へも膿《うみ》がひろがり、手術が少しややこしく、その折に用いた薬品が癖になって、中毒症状を起してしまい、それをなおそうと思って、水上温泉に行」ったことが語られている。

一三五頁　曲馬団《きょくばだん》　馬に乗って曲芸をしたり、軽業をしたり、動物に芸をさせたりする見世物興行。明治期以降、アメリカのリズリー・サーカス、フランスのスリエ、イタリアのチャリネ、イギリスのアームストンなどの曲馬団が来日して人気を博し、国内にも多くの団体が生まれ、全国各地を巡業した。昭和期以降、サーカスという呼称が普及した。太宰は短篇「逆行」（「文芸」一九三五年二月）に収められた「くろんぼ」でも、村にやってきた「日本チャリネ」のテントを覗きこむ少年を描いている。

一三六頁　産業戦士　総力戦体制下において、国家に役立つために工場などで献身的に生産に励むことが期待された職工などの労働者の呼称。

散華　（「新若人」一九四四〈昭和一九〉年三月）

一四三頁　玉砕《ぎょくさい》　玉のように美しく砕け散ること。一九四三年五月三〇日に、アッツ島（後述）守備隊が「全員玉砕」したことが大本営によって発表された。翌三一日以降、新聞や雑誌でも大々的に報じられる。以後「玉砕」は敗戦まで、戦場における一つの理想の死をあらわす言葉として、メディアで頻繁に使用されるようになった。

一四三頁　三井君　不詳。近年の研究では、太宰の創作である可能性が指摘されている。

一四三頁　三田君　三田《みた》循司《じゅんじ》（一九一七〜四三）。一九四〇年一二月一三日、友人の戸《と》石泰一《いしたいいち》（後

述)と共に、初めて太宰を訪問した。当時、東京帝国大学文学部国文科在籍。一九四一年一二月、繰り上げ卒業。翌年二月に徴兵される。のちにアッツ島で玉砕。

一四五頁　戸石君　戸石泰一(一九一九～七八)。三田と共に、東京帝国大学文学部国文科在籍時の一九四〇年一二月一三日、太宰を訪問。戦後は八雲書店から刊行された『太宰治全集』の編集に携わる。のち都立高校の教員として勤務し、東京都高等学校教職員組合でも活動。作家として日本民主主義文学同盟に所属し、「別離――わたしの太宰治」(『青い波がくずれる』東邦出版社、一九七二年、所収)などの小説も書いた。太宰が戦後に書いた短篇「未帰還の友に」(「潮流」一九四六年五月)の主人公のモデルにもなっている。

一四六頁　第二高等学校　旧制高等学校の一つ。一八八七年に設置された第二高等中学校が前身。一八九四年にこの名称になる。戦後、東北大学と合併する。

一四六頁　ロマンチシズム、新体制　ここでの「新体制」は、一九四〇年七月に組閣した第二次近衛文麿《このえふみまろ》内閣が、総力戦体制を作り上げていくために起こした運動を指す。同年一〇月、大政翼賛会《たいせいよくさんかい》が発足。メディアでも「新体制」という言葉が扇情的に使われた。文壇でも、政治において国家が理想を掲げているように、文学にも理想を掲げるべきだとする声があがった。そのように政治と文学とが結びつけられる際に、しばしば使われた語が「ロマンチシズム」であった。たとえば「新潮」一九四〇年九月号には「新政治体制とロマンチシズム」という文章が掲載されている。太宰も短篇「清貧譚」(「新潮」一九四一年一月)の冒頭で「私の新体制も、ロマンチシズムの発掘以外には無いようだ」と述べている。

一四六頁 **尺《しゃく》** かつて日本で一般に使われていた長さの単位。一尺は約三〇・三センチメートル。

一四六頁 **八寸五分** 約二五・八センチメートル。寸も分も、かつて日本で一般に使われていた長さの単位。一寸は三・〇三センチメートル。一分はその十分の一。

一四八頁 **春風駘蕩《しゅんぷうたいとう》** ゆったりとして余裕のある、温和な人の態度や性格。

一五〇頁 **山岸さん** 山岸外史《やまぎしがいし》(一九〇四〜七七)。評論家、詩人。太宰とは一九三四年初秋、同人雑誌「青い花」創刊の相談で知り合う。以後、特に戦前に深く親交を結んだ。回想記に『人間太宰治』(筑摩書房、一九六二年)、『太宰治おぼえがき』(審美社、一九六三年)がある。

一五二頁 **推頌《すいしょう》** 人を推し勧め、褒めたたえること。

一五五頁 **アッツ島** アメリカのアラスカ州、アリューシャン列島にある島。一九四二年六月七日以来、日本軍が占領していたが、アメリカ軍が奪還を試み、四三年五月二九日夜半、日本の守備隊約二六〇〇人が全滅した。

一五六頁 **田五作《たごさく》** 農夫や田舎者をいやしんでいう言葉。

一五七頁 **キリストの復活を最後まで信じなかったトマス** 新約聖書の「ヨハネによる福音書」二〇章二五節にある話に基づく。トマスはキリスト十二弟子の一人。イエスの復活を疑ったことで、「疑い深きトマス」として知られる。

一六〇頁 **八月の末であったか…** 一九四三年八月二九日付「朝日新聞」第二面に「永久に薫る

アッツの雄魂」として原隊発表の戦死者の氏名が掲載されており、三田の名前も見える。

雪の夜の話（「少女の友」一九四四〈昭和一九〉年五月）

一六三頁　モンペ　胴回りと足首を絞った、ズボン型の作業着。動きやすい女性の労働着として一九三〇年代から広まり、戦時下にいたって奨励されるようになる。一九四二年からは婦人標準服として半ば強制され、大半の女性が日常着とするようになった。

一六六頁　短いロマンス　眼の網膜に映像や記憶が残り続けるという逸話を、太宰はしばしば小説や随想に用いている。「女人訓戒」（「作品倶楽部」一九四〇年一月）や「惜別」（二九九頁「惜別」の項参照）、「一つの約束」（発表時期未詳）などである。太宰が読んでいたかどうか定かではないが、死者の網膜残像を扱った作品には、小《こ》酒井《さかい》不《ふ》木《ぼく》「網膜現象」（「キング」一九二九年四月）などが先行研究で指摘されている。また、一家団欒を乱すことをためらったために波にさらわれる話として、片岡鉄兵「幽霊船」（「文藝時代」一九二四年一一月）が、やはり先行研究で指摘されている。

一六八頁　孫次《まごじ》郎《ろう》　若い女をかたどった能面の一つ。室町時代末期に活躍した金剛孫次郎が、若くして亡くなった妻の面影をしのんで打ったと伝えられる。孫次郎のような美しい能面を妊婦に見せる風習については、金剛巌『能と能面』（弘文堂書房、一九四〇年）に言及がある。太宰は一九四一年三月三日山岸外史宛書簡で、同書を借りて読んだことに触れている。

一六八頁　雪の小面《こおもて》　能面の一つ。面打ちの巨匠石川龍右衛門《たつえもん》重政の作った雪・月・花の面の一つ。豊臣秀吉が愛蔵したと伝えられる。それ自体には何の表情も彫られていないにもかかわらず、見る人によってさまざまな感情を表すと言われる。「孫次郎」と同様に、前掲『能と能面』で触れられており、写真も掲載されている。

一六八頁　猿面冠者　猿の顔に似た若者。太宰には「猿面冠者」（「鷭《ばん》」一九三四年七月）というタイトルの短篇がある。

竹青（「文芸」一九四五〈昭和二〇〉年四月）

一七三頁　聊斎志異《りょうさいしい》　中国の清の時代に、蒲松齢《ほしょうれい》（一六四〇〜一七一五）によって作られた短篇小説集。「竹青」はその一篇。太宰は田中貢太郎訳・公田連太郎註、蒲松齢『聊斎志異』（北隆堂書店、一九二九年）を参考にして書いた。太宰はこれ以前に、『聊斎志異』の「黄英」を元に「清貧譚」という作品も書いている。

一七三頁　湖南《こなん》　中国中南部の地域。揚子江《ようすこう》中流に位置し、洞庭湖《どうていこ》の南に広がる。

一七三頁　書生　学業を修めつつある者。

一七三頁　書を好むこと色を好むが如《ごと》し　『論語』子罕篇《しかんへん》にある孔子の言葉「吾未だ徳を好むこ

と色を好むが如き者を見ざる也」(私はまだ、美人を好きになるほど道徳を好きになっている人を見たことがない)をもじった表現。

一七三頁　大学の道は至善《しぜん》に止るに在り　『大学』経《けい》一章にある「大学の道は、明徳を明《あきら》かにするに在り、民を親《あら》たにするに在り、至善に止るに在り」(大人が学問をするやり方は、学問の力によって本来の明徳を明らかにし、人々に広め、至善ともいうべき境地をよく守ることにある)に拠る。

一七三頁　馬嘶《いななき》て白日暮れ、剣鳴て秋気来る　唐詩選の詩人の一人である呂温《りょおん》(七七二～八一一)の「鞏路感懐《きょうろ》」の冒頭の一節。「我が心渺《びょう》として際無し／河上空しく徘徊す」と続く。「渺」は水面が大きく広がり、遠くがかすんでいるさま。

一七三頁　三十、而立《じりつ》の秋　『論語』為政篇にある「吾十有五にして学に志す。三十にして立つ」(私は十五の年に学問を志し、三十の年に自覚を得た)に拠る。

一七三頁　郷試《きょうし》　古代中国の官吏登用試験である、科挙における試験段階の一つ。各省ごとに、三年に一回行われた。

一七四頁　呉王廟《ごおうびょう》　三国時代、呉の孫権《そんけん》に仕えた勇将・甘寧《かんねい》を祀った廟。

一七四頁　其《そ》の独りを慎んで　『大学』伝六章にある「君子は必ず其の独りを慎む也」(君子は自分しか見ていないところでも、行いをつつしむものだ)に基づく。

一七四頁　学んで而して時に之《これ》を習っても…　『論語』学而篇《がくじへん》にある「学びて時に之を習う、亦《ま》た説《よろこ》ばしからずや。朋《とも》有り遠方自《よ》り来る、亦た楽しからずや」をもじった表現。太宰の長篇『正義と微笑』(錦城出版社、一九四二年)には、主人公が高等学校に進学し、「漢文の講義」で「「友あり遠方より来る。また楽しからずや」という一句の解釈だけに一時間たっぷりかかった」ことに感心する場面がある。

一七四頁　舟子《かこ》　船頭や水夫。

一七六頁　君子《くんし》蕩々《とうとう》　『論語』述而篇《じゅつじへん》にある「君子は坦《たん》として蕩蕩《とうとう》たり」(すぐれた人物は平穏で、のびやかである)に拠る。

一七六頁　一揖《いちゆう》　軽く礼をすること。

一七八頁　嫋々《じょうじょう》　風がやわらかく吹く様子。

一七八頁　岳陽《がくよう》の甍《いらか》　洞庭湖の北東岸に建つ岳陽楼の屋根の瓦。岳陽楼は江南の三大名楼の一つ。多くの詩人たちの作品によっても有名。太宰が参考にした『世界地理風俗大系　第三巻　支那篇下』(新光社、一九三〇年)二二三頁でも「岳陽楼は白楽天、杜甫の巨筆によって世に知られる。楼は岳州府城の西門上にあり、洞庭の眺望極めて絶佳」と記されている。

一七八頁　君山《くんざん》…湘君《しょうくん》の俤《おもかげ》をしのばしめ　太宰が参考にした『世界地理風俗大系　第三巻　支那篇下』二二四頁に、「君山」の写真説明として「洞庭の口明湖玉鏡を開くところ可憐一点の緑黛を描く」と書かれ、李白の詩の「知らず何れの時にか湘君を弔わん」という一節が引用されていることを踏まえている。湘君は古代中国の天帝と伝えられる舜の妃の一人で、舜の没後、湘江に身を投げて水神となったとされる。

一七八頁 **檣《しょう》**　帆をかける柱。マスト。

一八〇頁 **人間万事《にんげんばんじ》塞翁《さいおう》の馬**　人間の幸不幸はその時々に結論を出せるものではないので、一喜一憂するには当たらないということ。『淮南子《えなんじ》』の「人間訓《じんかん》」の故事による格言。

一八〇頁 **飜覆《ほんぷく》**　ひっくり返ること。

一八一頁 **貧して怨無きは難し**　『論語』憲問篇にある言葉。貧しい生活をしながら誰も恨まないことは難しいが、裕福になっても増長しないようにすることはやさしいということ。

一八一頁 **朝に竹青の声を聞かば…**　『論語』里仁篇《りじんへん》にある「朝《あした》に道を聞かば夕べに死すとも可なり」（人として行うべき正しい道理を悟るならば、その日のうちに死んでも思い残すところはない）をもじった表現。

一八一頁 **伯夷《はくい》叔斉《しゅくせい》は旧悪を念《おも》わず…**　『論語』公冶長篇《こうやちょうへん》にある孔子の言葉「伯夷叔斉は旧悪を念《おも》わず、怨《うら》み是《これ》を以て希《まれ》なり」（伯夷、叔斉は、旧悪にこだわらないので、人々からも恨まれることはなかった）を踏まえた表現。

一八二頁 **かの屈原《くつげん》も衆人皆酔い…**　戦国時代、楚《そ》の政治家・詩人であった屈原の辞賦の一つである「漁夫」の中の一節の引用。

一八三頁 **平沙《へいさ》**　平坦で広大な砂原。

一八三頁 **明眸皓歯《めいぼうこうし》**　明るく澄んだ瞳と白く整った歯。美人の形容。

一八四頁　**漢陽《かんよう》**　中国中部、湖北省武漢の西部、漢水と長江とが合流する場所に位置する要衝。

一八四頁　**人間到るところに青山《せいざん》がある**　幕末の志士・村松文三（一八二八～七四）の七言絶句「題壁」の結「人間到処有青山」に拠る。人の世のどこで死んでも、骨を埋める場所はあるということ。

一八五頁　**父母在《いま》せば遠く遊ばず…**　『論語』里仁篇にある孔子の言葉。父母の存命中は、遠方に旅行はしない。やむを得ない場合は、必ず行先を定め、父母に知らせておくべきものだということ。

一八五頁　**郷原は徳の賊《ぞく》なり**　『論語』陽貨篇にある孔子の言葉。その土地で誰からも謹厚な人だと言われている人は、実際にはただ人に迎合するような手合であり、かえって徳を損なう者だということ。

一八五頁　**逝者《ゆくもの》は斯《かく》の如《ごと》き夫《かな》、昼夜を舎《す》てず**　『論語』子罕篇にある孔子の言葉。時が過ぎ去るのは、水の昼夜休みなく流れ去って再び帰らぬようなものであるかということ。

一八六頁　**芳草萋々《ほうそうせいせい》たり鸚鵡《おうむ》の洲**　唐代の詩人崔顥《さいこう》の七言律詩「黄鶴楼」の「芳草萋萋たり　鸚鵡洲」に拠った表現。草木が青々と茂っている様子。

一八六頁　**蜿蜒《えんえん》**　龍や蛇などがうねり行くさま。うねうねと屈曲して続く様子。

一八六頁　**東洋のヴェニス**　中国蘇州を指す。町中に運河が流れる水の都であるために、イタリアのヴェニスにたとえられた。

一八七頁　**楼舎《ろうしゃ》**　二階建ての建物。

一八七頁　**君子の道は闇然《あんぜん》たり**　『中庸』第三三章「君子の道は、闇然として日に章《あき》らかに、小人の道は、的然として日に亡《ほろ》ぶ」(君子の道は、表面的には目立たないが日に日に真価が明らかになっていく。小人の道は目立つが、日に日に実態が露わになっていく)に拠る。

一八七頁　**隠《いん》に素《むか》いて怪を行う**　『中庸』第一一章で批判されている「隠を素《もと》め怪を行う」(人の知らないことを知りたいと思い、人の出来ないことをやろうとする)に拠る。

一八八頁　**惻隠《そくいん》の心**　同情し、あわれむ気持ち。いたましく、かわいそうに感じること。

一八九頁　**倦厭《けんえん》**　あきてしまい、いやになること。

庭　(「新小説」一九四六〈昭和二一〉年一月)

一九三頁　**東京の家は爆弾でこわされ…**　太宰は一九四五年四月二日未明の三鷹への空襲で被災。甲府の妻の実家である石原家に疎開した。しかし石原家も七月六日深夜から七日未明にかけての空襲で全焼。同月二八日に甲府を出発し、三一日に津軽の生家にたどり着いた。

一九四頁　**艦載機《かんさいき》**　軍艦に積載され、艦上で発着する航空機。

一九四頁　**あの、ラジオの御放送**　一九四五年八月一五日正午に放送された、ポツダム宣言受諾を告げる、いわゆる玉音放送。美知子夫人は『回想の太宰治』で「太宰はただ「ばかばかしい」を連発していた」と記している。

一九五頁　**利休《りきゅう》**　千利休(一五二二〜九一)。茶人。茶聖と称された。豊臣秀吉(太閤)に仕えるが、後に切腹を命じられた。

一九五頁　**柚子味噌《ゆずみそ》の話**　一七〇一年、久須見疎安《くすみそあん》(一六三六〜一七二八)が義父である藤村庸軒《ようけん》からの聞き書きをまとめた逸話集『茶話指月集《ちゃわしげつしゅう》』に収録された話。急に思い立って茶の友人を訪ねた利休は、庭の柚子を使った柚子味噌でもてなしてもらい、その侘びの心に感心する。しかし、後にそれは利休が来るという情報を事前につかんだ上で準備されていた対応だったと知り、興ざめする。

一九八頁　**新内《しんない》**　浄瑠璃の一流派である新内節。劇場ではなく、主に宴席での座敷芸、あるいは流しの大道芸として披露された。駆け落ちや情死などの悲恋を主な題材とし、哀感を誘う独特の語りが愛好され、庶民の間で親しまれた。

一九八頁　**富士太夫《ふじたゆう》**　新内節の語り手、富士松加賀太夫《ふじまつかがたゆう》。江戸時代から九世代続いた。ここでは一九三四年に襲名した九代(一八八九〜一九七二)。

一九八頁　**明烏《あけがらす》と累《かさね》 身売りの段**　新内節の演目である「明烏夢淡雪《あけがらすゆめのあわゆき》」と「累《かさね》」のこと。前者は吉原の遊女である浦里《うらざと》と春日屋時次郎《かすがやときじろう》とが恋に落ちた後、引き裂かれそうになる物語。「累」は夫の罪の祟りで醜くなってしまった累の物語。「身売りの段」では、夫のために吉原に身を売ろうとした累が、自分が美しさを失ったことに気づかされる。

一九八頁　後正夢《のちのまさゆめ》と蘭蝶《らんちょう》　新内節の演目の名前。「後正夢」は、「明烏後正夢」で、「明烏夢泡雪」の後日譚。「蘭蝶」は芸人市川屋蘭蝶の情死を描いた「若木仇名草《わかきのあだなぐさ》」のこと。太宰の小説「思い出」（二九一頁「思い出」の項参照）には、夜、兄の部屋から漏れ聞こえてきた音楽が知りたくて、レコードを漁り「前夜、私を眠らせぬほど興奮させたそのレコオドは、蘭蝶だった」と知る場面がある。

一九九頁　荷風《かふう》と潤一郎《じゅんいちろう》　永井荷風（一八七九〜一九五九）と谷崎潤一郎（一八八六〜一九六五）。共に明治時代から活躍した「耽美派」の作家として知られる。戦時下に表だった活動をほとんどせず、独自に執筆を続け、戦後に活躍する点でも共通している。なお、「兄たち」では、次兄が「谷崎潤一郎の初期からの愛読者」だったとされている。

一九九頁　呉清源《ごせいげん》　一九一四〜二〇一四。昭和を代表する囲碁の棋士。中国福建省出身。太宰の一九四五年一一月二三日付井伏鱒二宛書簡に「先日、兄のところに碁打の呉清源というのが遊びに来て、二晩泊って帰りました。文治氏は、呉清源の随筆のファンなのです」という記述がある。呉の著作に『随筆』（砂子屋書房、一九四二年）がある。

貨幣　（「婦人朝日」一九四六〈昭和二一〉年二月）

二〇〇頁　百円紙幣　百円札は一八七二年から一九七四年まで、さまざまな種類が発行されている。ここでは一九三〇年一月一一日に発行され、四六年三月二日に廃止となった紙幣。表に聖徳太子と夢殿、裏に法隆寺が描かれていた。

二〇〇頁 旧式の紙幣は皆焼かれてしまう 一九四六年二月二五日から新円として、新たな百円札や十円札が発行された。旧円は、物価統制令が公布・施行された三月三日以降は使えなくなった。ただし新円紙幣の供給不足のため、一部の旧円紙幣には証紙が貼られて同年一〇月末まで使われた。太宰の短篇「トカトントン」(「群像」一九四七年一月)では、郵便局で働く青年が「円貨切り換えの大騒ぎ」の時期について、「あの頃は私たちは毎日早朝から預金の申告受附けだの、旧円の証紙張りだの、へとへとになっても休む事が出来」なかったと回想する部分がある。

二〇一頁 腹掛《はらが》けのどんぶり 腹掛けに付いている大きめのポケットのこと。

二〇二頁 闇屋 定められた販路や公式の価格によらず、内密に行う取引で稼ぐ商売。

二〇三頁 ブローカー 仲買人。売り手と買い手を見つけ、物品や権利などの売買を仲介し、手数料を受けとる。

二〇五頁 「ほまれ」という軍人専用の煙草《たばこ》 軍隊で支給された煙草「誉」。一九〇八年から発売され、一九一六年以降は軍隊専用になる。箱には軍旗がデザインされていた。

十五年間（「文化展望」一九四六〈昭和二一〉年四月）

二一頁　**着流《きなが》し**　男性の着物の着こなし方の一つ。羽織や袴を着用せずに、着物に帯を締めただけの装い。普段着や、日常的な外出着に用いられる。

二二頁　**「東京八景」**　「文学界」一九四一年一月号に発表された小説。太宰を思わせる「私」が上京以後の生活を回想する体裁の自伝的作品。

二二頁　**「魚服記」**　同人雑誌「海豹」一九三三年三月号に発表された小説。東北の山奥の炭焼き小屋で父と二人で暮らしていた娘が入水し、変貌する姿を描いた民話風の作品。

二二頁　**「思い出」**　「海豹」一九三三年四・六・七月号に一章ずつ発表された小説。幼少期から中学校時代の初恋までの時間が自伝風に描かれた作品。

二二頁　**「海豹《かいひょう》」という同人雑誌**　古谷綱武《ふるやつなたけ》、木山捷平《きやましょうへい》、今官一らが一九三三年に作った同人雑誌。一九三三年三月号から一一月号まで、全九冊発行された。太宰は、同じ青森県出身である今の推薦によって参加。

二三頁　**弘前《ひろさき》の高等学校**　一九二一年開校の官立弘前高等学校。太宰は一九二七年四月に入学し、三〇年三月に卒業した。

二三頁　**東京帝大の仏蘭西《フランス》文科**　太宰は一九三〇年四月に入学。三五年九月、授業料未納のため除籍。「東京八景」では「私は昭和五年に弘前の高等学校を卒業し、東京帝大の仏蘭西文科に入学した。仏蘭西語を一字も解し得なかったけれども、それでも仏蘭西文学の講義を聞きたかった。辰野隆《たつのゆたか》先生を、ぼんやり畏敬していた」と語られている。また、「逆行」には辰野隆を彷彿とさせる「日本一のフランス文学者」である「あから顔の教授」による試験を受ける場面が描かれている。

二三頁　鎌倉の事件　一九三五年三月、大学を落第し、都新聞社の入社試験にも失敗した太宰は、友人たちと別れ、作家の深田久弥を訪ねた後に失踪。複数の新聞でも報道され、話題になる。後に帰宅するが、その間に鎌倉で縊死をはかったとされる。友人の中村地平がこの出来事を「失踪」(「行動」一九三五年九月)という小説にしている。

二四頁　蟷螂《とうろう》の斧《おの》　「蟷螂が斧を以て隆車に向かう」の略。カマキリが前肢をふりあげて大きな車に立ち向かおうとするように、弱く小さな者が自分の力をわきまえずに強く大きな者に立ち向かうこと。

二五頁　井伏さん　井伏鱒二(一八九八〜一九九三)。小説家。一九二〇年代から九〇年代まで長きにわたって活躍した、昭和文学を代表する存在。太宰は終生師事し、結婚式の媒酌人になってもらうなど、私生活でも世話になった。

二六頁　いまの女房　津島美知子(一九一二〜九七)。旧姓石原。一九三三年から山梨県立都留高等女学校の教諭として勤める。一九三八年に太宰と見合いし、翌年一月に結婚。主著に

『回想の太宰治』がある。

二七頁　サロン　salon（フランス語）。フランスなどで貴族やブルジョアの婦人の客間で催された社交的集会。ここでは教養があることを自認する人々による社交的な集まりのこと。「斜陽」（「新潮」一九四七年七〜一〇月）に登場する直治の遺書には「所謂《いわゆる》上流サロンの鼻持ちならないお上品さ」を批判する部分がある。

二八頁　羽左衛門《うざえもん》　歌舞伎俳優の十五代目市村羽左衛門（一八七四〜一九四五）のこと。太宰は随想「男女川《みなのがわ》と羽左衛門」（「都新聞」一九四一年一月五日）で「羽左衛門の私生活なども書いてみたい」と述べている。また、短篇「フォスフォレッスセンス」（「日本小説」一九四七年七月）をはじめ複数の作品でも羽左衛門に言及している。

二九頁　おのれを愛するが如《ごと》く、汝《なんじ》の隣人を愛せよ　新約聖書の「マタイによる福音書」二二章三九節にある言葉に基づく。太宰は「惜別」（二九九頁「惜別」の項参照）や「冬の花火」（「展望」一九四六年六月）でも、この「隣人愛」を引用している。同時期に書かれた随想「返事の手紙」（「東西」一九四六年五月）で「汝等《なんじら》おのれを愛するが如く、汝の隣人を愛せよ。／これが私の最初のモットーであり、最後のモットーです」と述べている。晩年の随想「如是我聞《にょぜがもん》」（「新潮」一九四八年三・五〜七月）にも「私の苦悩の殆《ほとん》ど全部は、あのイエスという人の、「己れを愛するがごとく、汝の隣人を愛せ」という難題一つにかかっていると言ってもいいのである」という一文がある。

三〇頁　創作年表とでも…薄汚い手帳　太宰は雑誌や新聞から依頼された原稿について、その発行年月、ジャンル、分量(枚数)を『最新家計簿乙種』(秦東閣書房、一九三四年)に記入していた。引き受けて執筆した依頼の横には作品名を記し、断った依頼は線で消している。山内祥史編『太宰治全集』別巻(筑摩書房、一九九二年)に全頁の写真が掲載されている。

三〇頁　東京の兄　太宰の三兄・圭治《けいじ》(一九〇三～三〇)がモデル。圭治は東京美術学校の彫塑科に進学し、夢川利一の筆名で同人雑誌にも参加していた。太宰が井伏鱒二を知ったのも、圭治が実家に持ち帰った雑誌に、「幽閉」(後に改稿されて「山椒魚《さんしょううお》」となる)が掲載された「世紀」一九二三年七月号があったためである。「兄たち」の中でも圭治については特にくわしくその言動が描かれており、「性質はまじめな、たいへん厳格で律儀なものをさえ、どこかに隠し持っていましたが、それでも趣味として、むかしフランスに流行したとかいう粋紳士風、または鬼面毒笑風《ビュルレスク》を信奉している様子」であったとされている。

三一頁　ベックリン　アーノルド・ベックリン(一八二七～一九〇一)。画家。スイスのバーゼルに生まれ、イタリアのローマで修業。一九世紀後半のドイツで活躍。神秘的な神話の世界を多く描いた。

三二頁　アンデルセンの「あひるの子」　デンマークの作家ハンス・クリスチャン・アンデルセンが一八四三年に発表した童話「みにくいアヒルの子」。アヒルの群れの中で一羽だけ異なる姿をしていたことで醜いといじめられていたひな鳥は、成長して美しい白鳥になっていた自分を見出す。

三三頁 **「ダス・ゲマイネ」**　「文藝春秋」一九三五年一〇月号に発表された小説。失恋をした主人公は「太宰治」を含めた知人たちと同人雑誌を作ろうと画策する。

三四頁 **れいの階級闘争**　ここでは主に昭和初期に行われた労働運動を指す。貧しい労働者や農民が過酷な労働条件や低賃金の是正を訴えて資本家と争った。

三四頁 **曰く、フネノフネ。曰く、クロネコ。曰く、美人座**　いずれもカフェの名称。銀座にあった「船のクロネコ」は外観が遊覧船の船体の形をしていた。その二階と三階にレストランのフネノフネがあった。美人座は大阪から進出したカフェ。

三四頁 **満洲事変**　一九三一年九月一八日の柳条湖《りゅうじょうこ》事件に端を発した、日本の関東軍の満洲侵略戦争。翌年の満洲国建国につながった。

三四頁 **五・一五**　一九三二年五月一五日に起きたクーデター事件。海軍の青年将校たちが首相官邸などを襲撃し、総理大臣犬養毅《いぬかいつよし》を殺害した。事件の鎮圧後も首謀者たちの処分は重くなく、政党政治の時代が終わり、軍部が大きな力を握ることになった。

三四頁 **二・二六**　一九三六年二月二六日から二九日にかけて行われたクーデター事件。陸軍の皇道派将校たちが、約一五〇〇名の兵士を指揮して首相官邸・陸軍省・警視庁などを占拠し、大蔵大臣高橋是清《たかはしこれきよ》、内大臣斎藤実《さいとうまこと》、陸軍教育総監渡辺錠太郎《わたなべじょうたろう》らを殺害した。事件は鎮圧され、首謀者の青年将校たちと理論的指導者であった北一輝《きたいっき》は死刑となるが、この事件をきっかけに軍の政治への干渉がそれまで以上に強まった。

三三五頁　蔣介石《しょうかいせき》を相手にするのしないの　一九三八年の第一次近衛文麿内閣による「近衛声明」で、「帝国政府は爾後《じご》国民政府を対手《あいて》とせず」と宣言したことを指す。蔣介石を中心とする中華民国政府との対話を拒否したことで、和平交渉は困難になった。

三三五頁　点呼《てんこ》　簡閲点呼。旧日本陸海軍の予備役、後備役などの下士官や兵卒を二年に一回程度召集し、試問応答を介して、点検、査閲、教導すること。有事の際に在郷軍人をすぐに応召できるように準備しつつ、一般の生活をしている人々の軍人としての意識を高めることを目的とした。太宰は一九四二年八月七日付の書簡で「点呼や何かで、この夏は少しからだ工合《ぐあ》いをわるくし」たと書いている。

三三五頁　「右大臣実朝《ユダヤジン》」　一九四三年八月一七日付中谷孝雄宛の書簡から、芳賀檀《はがまゆみ》が「酔っぱらって、邪念なく放言し」たらしいことと、和解に応じたことがうかがえる。一連の経緯は檀一雄『小説太宰治』(六興出版社、一九四九年)にも描かれている。

三三六頁　全文削除　一九四二年一〇月に発表予定だった「花火」が、内務省の検閲により「全文削除」の処分を受けたことを指す。内務省警保局の「出版警察報」によれば、理由は「登場人物悉《ことごと》ク異状性格ノ所有者ニシテ就中《なかんずく》主人公タル「勝治」ト称スル一青年ハ親、兄弟ノ忠言ニ反抗シ、マルキストヲ友トシ、其他不良青年ヲ仲間ニ持チ、放縦《ほうじゅう》、頽廃《たいはい》的ナ生活ヲ続ケ、為メニ家庭ヲ乱脈ニ導キ、遂《つい》ニ其青年ハ不慮ノ死ヲ遂ゲルト謂フ経緯ノ創作ナルガ全般的ニ考察シテ一般家庭人ニ対シ悪影響アルノミナラズ、不快極マルモノト認メラルルニ因《よ》リ」全文削除というものであった。当時の出版検閲は「善良なる風俗を害する事項」に下される「風俗禁止」と「共産主義の煽動」に対する「安寧禁止」二つの基準で運用されていた。主たる理由は前者に基づくが、後者の要素も含まれていた可能性が先行研究で指摘されている。太宰は一九四二年一〇月一七日付高梨一男宛書簡で「「花火」は、戦時下に不良の事を書いたものを発表するのはどうか、というので削除になったのだそうです。もちろんあの一作に限られた事で、作家の今後の活動は一向さしつかえないという事だそうで、まあ、私も悠然と仕事をつづけて行きます」と記している。

三三六頁　出版不許可　一九四三年一〇月、太宰は小山書店からの勧めで、「雲雀《ひばり》の声」という書き下ろし二〇〇枚の作品を完成した。しかし検閲不許可のおそれがあるため、出版を見合わせることになった。この「雲雀の声」が、「パンドラの匣《はこ》」(後述)の土台になる。

三三六頁　誰かのように、「余はもともと…自由主義者なり」　直接のモデルは不明。ただ、たとえば菊池寛は『其心記《ごしんき》　戦後放言』(建設社、一九四六年)において「自分などは、文壇に出て以来、一個の自由主義者を以て任じていた」と述べている。もっとも太宰は菊池を直接的に批判しているわけではあるまい。むしろ同書で「戦争中、自分は国民としての義務は、極力尽くしたつもりである。戦争が、たとい一部軍人の愛国主義的野望に依って捲き起されたとは云え、それが勃発した以上、国家及び民族の運命に関する最大危機であると考え、国民としての義務を尽すのは、当然と信じたからである」と述べる菊池と、ここでの太宰のスタンスは近いところにある。

二二六頁　東条　東条英機(一八八四〜一九四八)。戦時下を主導した陸軍軍人、政治家。陸軍を主導し、一九四一年より内閣総理大臣を務めた(陸相、内相を兼務)。戦局の悪化に伴い、一九四四年七月に総辞職。極東軍事裁判で死刑となった。

二二六頁「火の鳥」という未完の長篇小説　小説集『愛と美について』(竹村書房、一九三九年)に発表された長篇小説。高野さちよという女性が女優になるまでを描きつつ中絶しており、その後も書き継がれることはなかった。

二二七頁　師団長　軍隊の部隊編制の大きな単位である「師団」の最高責任者。

二三〇頁　情報局　内閣情報局。国策を遂行するための情報収集、広報、出版や報道の統制・取り締まりなどを行った。太宰は随想「返事の手紙」でも「私なども、雑誌の小説が全文削除になったり、長篇の出版が不許可になったり、情報局の注意人物なのだそうで、本屋からの注文がぱったり無くな」ったと書いている。

二三一頁　火宅《かたく》　仏教用語。煩悩《ぼんのう》の世界。汚濁や苦悩にみちて安住できないこの世を、燃えさかる家にたとえた語。

二三三頁　或る出版社から…津軽旅行を企てた　一九四四年五月、太宰は小山書店の加納正吉の勧めで、当時小山書店が出版していたシリーズ「新風土記叢書」の一冊として『津軽』を執筆するために、津軽を旅行することになり、五月一二日から六月五日にかけて旅した。

二三四頁　**ゲートル**　すねを守ったり、ズボンの裾《すそ》が広がらないようにして動きやすくしたりするために巻く脚絆《きゃはん》。

二三五頁　**「新釈諸国噺《しょこくばなし》」**　元禄時代の浮世草子《うきよぞうし》作者・井原西鶴《いはらさいかく》(一六四二~九三)の作品を翻案した短篇集。一九四四年一月に「新釈諸国噺」(のちに「裸川」と改称)を「新潮」に発表し、以後一年間を通してさまざまな雑誌に発表した作品と、書き下ろしの作品とを足し合わせた一二篇から成る単行本が一九四五年一月、生活社から刊行された。

二三五頁　**「惜別」**　一九四五年九月に朝日新聞社から刊行された、中国の文豪・魯迅《ろじん》(一八八一~一九三六)の青年時代を、級友の目を通して描いた伝記小説。「大東亜共同宣言五原則」のうち「「独立親和」の原則」を小説化するために書かれた。

二三五頁　**「お伽草紙《とぎぞうし》」**　一九四五年一〇月に筑摩書房から刊行された、日本の伝統的なお伽噺《とぎばなし》を元にした短篇集。「前書き」「瘤取《こぶと》り」「浦島さん」「カチカチ山」「舌切雀」から成る。

二三七頁　**デカメロン**　イタリアの作家ジョバンニ・ボッカチオが一四世紀に発表した一〇〇話から成る短篇小説集。

二三七頁　**メリメ**　プロスペル・メリメ(一八〇三~七〇)。フランスの小説家。代表作『カルメン』(一八四七年)の一節は、一九三二年初冬に書かれた習作「ねこ」以来、「葉」(「鸛」一九三四年四月)、「猿面冠者」など、太宰の作品でしばしば言及される。「新釈諸国噺」のく及ばぬ」と述べていることは、二人のフランス作家への高い評価をうかがわせる。
「凡例」で「西鶴は、世界で一ばん偉い作家である。メリメ、モオパッサンの諸秀才も遠

三三七頁　モオパスサン　ギイ・ド・モーパッサン（一八五〇〜九三）。フランスの自然主義の小説家。短篇小説の名手として知られる。堤重久によれば、太宰はモーパッサンの『ベラミ』（一八八五年）を「蕩児の索漠感がよく出ている」と評価していたという。

三三七頁　ドオデエ　アルフォンス・ドーデ（一八四〇〜九七）。フランスの小説家。故郷である南仏プロヴァンス地方の風景を背景に描いた短篇集『風車小屋便り』（一八六九年）などで知られる。太宰は随想「わが半生を語る」（「小説新潮」一九四七年一一月）でもフランス文学では「ミユッセ、ドーデー、あの辺の作家をひそかに愛読しております」と述べている。堤重久によれば、太宰はとりわけ「サフォ」を「天才でも一生に一度しかかけない傑作として激賞」していたという。

三三七頁　チェホフ　アントン・チェーホフ（一八六〇〜一九〇四）。近代ロシアを代表する戯曲家、小説家。「男女同権」（「改造」一九四六年一二月）、「斜陽」など、太宰の多くの作品に影響が見られる。戦後に戯曲を書くにあたって、さまざまな戯曲集を読んだ際にも「私にはやはりチェホフの戯曲が一ばん面白かった」と述べている（「津軽地方とチェホフ」、「アサヒグラフ」一九四六年五月一五日）。堤重久によれば、チェーホフの全作品にある「やさしさ、ひめやかな忍従、溜息とアンニュイ、すべてが好ましいようでした」という。

二三七頁　鷗外《おうがい》　森鷗外（一八六二〜一九二二）。明治から大正にかけて、小説はもちろん、評論や翻訳でも多大な業績を残した、日本近代文学を代表する文豪。陸軍軍医総監、帝室博物館総長など国家の要職も務めた。太宰の作品でその影響を明瞭に示すものとしては「女の決闘」（「月刊文章」一九四〇年一〜六月）が有名。

二三七頁　直哉　志賀直哉（一八八三〜一九七一）。大正から昭和にかけて活躍した小説家。「小説の神様」の異名で知られる。太宰は晩年の評論「如是我聞」において強く批判している。

二三七頁　善蔵　葛西善蔵《かさいぜんぞう》（一八八七〜一九二八）。大正時代に活躍した、津軽出身の作家。破滅型の私小説作家として有名。太宰は短篇「善蔵を思う」（「文芸」一九四〇年四月）など、この先輩作家への畏敬の念をしばしば記した。

二三七頁　龍之介　芥川龍之介（一八九二〜一九二七）。大正文学を代表する小説家。芸術的な短篇の書き手として高名。太宰は早くから私淑し、その自裁にも衝撃を受けたと言われる。

二三七頁　菊池寛　一八八八〜一九四八。大正から昭和にかけて活躍した小説家。「文藝春秋」を創刊し、出版社の経営を拡大しつつ、文芸家協会や芥川賞・直木賞の設立にも関わり、戦前戦中は「文壇の大御所」と呼ばれた。

二三九頁　「パンドラの匣《はこ》」　「河北新報」に一九四五年一〇月二二日から四六年一月七日まで連載された太宰の小説。肺を病んで「健康道場」という施設に入った「ひばり」から友人の「君」への書簡の形で、日々の生活や思想が報告される。越後獅子、かっぽれ、固パンなどは同室のメンバーとしてしばしば登場する。

二四〇頁　鼻の大きいシラノ　フランスの思想家・文人であるシラノ・ド・ベルジュラック（一六一九〜五五）をモデルにした、エドモン・ロスタンの同名の戯曲。大きな醜い鼻を持つ剣客シラノと、従妹ロクサーヌとの悲恋の物語。一八九七年初演。日本でも大正時代から翻案・翻訳・上演され、広く知られた。

二四〇頁　幡随院《ばんずいいん》の長兵衛《ちょうべえ》　江戸時代前期の侠客《きょうかく》。江戸・花川戸の町奴《まちやっこ》の頭目として、水野十郎左衛門が率いる旗本奴と争い、水野邸の湯殿で殺害された。のち歌舞伎・講談・小説・映画などに脚色された。

二四〇頁　花川戸《はなかわど》の助六《すけろく》も鼠小僧《ねずみこぞう》の次郎吉《じろきち》も　花川戸助六は、江戸時代前期の侠客。歌舞伎「助六」の主人公。鼠小僧次郎吉は、江戸時代後期の盗賊。義賊として、芝居や講談によく登場する。近代文学では芥川龍之介「鼠小僧次郎吉」（「中央公論」一九二〇年一月）が有名。

二四一頁　似たような名前の男　政治家の鳩山一郎（一八八三〜一九五九）。「パンドラの匣」の連載が始まった一九四五年一〇月には、日本自由党を創立し、総裁に就任していた。

二四三頁　カントの例証　哲学者カントの『純粋理性批判』上巻に「軽快な鳩は翩翻《へんぽん》として空中を飛翔し、空気の抵抗を感ずるにつけて、真空中ならば尚遥に良く飛行しうるであろうという考を懐くであろう」とある（天野貞祐訳、岩波文庫、一九二九年、六二一〜六二三頁）。ただし太宰は随筆「貪婪禍《どんらんか》」でもこの逸話に触れた上で「ジイドの芸術評論は、いいのだよ」と述べているため、おそらくアンドレ・ジイドが引用しているカントの鳩の例証を踏まえたのであろう。ジイドの『文芸評論』（芝書店、一九三三年）に含まれている「演劇の進展」がその出典である。もっとも訳文から推して、太宰が参考にしたのは淀野隆三訳『文学読本』（竹村書房、一九三七年）であろう。

二四三頁　思い煩うな…蔵に収めず　新約聖書の「マタイによる福音書」六章二六節にある言葉に基づく。太宰は随筆「一日の労苦」（「新潮」一九三八年三月）、小説「鷗《かもめ》」（「知性」一九四〇年一月）、「新郎」、「渡り鳥」（「群像」一九四八年四月）など、さまざまな作品にこの言葉を引用している。

二四三頁　狐《きつね》には穴あり…枕するところ無し　新約聖書の「マタイによる福音書」八章二〇節にある言葉に基づく。太宰は「駈込み訴え」（「中央公論」一九四〇年二月）や「正義と微笑」などでもこの言葉を引用している。

苦悩の年鑑　（「新文芸」一九四六〈昭和二一〉年六月）

二四五頁　訓導《くんどう》　現在の教諭に当たる、旧制小学校の正規教員。

二四九頁　曽祖父《そうそふ》惣助　太宰の曽祖父、五代惣助（一八三五～一九〇五）。金木の隣村の嘉瀬《かせ》村《むら》の大百姓である山中家から養子に入り、土地を捨てた士族や凶作に苦しむ農民から土地を買い入れ、津島家を県下有数の資産家へと成長させていった。

二四九頁　**多額納税の貴族院議員有資格者**　太宰の父である源右衛門は、一九二二年の時点で青森県内の貴族院議員有資格者の第六位にあった。同年一二月に青森県多額納税議員定員一名の補欠選挙があり、源右衛門が選出された。

二五〇頁　**「死線を越えて」**　賀川豊彦（一八八八〜一九六〇）の長篇小説。政治家の息子である青年が、父との確執や家の没落といった経験を経て、キリスト教に救いを見出し、貧民街に身を置いて主義を実践しようとする物語。一九二〇年に出版され、ベストセラーになった。

二五一頁　**「三つの予言」**　未詳。近い話には大江小波《おおえのさざなみ》編『世界お伽噺　預言書』（博文館、一九〇〇年）がある。ある青年が、父から複数の予言が記された書を与えられる。青年は旅をしながら予言の実現に立ち会っていく。

二五一頁　**金の船**　童話雑誌。一九一九年一一月、前年から刊行された「赤い鳥」に続く形で創刊。童話の沖野岩三郎、童謡の野口雨情らが中心。一九二二年六月、「金の星」と解題。一九二九年七月終刊。ただし、調査の限り「金の船」にここに書かれている話を見つけることはできなかった。

二五三頁　**救世軍**　一八六五年に、イギリスのメソジストの牧師が起こした運動「The Salvation Army」の日本語訳。日本でも一八九五年以来、山室軍平《やまむろぐんぺい》を中心に普及した。

二五三頁　**ルパシカ**　rubashka（ロシア語）。ロシアの男子の民族衣装。ゆったりしたブラウス風の上衣。襟や袖に刺繍がある。胴をひもで締めて着る。

二五三頁　カチュウシャ可愛いや　一九一四年に発表された歌謡曲「復活唱歌（カチューシャの唄）」の歌い出し。島村抱月《しまむらほうげつ》らの劇団「芸術座」による舞台「復活」の中でカチューシャを演じる松井須磨子が歌った劇中歌で、オリエンタル・レコードから発売され、当時としては異例の二万枚を売り上げたと言われる。作詞は島村抱月と相馬《そうま》御風《ぎょふう》、作曲は中山晋平。「カチュウシャかわいや　わかれのつらさ／せめて淡雪とけぬ間と／神に願いを　ララかけましょか」と続く。

二五三頁　プロレタリヤ独裁　労働者階級または無産階級が、革命的手段を通じて有産階級の支配機構を破壊し、共産主義社会の成立までの間に作る過渡期の独裁的な政治体制のこと。

二五三頁　カルモチン　鎮静催眠剤のひとつ。太宰の小説では「人間失格」（「展望」一九四八年六〜八月）の主人公・大庭《おおば》葉蔵《ようぞう》が頻用する。

二五四頁　匿名で書いてみた事もあった　習作期の太宰には小菅銀吉、大藤熊太といった筆名で書かれた「花火」（「弘高新聞」一九二九年九月二五日）、「地主一代」（「座標」一九三〇年一・三・五月）、「学生群」（「座標」一九三〇年七〜九・一一月）などの、プロレタリア文学的な傾向のある作品がある。太宰は「返事の手紙」で「またまた、イデオロギイ小説が、はやるのでしょうか。あれは対戦中の右翼小説ほどひどくは無いが、しかし小うるさい点に於《お》いては、どっちもどっちというところです」と書いている。

二五四頁　ジャズ文学　アメリカで流行した、モダンな都市風景を描いた文学作品。日本では昭和初期に、新興芸術派によって書かれた「モダン・TOKIO円舞曲」が「世界大都会尖端ジャズ文学」（春陽堂）というシリーズの第一冊として刊行された。

二五四頁　レヴュウ　revue（フランス語）。歌とダンスを主軸に、寸劇なども組み合わせて、話題の出来事を取り入れて演じるショー。一九世紀末から二〇世紀にかけて、イギリスやフランスで流行した。日本でも戦前、一九二九年に東京で旗揚げした「カジノ・フォーリー」を出発点に、レビュー風の軽演劇が流行した。

二五五頁　煙突男《えんとつおとこ》　一九三〇年一一月一六日、紡績会社・富士紡の川崎工場構内の高さ約四〇メートルの大煙突の上から、当時そこで行われていた労働争議に声援を送った男がいて、話題になった。争議が決着し、男が一三〇時間後に地上に降りたときには一万人の観衆が詰めかけたという。

二五五頁　爆弾三勇士　一九三二年二月二二日、第一次上海事変において、爆弾を身体に結びつけて鉄条網に突撃し、突破口を開いた三名の工兵隊員がいたことが、二四日以降、メディアでこぞって報じられ、映画・演劇・歌などでもてはやされ、教科書にも美談として掲載された。戦後、三名の死は事故であることが判明した。

二五六頁　オサダ事件　一九三六年五月一八日に、東京市荒川区の待合で、阿部定《あべさだ》という仲居が、愛人の男性を絞め殺し、局部を切り取って逃走した事件。猟奇的な事件として話題を呼んだ。戦後、織田作之助が代表作「世相」(「人間」一九四六年四月)で公判記録に言及したり、坂口安吾が本人と対談したり、随筆を書いたりしている(「阿部定さんの印象」、「座談」一九四七年一二月)。

二五七頁　この一戦なにがなんでもやり抜くぞ、という歌　大政翼賛会による標語。一九四二年、信時《のぶとき》潔《きよし》作曲によって「此の一戦」という歌になった。

二五七頁　鉄桶《てっとう》　強固な団結や防備を表した言葉。

二五七頁　転進　方向を変えて進むこと。戦時中、ガダルカナル島での大敗をはじめ、軍事作戦の失敗を認めなかったために「撤退」や「退却」の代わりに用いられた。

二五八頁　天王山　京都府にある山。織田信長没後、羽柴(豊臣)秀吉と明智光秀とが争った山崎の戦い(一五八二年六月)において、この地を先に占拠した方が有利になることから、勝敗や運命を大きく左右する重要な局面を指す。

二五八頁　天目山　山梨県にある山。織田信長が武田氏を滅ぼした天目山の戦い(一五八二年三月)で有名。

二五八頁　意表の外に出ず　「意表外」と「意表に出る」は共に、相手が考えもしないことをして驚かせたり、困惑させたりすること。ここでは「意表外」からも「出」ていることのおかしさが指摘されている。

二五九頁　モラリスト　ここでは、一六世紀から一八世紀にかけて、フランスで、随筆や箴言を通じて、人間性や道徳について思索し、鋭い人間観察や心理への洞察を行った人々を指す。モンテーニュ、パスカル、ラ・ロシュフーコーなど。太宰は短篇「八十八夜」(「新潮」一九三九年八月)で主人公に「ラ・ロシフコオの金言集」を取り出させたり、随筆「ラロシフコー」(「作品」一九三九年七月)において高橋五郎訳『寸鉄』(玄黄社、一九一三年)に触れたりしている。この小説の断片的な形式も、モラリストが断章形式を好むことに対応させられている可能性がある。

二五九頁 儀表《ぎひょう》 模範。手本。

二五九頁 桃源《とうげん》 桃源郷。俗世間から隔離された理想的な異界。陶淵明の「桃花源記」が有名。ユートピア。

注の作成に当たっては、主に次の文献を参照した。

- 安藤宏『太宰治論』(東京大学出版会、二〇二二年)
- 大塚繁樹「太宰治の「竹青」と中国の文献との関連」(「愛媛大学紀要第Ⅰ部人文科学」一九六三年一二月)
- 大塚美保「「雪の夜の話」論」(『太宰治研究12』和泉書院、二〇〇四年)
- 亀井斐子『回想のひと 亀井勝一郎』(講談社、一九七六年)
- 亀井勝一郎『無頼派の祈り――太宰治』(審美社、一九七九年)

・久里順子「「庭」論——笑う弟、笑わぬ兄」(『太宰治研究13』和泉書院、二〇〇五年)
・鈴木二三雄「太宰治と中国文学(二)——「清貧譚」と「竹青」」(「立正大学国語国文」一九七〇年三月)
・田中貢太郎『論語・大学・中庸』(大東出版社、一九三九年)
・津島美知子『回想の太宰治』(人文書院、一九七八年、講談社文芸文庫、二〇〇八年)
・堤重久「太宰治百選Ⅰ」(「太宰治研究」8、一九六七年六月)
・日本近代文学館編『太宰治　創作の舞台裏』(春陽堂書店、二〇一九年)
・花田俊典『太宰治のレクチュール』(双文社出版、二〇〇一年)
・山内祥史「解題」(『太宰治全集』第七巻、筑摩書房、一九九〇年)
・山内祥史『太宰治の年譜』(大修館書店、二〇一二年)

(斎藤理生)

解説

安藤　宏

戦時体制と太宰治

本書には太宰治の第二次世界大戦前後に書かれた小説が一四篇、収録されている。なぜ大戦〝前後〟なのか？　理由は、太宰と時代との関わりを敗戦日である「八・一五」以前と以後とで区別したくなかったからだ。一般には太宰の作風の変化を戦中・戦後で区分し、中期（昭和一三〜二〇年）の明るく健康的な作品群から、後期（昭和二〇〜二三年）の自己破滅型の作品群へ、という形で説明されることが多い。中期は「走れメロス」（昭和一五年）、「新ハムレット」（昭和一六年）、「お伽草紙《とぎぞうし》」（昭和二〇年）など、古典の翻案やパロディによってストーリーテラーとしての才能が開花していくのだが、後期は〈家庭の幸福は諸悪の本《もと》〉（「家庭の幸福」昭和二三年）などのフレーズで知られるように、一転してデカダンス――既成道徳への反逆――へと向かい、「人間失格」（同）を書いた直後にみずから命を絶つことになるのである。終戦を境に、何か大きな変化が太宰の中に起こったことは間違いないのだが、それを見極めるためには、「八・一五」以後の歴史観からそれ以前を裁いてしまうのではなく、まず何よりも太宰が一国民として、この未曽有の混乱期をどのような思いで生きたのかを、時代に寄り添って考えてみる必要があるのではないかと思う。

たとえば戦後の太宰の次のような発言に注目してみたい。

〈私は戦争中に、東条に呆《あき》れ、ヒトラアを軽蔑《けいべつ》し、それを皆に言いふらしていた。けれどもまた私はこの戦争に於《お》いて、大いに日本に味方しようと思った。私など味方になっても、まるでちっともお役にも何も立たなかったかと思うが、しかし、日本に味方するつもりでいた。この点を明確にして置きたい。この戦争には、もちろんはじめから何の希望も持てなかったが、しかし、日本は、やっちゃったのだ。〉

（「十五年間」本書二二六頁）

〈はっきり言ったっていいんじゃないかしら。私たちはこの大戦争に於いて、日本に味方した。私たちは日本を愛している、と。〉

（「返事の手紙」昭和二一年）

なぜ太宰は戦後になって、〈日本に味方〉した事実をこのように繰り返し強調したのだろうか。あるいはそこには、「戦中」と「戦後」という二つの時代を自分なりに接続しようとする、ひそかな想いが込められていたのではなかったか。しかしそれにしても、なぜ〝接続〟の必要があったのだろう。おそらくそれは、戦時体制下で培った自身の文学の方法が、彼の小説にとって必要欠くべからざるものであったからなのではないだろうか。

太宰は元来、「いかに自分はダメか」を語るのに長《た》けた小説家である。尊敬され、敬意を示される側に立った瞬間に、自身のコンプレックスをひそかにささやきかけていく太宰的話法は崩壊してしまう。自分を律するもの、自身が仰ぎ見るものの存在を前提に、そこからへだたった自己の居場所――劣位にある自分――が確定したとき、彼の語りはもっとも精彩あるものになるのである。〈富士には月見草がよく似合う〉(「富嶽百景」昭和一四年)という著名な一句の意味するように、〈富士〉があってこその〈月見草〉なのであって、戦中に太宰の作風が安定し、多くの佳作を生み出すことができたのも、実は戦時体制(富士)を基盤に、その中で〈月見草〉としての自身の居場所をしっかりと確保できたからなのではないだろうか。

たとえば「鷗《かもめ》」(昭和一五年)という短篇に、次のような一節がある。

〈私は、兵隊さんの泥と汗と血の労苦を、ただ思うだけでも、肉体的に充分にそれを感取できるし、こちらが、何も、ものが言えなくなるほど崇敬している。〉〈社会的には、もう最初から私は敗残しているのである。けれども、芸術。〉〈辻音楽師には、辻音楽師の王国が在るのだ。〉

この場合も、前線の兵士を〈崇敬〉し、自らへりくだることによって、一介の〈辻音楽師〉として芸術の砦を確保することがめざされている。常に自分を劣位に置こうとする彼の文学にとって、前線の兵士は必要欠くべからざる〈崇敬〉の対象でもあったわけである。

たとえば本書所収の「散華《さんげ》」はアッツ島で玉砕《ぎょくさい》した年下の友人、三田循司《みたじゅんじ》をモデルにした短篇である。今日の目からこの作品を見て、太宰は玉砕を賛美している、と批判するのは容易なワザであろう。だがこの場合、戦死した若き詩人に対して、自身は内地の安全な場所にいる、という罪障の意識が暗黙の前提になっている事実を忘れてはなるまい。こうした負い目はまた、内地の国民を戦争支持へと駆り立てた心理的要因――集団心理《エートス》――でもあったはずなのだが、ただ「散華」という作品の独自性は、それが「お国のため」よりもむしろ、「文学」に向かう覚悟に振り向けられている点にこそある。

それまで自殺未遂を繰り返し、これを虚無《ニヒル》という形でしか語れなかった太宰は、前線との「へだたり」を負い目にすることによって初めて、「文学のために死ぬ覚悟」を肯定形で言葉にすることができたのである。

共同幻想としての〃ふるさと〃

本書に収められている「帰去来《ききょらい》」と「故郷」は、太宰と郷里との関係を知る重要な手掛かりである。禁が解けた、とでもいうべきか、実は太宰が実名で郷里の生家の人々との関係を——それもほとんど事実に基づいて——語るのは、意外なことに、デビューから一〇年近くたって、この二作が初めてのことなのだった。昭和五年末に分家除籍——事実上の勘当処分——になってから、昭和八年の文壇デビュー以降、太宰はさまざまな暗示表現を駆使しながら〃故郷を失った文学〃の悲哀を唄い上げていったのだが、母の見舞いを機に久しぶりに帰省し、〃復縁〃を果たしたことによって、故郷、生家の末端に自身を位置づけ、あらためて「ダメな自分」をさながらに語ることが可能になったのである。

この二作で家長である長兄の「沈黙」——そこから生じるいわく言いがたい存在感——はとても印象的だ。権威というものは、実体としてよりもむしろ、周囲の忖度《そんたく》によって作られていく部分が大きい。ここでも太宰は意識的に「へだたり」をつくって「兄」を権威化し、その末端に連なる自己の居場所を創ろうとしている。折しも、戦時体制が色濃くなるにつれ、各「家」を束ねるその頂点に天皇が君臨するという家族国家——国民はすべからく天皇の「赤子《せきし》」である、という運命共同体——が形作られつつあった。ある意味で太宰はこれを忠実に内面化していたのであって、彼の文学において、戦時体制と個人との関係は、「親子」の比喩によって語られることを常にしていた。たとえば戦中に書かれた「惜別」(昭和二〇年)には、〈ひとたび国難到来すれば、雛《ひな》の親鳥の周囲に馳《は》せ集《つど》うが如《ごと》く、一切を捨てて皇室に帰一し奉《たてまつ》る〉点に日本の国体を評価するくだりがあるし、また、戦後の「十五年間」にも、戦中を振り返り、〈親が破産しかかって、せっぱつまり、見えすいたつらい嘘《うそ》をついている時、子供がそれをすっぱ抜けるか。運命窮《きわ》まると観じて黙って共に討死《うちじに》さ〉(本書二一八頁)という一節が見える。家長を頭に戴く運命共同体的な感性を基盤にする点で、太宰治の戦中・戦後はまさしく一本の線で貫かれていたのである。

太宰治と天皇制

太宰は「八・一五」を家族と共に疎開先の津軽の生家で迎えた。その中で、新時代に処する心境を記したのが「庭」である。玉音放送のあと、兄と荒れた庭——戦後の現実を表象するものでもある——の草むしりをする挿話なのだが、勝ち負け——戦争の比喩ともとれる——にこだわる兄に内心反発しつつも、やはり兄にはかなわない、という弟の心情が強調されている。おそらくそこには、時代が変わってもこれまでと同様、「兄」と「弟」の序列（ヒエラルキー）を維持したい、それによって「ダメな弟」の立ち位置を確保していきたい、という切実な思いが託されていたにちがいない。

その意味でも先の「十五年間」は、戦後、あらたな時代を迎えるにあたって、太宰が自身の来し方を振り返り、その所信を表明した問題作である。この中で太宰は自身をあらためて〈津軽の土百姓の血統の男〉（本書二一二頁）であると規定し、〈田舎者《いなかもの》の要領の悪さ、拙劣さ、のみ込みの鈍さ、単純な疑問でもって、押し通してみたいと思っている〉（同二三九頁）と宣言するのだ。戦中の「帰去来」「故郷」で確立した〝ふるさと〟のアイデンティティを、あらためて新時代の礎《いしずえ》にしようとする決意である。合わせてその末尾には、近作長篇の「パンドラの匣《はこ》」（昭和二〇～二一年）の、次のような一節が引用されていた。

〈日本に於《お》いて今さら昨日の軍閥官僚を罵倒《ばとう》してみたって、それはもう自由思想ではない。〉〈真の勇気ある自由思想家なら、いまこそ何を措いても叫ばなければならぬ事がある。天皇陛下万歳！　この叫びだ。昨日までは古かった。古いどころか詐《さ》欺《ぎ》だった。しかし、今日に於いては最も新しい自由思想だ。十年前の自由と、今日の自由とその内容が違うとはこの事だ。それはもはや、神秘主義ではない。人間の本然の愛だ。アメリカは自由の国だと聞いている。必ずや、日本のこの真の自由の叫びを認めてくれるに違いない。〉

（本書二四三頁）

これと同様の一節が、やはりこれまでの思想遍歴を顧みながら戦後批判を行った「苦悩の年鑑」にも見える。

〈日本は無条件降伏をした。私はただ、恥ずかしかった。ものも言えないくらいに恥ずかしかった。／天皇の悪口を言うものが激増して来た。しかし、そうなって見ると私は、これまでどんなに深く天皇を愛して来たのかを知った。私は、保守派を友人たちに宣言した。〉〈まったく新しい思潮の擡頭《たいとう》を待望する。それを言い出すには、何よりもまず、「勇気」を要する。私のいま夢想する境涯は、フランスのモラリストたちの感覚を基調とし、その倫理の儀表《ぎひょう》を天皇に置き、我等《われら》の生活は自給自

足のアナキズム風の桃源《とうげん》である。〉
（本書二五八〜二五九頁）

このように戦後になって太宰は繰り返し天皇制支持を公言するのだが、これまでの経緯を振り返ればその意図は明らかだろう。われわれはここに、それまでの運命共同体的な感性を戦後のあらたな時代に接ぎ木しようとする、ある種無謀とも思える企てを読み取ることができる。

ちなみにこの時期書かれた戯曲、「冬の花火」（昭和二一年）にもやはり、〈みんなが自分の過去の罪を自覚して気が弱〉い、農本主義的な〈桃源境〉が理念として掲げられていた。時代に荷担した傷を負い、共に気弱く、〈含羞《はにかみ》〉（昭和二一年四月三〇日付、河盛好蔵宛書簡）をもって生きていくということ。だが、そもそもそのような〈桃源境〉が、戦犯追及の厳しい戦後の空間の中でどうして可能であっただろう。もとより天皇制とアナーキズムとが同居しうるはずもなく、そのあまりにもナイーブな〈夢想〉は、ほどなく無惨な崩壊を遂げてしまうことになるのである。

周知のように日本の戦後は「八・一五」以後からそれ以前を裁く歴史観から始まった。戦争協力をした人々はパージされるか、保身のための沈黙を決め込み、ジャーナリズムをはじめとする言説はその多くが国民全てが被害者であるという観点に立ち、そこから

〝裁き〟が始まった。加害者としての自身を語るという、もっとも重要な言説がエアポケットと化してしまい、結果において、素朴な一国民としてなぜ、どのように〝荷担〟してしまったのかを語る言葉は封殺されてしまうことになったのである。

太宰もまた、翌年には先の天皇制支持発言を撤回してしまうのだが(その背後にGHQの検閲のあったことも近年の研究で明らかになっている)、並行して書かれた「斜陽」(昭和二二年)は、すでに新たな時代に関わることへの挽歌でもあった。最晩年の「人間失格」において、「ダメな自分」を絶望的な状況の中でなおも作り続けようとする精神の自転運動は、あまりにも痛ましい。太宰文学の真に悲劇的な相貌は、時代に忠実に生きようとしたがゆえに板挟みに遭い、壮大な時代錯誤《アナクロニズム》を演じてしまうことになる、その哀しき宿命にこそあるのである。

いかに「へだたり」を創るか

一足飛びに話を進めすぎてしまったようだ。時間を戻そう。

「十二月八日」は、題名からもわかるように、日米開戦当日を小説家の妻の目から描いた短篇である。〈日本は、本当に大丈夫でしょうか〉という妻の問いに対して〈大丈夫だから、やったんじゃないか。かならず勝ちます〉と答え、妻の言葉の中にも〈日本の綺《き》麗《れい》な兵隊さん、どうか、彼等《かれら》を滅《め》っちゃくちゃに、やっつけて下さい〉という一節なども見える（本書一五頁）。こうした点から、太宰もまた国策文学に手を染めていた、という厳しい評価がある一方で、結末で、夫が酔い、〈我が大君に召されえたあるう〉（同二二頁）と歌いながら千鳥足で帰宅する姿や、〈どこまで正気なのか、本当に、呆れた主人であります〉（同二三頁）という妻の批判的な言葉に着目し、一見、時流に寄り添うかに見せつつ、実は芸術的抵抗を試みているのだ、という評価もある。まったく正反対の解釈だが、私はそのどちらもあたらないのではないかと思う。〝迎合〟か〝抵抗〟か、という二項で戦時中の作品を切り分ける発想そのものに問題があるわけで、戦時体制の中でしっかり「ダメな自分」の立ち位置を確保することによって、庶民にあって「十二月八日」とは何であったのかを等身大に描いてみせた点にこそ、この作品の真価があるのではないだろうか。

「作家の手帖」も同様である。日々働くブルーカラーの〈産業戦士〉に対して、一人居酒屋でビールを飲んでいる姿ほど落ち着かぬ立ち位置はない。彼等に対し、〈友と思っているだけでは、足りないのかも知れない。尊敬しなければならぬのだ〉（本書一三七頁）と〈私〉は思う。「〜なければならぬ」という表現がいみじくも示すように、これはかなり意識的にへりくだろうとする試みである。彼等の一人にタバコの火を貸したとき、礼を言われたらどうしようと〈私〉はとまどう。かろうじて〈ハバカリサマ〉という言葉でその場を切り抜けるのだが(同一三九頁)、なんとかして「へだたり」を作ろうとするこの営為が、実は徹底して言葉の問題——小説の方法の問題——でもあったという事実を、この短篇は如実に示しているように思う。言葉で「へだたり」が示せれば小説が書けるし、できなければ小説は書けないのだ。

内務省の検閲と古典の翻案

「水仙」と「花火」は、現代に題材を取ったフィクションである。「水仙」のモデルは太宰の友人であった女性画家の秋田富子(ただし聴力の喪失と自殺はフィクションである)。また「花火」は、昭和一〇年に世間を騒がせた「日大生保険金殺人事件」が素材になっている。「水仙」は、自己の天分とは何か、について思い悩む普遍的な苦悩が巧みに描き出されており、また「花火」は、不当に恵まれている、という引け目から遊蕩に走る若者の苦悩が、それを見守る家族の姿と共に鬼気迫る形で描き出されている。いずれも太宰がデビュー以来追求してきた固有のテーマでもあるのだが、実は彼が本格的な現代小説に手を染めたのは、戦中にあってこの二作が事実上、最後なのだった。その背景に、「花火」が発売後、内務省の検閲によって発禁処分になった事実を忘れてはならないだろう。時局柄、家庭崩壊、というテーマが問題視されたのみならず、放蕩息子の〈勝治〉が共産主義運動に関わったという設定も問われたのである。さらにその背後には、出版史上、もっとも悪名高い「横浜事件」――神奈川県の特高警察が、雑誌「改造」に載った論文をきっかけに関係者を次々に検挙し、弾圧した事件――が影を落としていた。「水仙」は事件直前の「改造」、「花火」は事件直後に同じ改造社発行の雑誌「文芸」に掲載されており、この事件が太宰に与えた心理的影響は、表だっては語られぬものであるがゆえにこそ深刻なものがあったはずである。以後、彼は作品の素材を現代に求めることを断念し、「右大臣実朝」（昭和一八年）、「新釈諸国噺《しょこくばなし》」（昭和二〇年）、「お伽草紙」（同）をはじめとする、古典の翻案小説に注力するようになるのである。

「竹青」はその延長線上にある作品で、中国清代の短篇集、『聊斎志異《りょうさいしい》』所収の同題の小説の翻案である（ほかにも『聊斎志異』を材にした小説に「清貧譚《せいひんたん》」〈昭和一六年〉がある）。見果てぬ夢、とでも言ったらよいのだろうか、太宰には「お伽草紙」の「舌切雀」、戦後の「フォスフォレッスセンス」（昭和二二年）など、独自のユートピア志向のようなものがあって、いずれも、どこかしら哀しいロマンティシズムが漂っている。人は味気ない日常の中でささやかな夢を抱くのだが、夢は夢であるがゆえにもろくも潰《つい》えてしまう。だが潰えるが故にこそ、夢はなお夢として生き残り続けるのだ。

時代錯誤《アナクロニズム》の悲劇

「雪の夜の話」に登場する水難事故の水兵の挿話は心に残るエピソードである。太宰はこの挿話にこだわり、同じ時期、エッセイ「一つの約束」(昭和一九年)や「惜別」の中でも取り上げている。日常の中ではそのまま消し去られてしまう、目には見えぬ真実。それが一少女の目を通して語られるのだが、「待つ」にも、やはりこれに通じる要素があるように思う。日々の生業《なりわい》の中で、どこかにそれを越えた〝真実〟があるのではないかという予覚と期待。これらがいずれも太宰の得意にした「女がたり」によって一筆書きで記されるのである。時代の中のひとときのオアシス、とでも言ったらよいのだろうか。

ちなみに太宰文学の女性表象もまた、時代と共に微妙に変化していく。それまでの若い女性の一人称告白体は、戦争が進むにつれ、次第に〝ふるさと〟を守る〝母〟の表象に姿を変えていくのだ。その典型が戦中の代表作、「津軽」(昭和一九年)に登場する育ての親の〈たけ〉である。しかし戦後になると、こうした〝母〟もまた、急速に衰微し、滅びていく。その象徴としてあるのが、戦後の代表作「斜陽」の〈お母さま〉であると言ってよいだろう。彼女の最期は、戦中の家族国家の戦後における運命そのもののメタファでもあったわけである。

一方で、滅び行く「母」に対し、戦後の女たちは、闇市の現実を生きていくしたたかなエネルギーに満ちている。その意味でも「貨幣」は、戦中・戦後の微妙な屈折を含んだ、興味深い作品である。一枚の百円紙幣が〈女〉として、〈闇屋の使い走りを勤〉めて来た経歴を語る物語なのだが（本書二〇二頁）、それによれば、〈女の闇屋のほうが、男の闇屋よりも私を二倍にも有効に使う〉のであると言い、〈女の慾というものは、男の慾よりもさらに徹底してあさましく、凄《すさま》じいところがある〉のだと言う（同二〇四〜二〇五頁）。

だがこうした前半の認識と、後半のエピソードとの間にはある種の〝よじれ〟が生じているようだ。後半では、闇屋を兼ねる中年の陸軍大尉が小料理屋で子連れの酌婦を侮蔑《ぶべつ》するさまが描かれているのだが、これに対して酌婦の女は〈勝ってもらいたくてこらえている〉（同二〇七頁）のだと言い、〈できそこないでもお国のためには大事な兵隊さんのはしくれだ〉（同二〇八頁）とつぶやき、「母」として子を背負いながら、空襲の中で懸命にその大尉を介抱するのである（ちなみにこの部分は単行本収録の折、ＧＨＱの検閲で削除されている）。むろん、戦時下の運命共同体的な感性をストレートに美談として描くことはできぬので陸軍大尉が悪役になっているのだが、結果的に後半の挿話は、「女」は欲の塊である、という前半の認識と明らかに齟齬《そご》を来しており、時代の〝断続〟をさながらに示す結果になってしまっているのである。

太宰というのはまことに不思議な作家だ。世の中が平和な時には何度も自殺を試み、戦争中は健康的で明るい佳作を紡ぎ出していった。その秘密は一体どこにあったのか？それを知るためにも、われわれは「八・一五」後からそれ以前を裁く歴史観をひとまず離れ、何よりもまず彼の生きた時代に寄り添い、内在的に彼の説く言葉に耳を澄ませてみなければならない。そこから浮かび上がってくるのは、時代に忠実に生きようとしたために痛ましいまでに時代錯誤《アナクロニズム》を演じることになってしまった一人の人間の、誠実な魂の叫びである。おそらく独創的な表現というものはすべからく、こうした時代と自己の不適合の中からこそ生まれてくるものなのであろう。

〔編集附記〕

一　本書は、「十二月八日」「水仙」「待つ」「花火」「故郷」「帰去来」については『太宰治全集』第六巻を、「作家の手帖」「散華」「雪の夜の話」「竹青」については第七巻を、「庭」「貨幣」「十五年間」「苦悩の年鑑」については第九巻を(いずれも筑摩書房、一九九八年)、それぞれ底本とした。なお、以下に述べる表記整理ほか、全般にわたり安藤宏氏の助言を得た。

一　本文について、原則として漢字は新字体に、仮名づかいは現代仮名づかいに改めた。

一　読みにくい語や読み誤りやすい語には、適宜、現代仮名づかいで振り仮名を付した。底本にある振り仮名はそのままとした。

一　送り仮名は原文通りとし、その過不足は振り仮名によって処理した。

例　明に　→　明《あきらか》に

一　本文中の「＊」マークは、巻末に注があることを示す。

一　本文中に、今日からすると不適切な表現があるが、原文の歴史性を考慮してそのままとした。

一　巻頭の口絵写真原版は、作者の肖像については日本近代文学館より提供を受けた。その他の書籍・雑誌は安藤宏氏所蔵のものである。

(岩波文庫編集部)

十二月八日《じゅうにがつようか》・苦悩《くのう》の年鑑《ねんかん》 他十二篇

2025年3月14日　第1刷発行

作　者　太宰《だざい》 治《おさむ》

編　者　安藤《あんどう》 宏《ひろし》

発行者　坂本政謙

発行所　株式会社 岩波書店
〒101-8002 東京都千代田区一ツ橋 2-5-5

案内 03-5210-4000　営業部 03-5210-4111
文庫編集部 03-5210-4051
https://www.iwanami.co.jp/

印刷・三陽社　カバー・精興社　製本・中永製本

ISBN 978-4-00-360058-0　　Printed in Japan

読書子に寄す

——岩波文庫発刊に際して——

岩波茂雄

真理は万人によって求められることを自ら欲し、芸術は万人によって愛されることを自ら望む。かつては民を愚昧ならしめるために学芸が最も狭き堂宇に閉鎖されたことがあった。今や知識と美とを特権階級の独占より奪い返すことはつねに進取的なる民衆の切実なる要求である。岩波文庫はこの要求に応じそれに励まされて生まれた。それは生命ある不朽の書を少数者の書斎と研究室とより解放して街頭にくまなく立たしめ民衆に伍せしめるであろう。近時大量生産予約出版の流行を見る。その広告宣伝の狂態はしばらくおくも、後代にのこすと誇称する全集がその編集に万全の用意をなしたるか。千古の典籍の翻訳企図に敬虔の態度を欠かざりしか。さらに分売を許さず読者を繫縛して数十冊を強うるがごとき、はたしてその揚言する学芸解放のゆえんなりや。吾人は天下の名士の声に和してこれを推挙するに躊躇するものである。このときにあたって、岩波書店は自己の責務のいよいよ重大なるを思い、従来の方針の徹底を期するため、すでに十数年以前より志して来た計画を慎重審議この際断然実行することにした。吾人は範をかのレクラム文庫にとり、古今東西にわたって文芸・哲学・社会科学・自然科学等種類のいかんを問わず、いやしくも万人の必読すべき真に古典的価値ある書をきわめて簡易なる形式において逐次刊行し、あらゆる人間に須要なる生活向上の資料、生活批判の原理を提供せんと欲する。この文庫は予約出版の方法を排したるがゆえに、読者は自己の欲する時に自己の欲する書物を各個に自由に選択することができる。携帯に便にして価格の低きを最主とするがゆえに、外観を顧みざるも内容に至っては厳選最も力を尽くし、従来の岩波出版物の特色をますます発揮せしめようとする。この計画たるや世間の一時の投機的なるものと異なり、永遠の事業として吾人は微力を傾倒し、あらゆる犠牲を忍んで今後永久に継続発展せしめ、もって文庫の使命を遺憾なく果たさしめることを期する。芸術を愛し知識を求むる士の自ら進んでこの挙に参加し、希望と忠言とを寄せられることは吾人の熱望するところである。その性質上経済的には最も困難多きこの事業にあえて当たらんとする吾人の志を諒として、その達成のため世の読書子とのうるわしき共同を期待する。

昭和二年七月

《日本文学（現代）》〔緑〕

怪談 牡丹燈籠	三遊亭円朝
小説神髄	坪内逍遥
当世書生気質	坪内逍遥
アンデルセン 即興詩人 全二冊	森鷗外訳
ウィタ・セクスアリス	森鷗外
青年	森鷗外
雁	森鷗外
阿部一族 他二篇	森鷗外
山椒大夫・高瀬舟 他四篇	森鷗外
渋江抽斎	森鷗外
舞姫・うたかたの記 他三篇	森鷗外
鷗外随筆集	千葉俊二編
大塩平八郎 他三篇	森鷗外
浮雲	二葉亭四迷 十川信介校注
吾輩は猫である	夏目漱石
坊っちゃん	夏目漱石
草枕	夏目漱石
虞美人草	夏目漱石
三四郎	夏目漱石
それから	夏目漱石
門	夏目漱石
彼岸過迄	夏目漱石
漱石文芸論集	磯田光一編
行人	夏目漱石
こころ	夏目漱石
硝子戸の中	夏目漱石
道草	夏目漱石
明暗	夏目漱石
思い出す事など 他七篇	夏目漱石
文学評論 全二冊	夏目漱石
夢十夜 他二篇	夏目漱石
漱石文明論集	三好行雄編
倫敦塔・幻影の盾 他五篇	夏目漱石
漱石日記	平岡敏夫編
漱石書簡集	三好行雄編
漱石俳句集	坪内稔典編
漱石・子規往復書簡集	和田茂樹編
文学論 全二冊	夏目漱石
坑夫	夏目漱石
漱石紀行文集	藤井淑禎編
二百十日・野分	夏目漱石
五重塔	幸田露伴
努力論	幸田露伴
一国の首都 他一篇	幸田露伴
渋沢栄一伝	幸田露伴
飯待つ間 —正岡子規随筆選	正岡子規 阿部昭編
子規句集	高浜虚子選
病牀六尺	正岡子規
子規歌集	土屋文明編
墨汁一滴	正岡子規

仰臥漫録　正岡子規
歌よみに与ふる書　正岡子規
獺祭書屋俳話・芭蕉雑談　正岡子規
子規紀行文集　復本一郎編
正岡子規ベースボール文集　復本一郎編
金色夜叉 全二冊　尾崎紅葉
多情多恨　尾崎紅葉
不如帰　徳冨蘆花
武蔵野　国木田独歩
運命　国木田独歩
愛弟通信　国木田独歩
蒲団・一兵卒　田山花袋
田舎教師　田山花袋
一兵卒の銃殺　田山花袋
あらくれ・新世帯　徳田秋声
藤村詩抄　島崎藤村自選
破戒　島崎藤村

桜の実の熟する時　島崎藤村
夜明け前 全四冊　島崎藤村
藤村文明論集　十川信介編
生ひ立ちの記 他一篇　島崎藤村
島崎藤村短篇集　大木志門編
にごりえ・たけくらべ　樋口一葉
大つごもり・十三夜 他五篇　樋口一葉
修禅寺物語・正雪の二代目 他四篇　岡本綺堂
高野聖・眉かくしの霊　泉鏡花
歌行燈　泉鏡花
夜叉ケ池・天守物語　泉鏡花
草迷宮　泉鏡花
春昼・春昼後刻　泉鏡花
鏡花短篇集　川村二郎編
日本橋　泉鏡花
外科室・海城発電 他五篇　泉鏡花
海神別荘 他二篇　泉鏡花

鏡花随筆集　吉田昌志編
化鳥・三尺角 他六篇　泉鏡花
鏡花紀行文集　田中励儀編
俳句はかく解しかく味う　高浜虚子
俳句への道　高浜虚子
立子へ抄 ―虚子より娘へのことば　高浜虚子
回想 子規・漱石　高浜虚子
有明詩抄　蒲原有明
宣言　有島武郎
カインの末裔・クララの出家　有島武郎
一房の葡萄 他四篇　有島武郎
寺田寅彦随筆集 全五冊　小宮豊隆編
柿の種　寺田寅彦
与謝野晶子歌集　与謝野晶子自選
与謝野晶子評論集　鹿野政直・香内信子編
私の生い立ち　与謝野晶子
つゆのあとさき　永井荷風

濹東綺譚	永井荷風
荷風随筆集 全二冊	野口冨士男編
摘録 断腸亭日乗 全二冊	永井荷風 磯田光一編
すみだ川・新橋夜話 他一篇	永井荷風
あめりか物語	永井荷風
下谷叢話	永井荷風
ふらんす物語	永井荷風
荷風俳句集	加藤郁乎編
花火・来訪者 他十一篇	永井荷風
問はずがたり・吾妻橋 他十六篇	永井荷風
斎藤茂吉歌集	山口茂吉 柴生田稔 佐藤佐太郎編
鈴木三重吉童話集	勝尾金弥編
小僧の神様 他十篇	志賀直哉
暗夜行路 全二冊	志賀直哉
志賀直哉随筆集	高橋英夫編
高村光太郎詩集	高村光太郎
北原白秋歌集	高野公彦編

北原白秋詩集 全二冊	安藤元雄編
フレップ・トリップ	北原白秋
友情	武者小路実篤
釈迦	武者小路実篤
銀の匙	中勘助
若山牧水歌集	伊藤一彦編
新編 みなかみ紀行	若山牧水 池内紀編
新編 百花譜百選	木下杢太郎画 前川誠郎編
新編 啄木歌集	久保田正文編
吉野葛・蘆刈	谷崎潤一郎
卍(まんじ)	谷崎潤一郎
谷崎潤一郎随筆集	篠田一士編
多情仏心 全二冊	里見弴
道元禅師の話	里見弴
今年竹 全二冊	里見弴
萩原朔太郎詩集	三好達治選
郷愁の詩人 与謝蕪村	萩原朔太郎

猫町 他十七篇	萩原朔太郎 清岡卓行編
恋愛名歌集	萩原朔太郎
恩讐の彼方に・忠直卿行状記 他八篇	菊池寛
菊池寛戯曲集 父帰る・藤十郎の恋	石割透編
河明り 老妓抄 他一篇	岡本かの子
春泥・花冷え	久保田万太郎
大寺学校 ゆく年	久保田万太郎
久保田万太郎俳句集	恩田侑布子編
室生犀星詩集	室生犀星自選
随筆 女ひと	室生犀星
室生犀星俳句集	岸本尚毅編
出家とその弟子	倉田百三
羅生門・鼻・芋粥・偸盗	芥川竜之介
地獄変・邪宗門・好色・藪の中 他七篇	芥川竜之介
河童 他二篇	芥川竜之介
歯車 他二篇	芥川竜之介
蜘蛛の糸・杜子春・トロッコ 他十七篇	芥川竜之介

侏儒の言葉・文芸的な、余りに文芸的な	芥川竜之介
芥川竜之介書簡集	石割透編
芥川竜之介随筆集	石割透編
蜜柑・尾生の信 他十八篇	芥川竜之介
年末の一日・浅草公園 他十七篇	芥川竜之介
芥川竜之介紀行文集	山田俊治編
田園の憂鬱	佐藤春夫
海に生くる人々	葉山嘉樹
葉山嘉樹短篇集	道籏泰三編
嘉村礒多集	岩田文昭編
日輪・春は馬車に乗って 他八篇	横光利一
宮沢賢治詩集	谷川徹三編
童話集 風の又三郎 他十八篇	宮沢賢治・谷川徹三編
童話集 銀河鉄道の夜 他十四篇	宮沢賢治・谷川徹三編
山椒魚・遙拝隊長 他七篇	井伏鱒二
川釣り	井伏鱒二
井伏鱒二全詩集	井伏鱒二
太陽のない街	徳永直
黒島伝治作品集	紅野謙介編
伊豆の踊子・温泉宿 他四篇	川端康成
雪国	川端康成
山の音	川端康成
川端康成随筆集	川西政明編
三好達治詩集	桑原武夫・大槻鉄男選
詩を読む人のために	三好達治
夏目漱石 全二冊	小宮豊隆
新編 思い出す人々	内田魯庵・紅野敏郎編
檸檬《レモン》・冬の日 他九篇	梶井基次郎
蟹工船・一九二八・三・一五	小林多喜二
富嶽百景・走れメロス 他八篇	太宰治
斜陽 他一篇	太宰治
人間失格・グッド・バイ 他一篇	太宰治
津軽	太宰治
お伽草紙・新釈諸国噺	太宰治
右大臣実朝 他一篇	太宰治
真空地帯	野間宏
日本唱歌集	堀内敬三・井上武士編
日本童謡集	与田凖一編
至福千年	石川淳
小林秀雄初期文芸論集	小林秀雄
近代日本人の発想の諸形式 他四篇	伊藤整
小説の認識	伊藤整
中原中也詩集	大岡昇平編
ランボオ詩集	中原中也訳
晩年の父	小堀杏奴
夕鶴・彦市ばなし 他二篇 —木下順二戯曲選II—	木下順二
元禄忠臣蔵 全二冊	真山青果
随筆滝沢馬琴	真山青果
みそっかす	幸田文
古句を観る	柴田宵曲
俳諧随筆 蕉門の人々	柴田宵曲

岩波文庫の最新刊

坂元ひろ子・高柳信夫監訳
厳復 天演論

清末の思想家・厳復による翻訳書。そこで示された進化の原理、生存競争と淘汰の過程は、日清戦争敗北後の中国知識人たちに圧倒的な影響力をもった。
〔青二三五-一〕 定価一二一〇円

フリードリヒ・シュレーゲル
武田利勝訳
断章集

「イロニー」「反省」等により既存の価値観を打破し、「共同哲学」の樹立を試みる断章群は、ロマン派のマニフェストとして、近代の批評的精神の幕開けを告げる。
〔赤四七六-一〕 定価一一五五円

永井荷風著／
中島国彦・多田蔵人校注
断腸亭日乗(三) 昭和四―七年

永井荷風は、死の前日まで四十一年間、日記『断腸亭日乗』を書き続けた。(三)は、昭和四年から七年まで。昭和初期の東京を描く。（注解・解説＝多田蔵人）（全九冊）
〔緑四二-一六〕 定価一二六五円

太宰治作／安藤宏編
十二月八日・苦悩の年鑑 他十二篇

第二次世界大戦敗戦前後の混乱期、作家はいかに時代と向き合ったか。昭和一七―二一(一九四二―四六)年発表の一四篇を収める。（注＝斎藤理生、解説＝安藤宏）
〔緑九〇-一二〕 定価一〇〇一円

……今月の重版再開……

忍足欣四郎訳
中世イギリス英雄叙事詩 ベーオウルフ
定価一二二一円
〔赤二七五-一〕

プルタルコス／柳沼重剛訳
エジプト神イシスとオシリスの伝説について
定価一〇〇一円
〔青六六四-五〕

定価は消費税10％込です　2025.3